buch & media

Rupert Pfeffer, Dr. jur., geboren 1934 in München, wuchs in Nürnberg auf und studierte in Erlangen und München Rechtswissenschaft. Seit 1962 lebt er in München und Wolfratshausen. Er war viele Jahre im Vorstand einer Bank tätig und befindet sich seit 2000 im Ruhestand. Er publizierte 2003 den Erzählband »Begegnungen mit Wagner«.

Rupert Pfeffer

Todsicher

Ein München-Krimi

Weitere Informationen über den Verlag und sein Programm unter
www.buchmedia.de

September 2012
© 2012 Buch&media GmbH, München
Umschlaggestaltung: Kay Fretwurst, Freienbrink
Printed in Germany · ISBN 978-3-86520-453-0

1.

Sie verließen das Theatermuseum, in dem eine Ausstellung zum Thema »Regie-Frauen. Ein Männerberuf in Frauenhand« lief.
»Eine etwas irreale Formulierung, findest du nicht?«, sagte Silke und lachte. »In Wirklichkeit sind Frauen doch immer Regisseure, sie schreiben sich nur nicht bei jeder Aufführung auf den Programmzettel.«

Sie sah ihren Freund Benno fragend an und erwartete seine Zustimmung. Der wich einer Antwort aus und trat aus den Hofgartenarkaden hinaus auf den Kiesweg. Von rechts, von der zum Odeonsplatz hin gelegenen Seite, hörte man das klackende Geräusch der aufeinanderprallenden Metallkugeln, die von den nimmermüden Boulespielern im hohen Bogen aus dem Handgelenk geschleudert und von anerkennenden oder bedauernden Rufen begleitet wurden.

Benno achtete auf das Spiel ebenso wenig wie auf Silkes Ausstellungskommentar, sondern schaute zu dem eleganten achteckigen Rundtempel hinüber, der in der Mitte des Hofgartens stand. Er war nach allen Seiten durch Bogenstellungen zum Garten hin geöffnet. So konnte man ihn in jeder Richtung durchschreiten, und hindurchsehen konnte man natürlich auch. Manchmal wurde er von Musikern als Aufenthaltsort für ihre Darbietungen benutzt, dann verwandelte er sich sozusagen in einen Musentempel. Die meisten Spaziergänger mochten das und gingen auf ihrem Weg um den Tempel herum, um die Künstler nicht zu stören. Man liebte diese spontanen Promenadenkonzerte, die auch an vielen anderen Plätzen in der Innenstadt abgehalten wurden. Die meisten Künstler waren Studenten der Musikhochschule, die sich etwas dazuverdienten.

»Hörst du das?«, fragte Benno, »da spielt einer auf den zwei

Manualen eines Akkordeons die Toccata in d-Moll von Bach und es klingt wie eine große Orgel. Ist das nicht fantastisch.«

»Wirklich sehr schön«, stimmte Silke zu »aber mich gruselt es bei dieser Musik. Es hat etwas von Totentanz oder Jüngstem Gericht.«

»Stimmt«, erwiderte Benno, »eher von Jüngstem Gericht. Bei den Akkorden endet jeder ewige Schlaf.«

»Übrigens, ist die weibliche Bronzefigur auf dem Dach wieder einmal eine Patrona Bavariae oder Bavarica? Genau weiß ich nie, wie es richtig heißt.«

»Nein«, Benno lachte, »so heilig ist der Freistaat Bayern auch wieder nicht, dass überall Marienstatuen stehen. Die Frau ist eine allegorische Darstellung des bayerischen Landes.«

»Na ja, ein richtiges Meer habt ihr sowieso nicht.« Silke genoss den Stolz ihrer hanseatischen Abstammung. »Aber ich muss zugeben, der Blick von hier ist wirklich schön.«

»Für mich ist es der schönste Blick von ganz München. Da drüben, direkt vor uns, der Festsaalbau der Residenz, über dem du gerade noch die Zwiebeltürme oder, wie wir sagen, die welschen Hauben der Frauenkirche sehen kannst. Dann die ockerfarbene Fassade der Theatinerkirche, bei deren Ansicht man versteht, warum München oft die nördlichste Stadt Italiens genannt wird. Schließlich kannst du noch die ersten klassizistischen Fronten der Gebäude erkennen, die sich dann in die Ludwigstraße fortsetzen.«

»Okay, München leuchtet wieder einmal. Aber jetzt müssen wir gehen. Um vier liest der ... du weißt schon.«

Sie wandten sich nach links, um über die Königinstraße in die Uni zu gehen. Als sie den Hofgarten an seiner Nordostecke verließen, blieb Silke wieder stehen und fragte: »Wer ist denn eigentlich dieser antike Knabe aus Gips dort drüben vor den zwei Bäumen?«

»Das ist der *Harmlos*, den kennt hier jeder«, gab Benno zur Antwort.

»Wer?«

»Wie ich sagte, der *Harmlos*. Das heißt, eigentlich wurde er bei der Anlage des Englischen Gartens vor über 200 Jahren als ›Genius der Gärten‹ gestiftet, aber die Münchner sagen zu ihm *Harmlos*.«

»Ich verstehe gar nichts. Ich bitte dich, was ist an diesem Stein harmlos?«

»An dem Stein, übrigens Tegernseer Marmor, ist gar nichts harmlos, aber er selbst ist harmlos. Wenn du es genau wissen willst, geh hin und lies es. Es steht auf dem Schild, auf das er sich stützt.«

Silke gab sich einen Ruck. »Jetzt will ich es genau wissen«, sagte sie und lief über die Wiese zu der Statue. Benno folgte ihr. Silke las etwas stockend: »*Harmlos/wandelt hier/dann kehret/neu gestaerkt/zu jeder/Pflicht zurück.*«

»Klingt ja reichlich verschroben, ist aber sicher gut gemeint. Es ist nur schade, dass auch hier wieder Sprayer ihre Farbe versprüht haben.«

Sie zeigte auf einige rote Flecken, die die Widmungsinschrift auf dem Sockel in ihrer Würde beeinträchtigten. Benno beugte sich hinunter und schaute sich an, was dem ersten Eindruck nach wie Sprayspritzer aussah. Dann sagte er langsam: »Ich bin nicht sicher, ob das Farbe ist. Es könnte auch Blut sein. Vielleicht hat sich ja jemand an dem scharfkantigen Stein gestoßen.«

»Ja, vielleicht, aber da ist noch etwas.« Silke zeigte auf den feuchten Rasen. Zwei parallel laufende Spuren, die von Schuhabsätzen stammen konnten, führten vom Denkmal weg, überquerten den Weg zum Prinz-Karl-Palais und zogen sich durch ein kleines eisernes Tor, das den Eintritt in den Finanzgarten ermöglichte. Dieser kleine Park war ein Stück hügeliges, etwas verwildertes Gelände, das eine bequeme Passage zwischen dem Hofgarten und der auf der anderen Seite verlaufenden stark befahrenen Straße ermöglichte. Er wurde nur von wenigen Fußgängern als Verbindungsweg genutzt, diente aber, wohl vor allem deswegen, unzähligen Kaninchen als Biotop. Benno und Silke waren neugierig geworden und gingen durch das Tor in den Park. Sie verfolgten die Spur weiter, bis sie an einem Laubhaufen endete.

»Aha, da haben wir es! Die Arbeiter von der Schlösserverwaltung haben im letzten Herbst das zusammengerechte Laub in Säcke gefüllt, herübergezogen und hinter dem Zaun ausgeleert.« Benno klang irgendwie erleichtert, weil die Sache eine harmlose Erklärung gefunden hatte. Er drehte sich um und schob mit seinem Schuh etwas Laub beiseite. Er erschrak. Unter den Blättern kam ein blauer Joggingschuh zum Vorschein.

»Silke, komm her!« Sie bückten sich und begannen, das Laub beiseitezuschieben. Vor ihnen lag ein Mann auf dem Bauch, er trug einen Trainingsanzug. Seine blonden Haare waren, wie man auf den ersten Blick sah, blutverkrustet. Ohne irgendetwas zu überlegen, fassten sie den Mann an Schultern und Hüfte und drehten ihn um.

»Nein«, schrie Silke auf, ließ los und rannte einige Schritte weg. Auch Benno fuhr in panischem Schrecken auf. Der Mann hatte kein Gesicht mehr. Genauer gesagt, seine Gesichtszüge waren zerstört, als wären sie von einer Ladung Schrotkugeln zerfetzt worden. Sie schauten sich Hilfe suchend um. Kein Mensch war zu sehen. Selbstverständlich hätten sie mit kühlem Kopf per Handy die Polizei anrufen können, aber Benno und Silke waren nicht in der Lage, das selbstverständlich Scheinende zu tun. Ihr Verstand war durch den Schock, den der Anblick verursacht hatte, wie abgeschaltet. Sie sahen vor sich den Flügelbau der Staatskanzlei und rannten einfach los, durch die Galerie aus Stahlträgern an der Seitenfront entlang. An der Ecke des Gebäudes bogen sie nach rechts ab, bis sie vor den gewaltigen Toren, die eher an ein Gefängnis als an einen Regierungssitz erinnerten, außer Atem geraten, stehen blieben. Aus der Tür trat in diesem Augenblick ein Amtsträger, der sich nach seinem Dienstwagen umschaute und die beiden inoffiziellen Besucher übersah. Sie nutzten die Gelegenheit, an dem Mann vorbei in die Eingangshalle zu gelangen. In einer Nische, die man in einem privaten Milieu als Portierloge hätte bezeichnen können, saß ein stämmiger Mann in Uniform, der, ohne dass es eines Wortes bedurft hätte, die strikte Anordnung verkörperte, hier komme ein Weitergehen nicht infrage. Die beiden unfreiwilligen Besucher duckten sich gewissermaßen unter seinem strengen Blick, brachten es aber mit Anstrengung doch fertig zu sagen: »Beim *Harmlos* liegt einer.«

Der Wachhabende, durch die Mitteilung keineswegs in Aufregung versetzt, fragte ruhig und routiniert: »Kennen Sie ihn? Wie ist sein Name?«

»Wissen wir nicht, er ist ja tot.«

»Ja so, warum sagen Sie denn das nicht gleich? Na ja, dann müssen wir halt die Funkstreife verständigen. Notarzt brauchen wir wohl keinen mehr.«

»Nein, bestimmt nicht, er ist erschossen worden.«

»Das wird ja immer lustiger. Woher wissen Sie denn das so genau?«

»Schauen Sie sein Gesicht an, dann wissen Sie es auch.«

»Sie, gell, Sie müssen übrigens da bleiben, wegen Ihrer Aussage.«

Er hatte inzwischen die zuständige Nummer gewählt, und es dauerte nur wenige Minuten, bis ein Streifenwagen vor der Tür stand. Bei der Staatskanzlei kann sich niemand eine Verzögerung leisten. Die beiden Studenten wiederholten ihre knappen Angaben, die der Wachhabende aufmerksam zur Kenntnis nahm und mit dem vorher Gesagten verglich. Er nickte befriedigt, weil er keine Widersprüche feststellen konnte. Die beiden Streifenbeamten forderten Benno und Silke auf, ihnen den Fundort der Leiche zu zeigen. Sie stiegen in den Wagen und dirigierten den Fahrer den kurzen Weg hinüber zur Pforte des Gartens. Als die Beamten den Zustand des Toten begutachtet hatten, stellen sie übereinstimmend fest: »Ein Fall für die Mordkommission.«

Diese wurde sofort verständigt und traf nach kurzer Zeit mit den Kollegen der Spurensicherung ein. Der Tatort wurde weiträumig abgesperrt. Die Aussage der Entdecker wurde zum dritten Mal aufgenommen, wobei der Hinweis auf die Blutspritzer am Harmlos-Denkmal und die Schleifspuren hinzukam. Dann wurden ihre Personalien festgehalten und schließlich wurde ihnen freundlich bedeutet, dass sich für den Augenblick keine weiteren Fragen ergäben.

»Wenn Ihnen noch etwas einfällt, können Sie mich jederzeit erreichen.« Der Kommissar gab ihnen seine Visitenkarte. Sie waren entlassen. Die Ermittlungsarbeit begann.

Kommissar Wendl drehte sich zu seinem Assistenten Mauritz um und sagte: »Sieht man auch nicht oft, was meinen Sie?«

Der nickte. Dann begann er, entsprechend dem auf der Polizeischule gelernten Ausschlussverfahren, zu überlegen und stellte fest: »An sich könnte es ein Jagdunfall sein. Einer, sozusagen ein Stadtwilderer, geht im Finanzgarten auf Kaninchenjagd und dabei läuft ihm versehentlich ein Jogger in den Weg. Für Jogger spricht auch, dass er keine Papiere bei sich hatte. Jetzt wäre der Todeszeitpunkt wichtig wegen der Lichtverhältnisse. Andererseits passen zu dieser These die Blutspritzer am Denkmal und die Schleifspuren nicht. Beim *Harmlos* gibt es keine Kaninchen.«

Wendl nickte. »Sehr richtig. Wenn es aber kein, wie Sie sagen, Jagdunfall war, macht die Schrotladung keinen Sinn.«

»Aber auf den Mann wurde geschossen.«

»Das stimmt, nur wissen wir nicht, ob der Schuss seinen Tod verursacht hat. Vielleicht war er schon tot, als auf ihn geschossen wurde!«

»Dann könnte es ein Akt der Rache gewesen sein. Vielleicht wollte der Täter auch, dass man seine Identität nicht feststellen kann. Zumindest hat er auf diese Weise die Identifizierung wesentlich erschwert.«

Wendl hob die Schultern. »Wir müssen die Ergebnisse der gerichtsmedizinischen Untersuchung abwarten.« Er winkte den Kollegen und gab ihnen den Auftrag, den Leichnam in die Gerichtsmedizin zu bringen. Als sie ihn hochhoben, konnte man sehen, dass der Trainingsanzug gar nicht passte; er war viel zu groß.

Zu Mauritz sagte Wendl: »Ach, bevor ich es vergesse, überprüfen Sie doch schon einmal, ob ein Mann mittleren Alters als vermisst gemeldet ist.« Dann ging er durch die Gartenpforte hinaus und sah sich um. Er kam rasch zu dem Schluss, dass auf dem offenen Wiesenstück zwischen Hofgarten, Finanzgarten und Staatskanzlei eigentlich kaum geschossen worden sein konnte, weil dieses Areal keinerlei Sichtschutz bot, sodass der Täter damit hätte rechnen müssen, von Fußgängern beobachtet zu werden. Zunächst müsste die Feststellung des Todeszeitpunktes abgewartet werden, denn in der Nacht waren auch die Wege beim *Harmlos* einsam, aber wahrscheinlich war es nicht, dass dort geschossen worden war.

Mauritz holte ihn wieder ein und teilte ihm mit, dass in der Vermisstenkartei nur Frauen, aber kein Mann vermerkt waren.

»Aber etwas anderes haben die Kollegen noch berichtet. Vorgestern war der Heini im Präsidium und hat angegeben, dass sein Freund Schorschi seit ein paar Tagen fort ist. Er meinte, es müsse nichts Besonderes bedeuten, weil der Schorschi im März immer sein Winterquartier unter der Wittelsbacher Brücke verlässt und ins Lehel übersiedelt, aber heuer sei es etwas zu zeitig, wegen dem späten Schnee. Er wollte es bloß sagen.«

Wendl verstand gar nichts. »Wer bitte ist der Heini und was bedeutet das mit diesem Schorschi?«

»Den Heini kennen in München viele Leute. Er ist ein Aussteiger und biwakiert seit mindestens einem Jahrzehnt – wie gesagt – unter der Wittelsbacher Brücke. Früher soll er ein bekannter Lokalpolitiker gewesen sein. Außerdem war er bekennender Extrembergsteiger. Eines Tages, hat er erzählt, ist ihm ein Stein auf den Kopf gefallen und seitdem wurde er recht sonderbar, man könnte sagen, er spinnt. Zuerst fing alles ganz harmlos an. Er wetterte gegen die Zinsknechtschaft. Der Ausdruck hat ihm sehr gefallen, er hat ihn immer wiederholt. Die Zinsknechtschaft muss gebrochen werden, hat er geschrieen. Dann hat er gefordert, dass die Eigentumsgarantie des Grundgesetzes durch den Satz ›Eigentum ist Diebstahl‹ zu ersetzen sei. Schließlich hat er erklärt, man müsse die Dinge ganzheitlich betrachten. Die Erwärmung des Erdklimas werde durch Reibungsenergie verursacht, die beim Aufeinandertreffen der Klasseninteressen entsteht. Danach war er dann in seiner Partei auch Randgruppen nicht mehr zu vermitteln und wurde nicht mehr aufgestellt. Nun begann er eine zweite Karriere als Penner, und da hatte er schon bald Erfolg. Im neuen Milieu erwarb er sich rasch Anerkennung, und die Polizei schätzt ihn auch. Er kümmert sich um die anderen Nomaden und schaut immer, dass alles im Rahmen bleibt. Die Leute in der Isarvorstadt mögen ihn, weil er gewissermaßen zusätzliche Sicherheit und Ordnung bietet. Im vergangenen Jahr feierte er übrigens seinen 75. Geburtstag. Da gab es unter der Brücke ein großes Bürgerfest, und der Bezirksausschuss-Vorsitzende hat ihn zum Ehrenwittelsbacher ernannt. Seine Pennbrüder nennen ihn seitdem Senator, und sie meinen es ernst. Sie haben ja auch Grund dazu.«

Wendl musste erkennen, dass ihm, obwohl er gebürtiger Münchner war, trotzdem gewisse Bereiche des gesellschaftlichen Lebens seiner Stadt bisher unbekannt geblieben waren. Er unterbrach den Redefluss seines Kollegen. »Sehr schön, aber das Problem ist doch nicht der Heini, sondern der Schorschi.«

»Problem ist zu viel gesagt. Der Schorschi ist kein Problem, sondern ein Original. Er ist der letzte Münchner Stadtindianer. Im Frühjahr verlegt er seinen Lebensmittelpunkt ins Lehel, in diesem Stadtteil liegen dann seine Jagdgründe. Er besucht regelmäßig die Geschäfte rund um den Odeonsplatz und nimmt milde Gaben in Empfang. Wenn er besonders gut aufgelegt ist, zelebriert er auf der Verkehrsinsel vor dem Haus der Kunst wilde

Stammestänze, was die Verkehrspolizei nicht so gern sieht, vor allem nicht in der Stoßzeit, weil es deswegen halt immer größere Stauungen gibt. Zur höchsten Form läuft der Schorschi am Abend auf. Da geht er meistens ins P1, wo er jederzeit Zutritt hat. Er fungiert als eine Art Eintänzer, aber er leistet viel mehr. Wenn es dunkel wird, führt er gern Damen aus, in den Englischen Garten oder in seine Sommerresidenz.«

»Eine Residenz hat der?«

»Residenz, funktional betrachtet. Es ist ein Holzkasten mit Streugut hinter der Obersten Baubehörde, der nach dem Winter während des restlichen Jahres von der Straßenreinigung nicht benutzt wird. Unter den weiblichen Besuchern im P1 gilt der Sandkasten vom George – so wird er dort genannt – als Geheimtipp.«

Wendl wurde, nachdem seine Aufmerksamkeit für diese Münchner Geschichten nachzulassen begonnen hatte, plötzlich aufmerksam.

»Sie sagten, Schorschi alias George streife nachts in der Gegend des vermuteten Tatortes, jedenfalls des Fundortes herum. Vielleicht hat er ja etwas bemerkt. Fragen müssten wir ihn.«

Mauritz strahlte. »Daran habe ich noch gar nicht gedacht. Wir müssen ihn unbedingt fragen.«

»Aber wie finden wir ihn?«

»Das dürfte kein Problem sein. Dafür haben wir jetzt wieder den Heini. Wenn wir ihm den Zusammenhang schildern, regelt der das in kürzester Zeit.«

So kam es. Das Informationssystem der Aussteiger funktionierte perfekt, und so betrat am nächsten Vormittag Schorschi das Polizeipräsidium und verlangte vom Pförtner, ihn beim Kriminalhauptkommissar Wendl zu melden. Auf dessen Frage, worum es gehe, erklärte Schorschi mit schwarzem Bass »um Mord«, wobei er das r so fürchterlich rollte, dass der erschrockene Mann sofort zum Hörer griff und die verlangte Verbindung herstellte.

»Das ist schön, dass Sie das so schnell möglich gemacht haben, Herr ... ?«

»Der Name tut nichts zur Sache«, erwiderte Schorschi mit einer wegwerfenden Handbewegung, denn er war sich seiner gesellschaftlichen Stellung bewusst.

»Am Vormittag habe ich immer Zeit, sogar für die Staatsorgane.«

Wendl lächelte nachsichtig. »Es handelt sich nämlich um Folgendes: Gestern, am späten Mittwochnachmittag, wurde im Finanzgarten eine männliche Leiche gefunden. Den genauen Tatzeitpunkt wissen wir noch nicht, aber ich vermute, dass er nicht länger als 24 Stunden zurückliegt. Waren Sie zufällig in der Nacht von Dienstag auf Mittwoch in der Gegend?«

»Zufällig nicht, aber gewohnheitsmäßig schon.« Schorschi strahlte eine unheimliche Souveränität aus.

»Wo waren Sie genau, wenn ich fragen darf?«

»Sie dürfen. Am Dienstagabend war ich im P1, das ist normal. Zwischen zwölf und ein Uhr bin ich mit einer Lady abgezogen, in meine Villa.«

»Sie meinen, in Ihren Sandkasten?«

»Na ja, wenn Sie es sowieso schon wissen.«

»Und was war dann?«

»Entschuldigen Sie, Herr Kommissar, aber versuchen Sie einen Mord aufzuklären oder treiben Sie Sexualforschung?«

»Ich wollte Ihnen nicht zu nahetreten. Ich wollte nur fragen, ob Sie etwas bemerkt haben, ob Sie zum Beispiel einen Schuss gehört haben?«

»Wie wir rübergegangen sind, habe ich niemand gesehen. Aber als wir schon eine Zeit lang in der Kiste waren, ist ein Schuss gefallen, jedenfalls hat es so ähnlich geklungen. Ich kenne mich mit Schusswaffen nicht so aus.«

»Und wie haben Sie reagiert? Sind Sie nicht aus Ihrer Behausung herausgeklettert, um zu sehen was los war? Ein Schuss in unmittelbarer Nähe der Bayerischen Staatskanzlei ist doch ungewöhnlich und höchst verdächtig.«

»Also ich bitte Sie, ich stehe der öffentlichen Sicherheit und

Ordnung prinzipiell durchaus positiv gegenüber, aber wegen einem Gewehrschuss unterbreche ich doch keinen Orgasmus, auch nicht in der Nähe der Bayerischen Staatskanzlei, nein wirklich nicht. Was hätte denn die Dame von mir gedacht? Ich habe ja auch einen Ruf zu verlieren.«

Hauptkommissar Wendl wusste in diesem Augenblick, dass sich die Spur Schorschi/George im wahrsten Sinne des Wortes im Sande verlaufen hatte. »Schade, aber trotzdem vielen Dank.«

Schorschi verneigte sich und schritt zum Ausgang. An der Tür blieb er noch einmal stehen und sagte: »Wenn Sie noch eine Frage haben, stehe ich Ihnen zur Verfügung, falls es meine Zeit erlaubt.«

Am Nachmittag klingelte das Telefon. Am Apparat war der Gerichtsmediziner. Wendl war gespannt. »Zunächst zum Zeitpunkt, zu dem der Tod eingetreten ist. Also, gestern zwischen Mitternacht und ein Uhr plus/minus, Sie wissen schon. Aber jetzt kommt das Interessante. Der Schuss war nicht tödlich, er wurde erst nachträglich abgefeuert.«

»Habe ich mir schon gedacht«, sagte Wendl.

»Ja, aber woran er gestorben ist, wissen Sie nicht«, hielt ihm der Arzt entgegen. »Er wurde vergiftet. Wir haben Spuren von Blausäure gefunden. Die genaue Wirkungsweise gebe ich Ihnen schriftlich. Sie bekommen meinen Bericht noch heute. Außerdem hatte er vor seinem Tod einige Cocktails mit Gin getrunken.«

»Und die Blutspuren am Denkmal?«

»Er könnte sich, als er das Bewusstsein verlor, beim Sturz an dem Stein verletzt haben. Sie wissen ja, dass man Wunden in dem Gesicht nicht mehr feststellen kann.«

»Ich weiß, aber so könnte es gewesen sein. Fürs Erste vielen Dank, Doktor. Die Leiche ist natürlich noch nicht freigegeben. Noch eins, nehmen Sie doch bitte Gewebeproben für einen eventuellen DNA-Abgleich.«

»Ist schon geschehen.«

»Nochmals vielen Dank.«

Wendl lehnte sich zurück. Dann rief er Mauritz an und berichtete ihm, was er erfahren hatte. »Trotz einer Reihe von Einzelheiten, die wir wissen, fangen wir im Grunde genommen bei Null an. Keine Identität des Opfers, kein Hinweis auf seine Herkunft, vom Motiv gar nicht zu reden. Der einzige Anhaltspunkt ist jetzt das Gift und die Annahme, dass das Opfer absichtlich unkenntlich gemacht werden sollte.«

»Und die Wahrscheinlichkeit, dass das Opfer kurz vor seinem Tod in einer Bar einige Cocktails mit Gin getrunken hat. Die Bar dürfte den Umständen nach nicht allzu weit vom Tatort entfernt liegen.«

»Was haben wir denn da in der näheren Umgebung?«

»Ich kenne mich auch nicht so aus, aber ich frage einmal die Susi.«

Susi war die Sekretärin in der Mordkommission und in Lifestyle-Fragen im Allgemeinen gut unterrichtet. Sie freute sich jedes Mal, wenn sie die analytischen Fähigkeiten ihrer männlichen Kollegen mit ihrer weit gespannten praktischen Lebenserfahrung unterfüttern konnte, und diese waren ebenso froh, dass sie Susi hatten. Die Hoffnung, die sie in Susis Weltklugheit gesetzt hatten, trog auch diesmal nicht.

»Was sagt ihr? Ein Cocktail auf Gin-Basis? Kennt ihr Schumanns Bar?«

Mauritz antwortete als Erster. »Meinst du die an der Ecke Maximilianstraße/Altstadtring?«

Susi lachte schallend. »Ihr seid wirklich megaout. Schumanns ist schon seit Jahren neben dem Filmkasino. Der Hendricks Tonic ist derzeit ein Insiderdrink bei Schumanns, Hendricks ist eine hervorragende Gin-Marke.«

Wendl und Mauritz schauten sich erstaunt an. »Filmkasino? Das ist doch gleich neben der Galeriestraße, wenige Hundert Meter vom Tatort entfernt?«, riefen beide unisono. »Wir gehen noch heute hin.«

»Nehmt ihr mich mit?«, bat Susi, »es könnte die Ermittlungen fördern. Ich kenne mich dort aus.«

Selbstverständlich waren sie dazu bereit, ja sogar dankbar, denn bei der Vorstellung, dass zwei ältere Herren eine derart modische Bar besuchen, empfanden sie einen leichten Minderwertigkeitskomplex.

Gegen 17 Uhr wurde der Autopsiebericht gemailt. Er enthielt Näheres zum Gift und seiner Wirkung. Es war Blausäure, die sofort resorbiert wird und ein Enzym blockiert, wodurch die Zellatmung unterbrochen wird. Der Erstickungstod tritt dann sehr schnell ein. Und dann war noch etwas: An der Innenseite der rechten Hand des Toten waren mehrere winzige Einstiche festgestellt worden. Wendl rief umgehend den Gerichtsmediziner an.

»Ich lese gerade Ihren Bericht. Hochinteressant. Zyankali also. In den Drink kann es nicht gemischt worden sein, sonst wäre er im Lokal umgefallen. Wir haben übrigens eine Idee, wo er die Drinks zu sich genommen haben könnte. Aber deswegen rufe ich nicht an. Mich interessiert vielmehr etwas anderes. Sie erwähnen Einstiche im Handteller. Können Sie mir dazu noch Näheres sagen?«

»Das hat mich natürlich auch interessiert. Ich habe ein bisschen in meiner Bibliothek gestöbert und bin auf ein altes medizingeschichtliches Werk gestoßen. Sie kennen doch das alte Sprichwort: Wenn du einen Garten und eine Bibliothek hast, fehlt dir nichts?«

Er wartete auf eine zustimmende Reaktion, die aber nicht kam.

»Ja, also kurz gesagt, bereits im Mittelalter kannte man den Gebrauch sogenannter Giftringe. Dabei war der Ringkörper hohl und enthielt das Gift. An der Außenseite des Rings waren winzige Stacheln, die ebenfalls hohl waren. Wenn der Täter dem Opfer kräftig die Hand drückte, bohrten sich die Stacheln in dessen Haut und durch den Druck wurde das Gift aus dem

Ring durch die Stacheln in die Blutbahn des Opfers gepresst. Diese Praxis war in ganz Europa verbreitet. Vor allem aus Venedig gibt es dazu zahlreiche Berichte.«

Wendl schwieg.

»Hallo, sind Sie noch da?«

»Ja, ich bin allerdings da, und mir wird in diesem Augenblick klar, wie es passiert sein könnte. Der Täter hat sich vom Opfer beim *Harmlos* verabschiedet. Danke, Doktor, Sie haben mich ein ganzes Stück weitergebracht.«

Wendl rief dringend nach Mauritz und informierte ihn über das Gespräch. Jetzt war der Tathergang beiden klar. Täter und Opfer waren zusammen durch die Galeriestraße gegangen und hatten sich beim *Harmlos* verabschiedet. Die Sache macht aber nur Sinn, wenn das Opfer seinen Weg in Richtung Osten fortsetzen wollte, aber nicht zu weit, sonst hätte es am Odeonsplatz die U4 oder U5 oder auch den 100er-Bus genommen.

»Lassen Sie alle Hotels und Pensionen zwischen Isar und Altstadtring befragen, ob seit vorgestern ein männlicher Gast vermisst wird?«

»Wird erledigt.«

»Das Beiseiteschaffen der Leiche und die Geschehnisse im Finanzgarten sind etwas anderes, darauf kommen wir später. Aber jetzt gehen wir zum Schumann.«

»Zu Schumanns, wenn ich mir den Hinweis erlauben darf!«

»Gut, rufen Sie die Susi.«

Als sie die Bar betraten – es war früher Abend – hielt sich der Publikumsandrang noch in engen Grenzen.

»Hi Susi«, der Kellner Mike grinste, »heute mit doppelter Bedeckung!«

Susi überhörte den anzüglichen Ton und sagte knapp und sachlich: »Heute auf dem Dienstweg.«

»Da bin ich aber gespannt.«

Wendl und Mauritz zeigten ihre Dienstausweise. Wendl eröffnete die Runde. »Herr Mike, wenn ich so sagen darf, wir ermitteln in einem Mordfall, und es gibt Gründe für die Annahme, dass die Tatbeteiligten kurz vor der Tat Ihr Lokal besucht haben. Waren Sie am Dienstagabend hier?«

»Ja, bis zum Schluss.«

»Gut, das passt. Uns interessiert nämlich vor allem der Zeitraum eine halbe Stunde vor bis eine halbe Stunde nach Mitternacht.«

»Da waren nicht mehr viele Gäste da.«

»Ist Ihnen ein Mann aufgefallen, ungefähr 1,75 Meter groß und blond, der vielleicht einen Trainingsanzug trug?«

»Also mit einem Trainingsanzug kommt zu uns eher selten einer rein. Der vom Dienstagabend, den Sie beschrieben haben, hatte bestimmt keinen an. Er war übrigens nicht allein.«

»So, wer war denn bei ihm?«

»Eine Dame.«

»Eine Dame? Können Sie diese beschreiben?«

»Logisch, Damen immer. Normale Größe, ein elegantes graues Kostüm und auffallend hohe Absätze. Die sehe ich sofort, ich stehe auf *legs*, wenn Sie wissen, was ich meine?«

Wendl wusste.

»Sie hatte rote Haare und eine auffällige Frisur. Die war so aufgebrezelt, dass es eine Perücke hätte sein können – stehe ich nämlich auch drauf.« Mike schnalzte mit der Zunge.

»Das ist sehr instruktiv, was Sie da erzählen. Sie könnten uns sicher bei der Anfertigung der beiden Phantombilder helfen.«

»Logisch, ich kann Ihnen sogar noch ein drittes liefern, wenn Sie wollen?«

»Reden Sie bitte, wir sind sehr gespannt.«

»Also, bevor die zwei gegangen sind, kam noch ein Mann herein, in einem hoch geschlossenen dunklen Mantel und mit einer Sonnenbrille. Er war groß und ziemlich kräftig. Er schaute herum, als ob er jemand sucht, wie gesagt, es waren nur noch wenige Gäste da. Über der Schulter trug er übrigens einen schwarzen Golfsack. Da ich die Dame nicht aus den Augen gelassen hatte, man weiß ja nie, fiel mir auf, dass sie seinen Blick erwiderte. Er ist dann sofort wieder hinausgegangen. Mir kam es so vor, als wollte er ihr einen Wink geben. Sie hat dann die Rechnung verlangt, bezahlt, und dann sind sie auch gegangen.«

»Sonst gab es nichts mehr, was Ihnen auffiel?«

»Nein, sonst war nichts mehr, aber das war doch schon was.«

»Allerdings, das war schon sehr gut.«

»Mike, du bist Spitze«, rief Susi und Wendl fügte hinzu: »Das nächste Mal trinken wir einen Hendricks Tonic, ich nehme an, er heißt so. Wir wünschen noch einen schönen und vor allem ertragreichen Abend. Auf Wiedersehen.«

Sie gingen langsam die Galeriestraße entlang, schweigend, bis Mauritz sagte: »Das ist ja wie ein Puzzle. Ein Stück passt zum anderen. Die beiden gehen die Straße da vor wie wir jetzt. Der dritte Mann läuft parallel dazu auf der Hofgartenseite durch die Arkaden. An der Ecke wartet er und beobachtet, wie sie die Sache mit dem Giftring durchzieht und dann verschwindet. Er läuft hin und erledigt den Rest. Das heißt, er zieht den Ermordeten in den Finanzgarten, wechselt sein Gewand gegen den Trainingsanzug und verpasst ihm die Schrotladung. Die Flinte hatte er natürlich in dem Golfsack. Ziemlich cool, war wohl ein Profi. Der Tathergang ist damit ziemlich wahrscheinlich, jetzt müssen wir nur noch wissen, wer wer war?«

»Nur noch«, sagte Wendl und atmete tief durch.

Die Befragung der Hotels und Pensionen brachte keine Ergebnisse. Ab Freitag standen die Phantombilder zur Verfügung. Sie wurden über das Wochenende in den Clubhäusern aller Golfclubs in der Umgebung Münchens gezeigt, aber niemand erkannte eine der dargestellten Personen, und niemand erinnerte sich an jemanden, der mit einem schwarzen Golfsack eine Runde gespielt hätte.

Die Presse berichtete täglich Nichtssagendes.

II.

»Wir befinden uns jetzt im sogenannten Saal des Diomedes«, sagte die junge Archäologin zu der Besuchergruppe, die sie führte. »Der Saal ist nach der Marmorstatue in der Mitte des Raumes benannt, die den griechischen Helden Diomedes darstellt. Er spielte dem Mythos nach eine wichtige Rolle im Trojanischen Krieg. Im zehnten Jahr dieses Krieges schien es so, als ob die Belagerung der Stadt Troja durch die Griechen letzten Endes erfolglos sein würde. Ein Orakel hatte geweissagt, dass die Stadt nicht fallen könne, solange ein altes Götterbild im Tempel des Palastes verwahrt und verehrt würde. Zwei der griechischen Kämpfer, nämlich dieser Diomedes und Odysseus, waren bereit, das Abenteuer zu wagen und die Statue zu entführen. Sie überwanden nachts die Mauern der Stadt, drangen heimlich in den Palast ein und raubten das Heiligtum. Als sie sich auf dem Rückweg in das griechische Lager befanden, fasste Odysseus den Entschluss, den vor ihm gehenden Kameraden mit einem Schwertstreich zu töten, um den Ruhm des Diebstahls allein genießen zu können. Als er seine Waffe zückte, blitzte die Klinge im Mondlicht, wodurch Diomedes aufmerksam werden und den Plan vereiteln konnte. Diesen Augenblick zeigt das Marmorbild. Diomedes wendet sich gerade um und erkennt die Absicht des Odysseus. Sie müssen sich vorstellen, dass er hier im linken Arm die Beute und mit der rechten Hand das Schwert trug. Es handelt sich übrigens, wie bei den meisten Standbildern, um römische Kopien der griechischen Originale, die in Bronze gegossen waren. Die Originale sind, bis auf wenige Ausnahmen, verloren gegangen, weil sie im Laufe der Jahrhunderte wegen ihres Materialwertes eingeschmolzen wurden. In diesem Saal haben wir nur ein Original einer Marmorstatue, die Athena dort hinten in der Ecke, der der Kopf abgeschlagen ist.«

Eine Besucherin hob den Finger. »Mir ist immer schon aufgefallen, dass bei vielen antiken Statuen der Kopf oder wenigstens die Gesichtshälfte abgeschlagen ist. Hat das einen besonderen Grund?«

Die Führerin war für das geäußerte Interesse dankbar und antwortete: »Ein Grund liegt sicher darin, dass der Kopf ein exponierter Körperteil ist, der leicht abbrechen kann. Es ist aber auch so, dass man in späteren Jahrhunderten, in christlicher Zeit, in antiken Statuen nicht in erster Linie Kunstwerke sah, sondern heidnische Götzenbilder, deren Erinnerung möglichst ausgelöscht werden sollte. Das geschah am wirksamsten dadurch, dass man die Gesichter zerstörte, die die Individualität des dargestellten Wesens spiegelten. Es handelte sich also um einen Akt des Glaubens. Ich darf Sie jetzt aber bitten, mir in den nächsten Raum zu folgen.«

Ein einzelner Besucher, der nach der Gruppe den Saal betreten hatte, war stehen geblieben und hatte einen Teil der Erklärungen mitgehört, hatte sich allerdings nicht sehr darauf konzentrieren können und war dann auch ziemlich rasch weitergegangen. Er wirkte unruhig und lief durch den Raum mit den Giebelfiguren des Äginetentempels, ohne auf die Exponate, die den kostbarsten Besitz des Museums darstellten, zu achten. Erst als er zwischen den zahlreichen schlanken Steinsäulen stand, von denen Portraitbüsten römischer Kaiser und anderer Würdenträger ernst und streng auf ihn herabblickten, blieb er wieder stehen. Er hatte ein Gefühl, wie wenn er sich auf einen Friedhof verirrt hätte, auf dem sich der Komtur aus Mozarts »Don Giovanni« vervielfacht hatte. Als er sich plötzlich dem gemütlichen Mopsgesicht des Kaisers Nero gegenübersah, fühlte er sich geradezu erleichtert, obwohl er nach den überlieferten Schauergeschichten von diesem Mann am wenigsten Gutes hätte erwarten können. Aber das wusste er nicht. Unruhig drehte er sich um und ging den Weg, den er gekommen war, wieder zurück, passierte die Gruppe der ihm schon bekannten Besucher, denen gerade vor den beiden Äginetenscharen der Unterschied zwischen dem ersten und dem zweiten Trojanischen Krieg erläutert wurde, was ihn aber nicht zu einem weiteren Aufenthalt veranlasste, und blieb erst in der Rotunde mit dem Barberinischen Faun wieder stehen.

Seine Unruhe verriet, dass er die Glyptothek nicht aus archäologischem Interesse besuchte. Er machte vielmehr den Eindruck, als habe er sich mit jemandem verabredet, als erwarte er jemanden, und zwar an einem Ort, der nicht gerade populär zu nennen und der deshalb ausgewählt worden war, weil er ein unauffälliges Treffen ermöglichte. Immer wieder schaute er auf seine Armbanduhr, und der Anblick des lässig hingestreckten Satyrs, der augenscheinlich keinerlei Zeitdruck verspürte, steigerte seine Unruhe nur noch. Er zog ein Notizbuch aus seiner Jackentasche und kontrollierte die kalendarische Eintragung, aber der Termin stimmte. Er ging in Gedanken durch, was verabredet worden war, konnte aber keine Unklarheit entdecken. Er war es nicht gewohnt, warten zu müssen, und der Unmut über die gegebene Situation wurde auch nicht wesentlich durch den Gedanken gemildert, dass seine nach Stunden berechneten Honorarsätze recht ordentlich bemessen waren.

Nach und nach begann er zu überlegen, warum sie nicht kam. Schließlich war sie es doch gewesen, die das Treffen vorgeschlagen hatte. Da sich der Winter endgültig zurückgezogen zu haben schien und da Betriebsstörungen bei der Deutschen Bundesbahn, die auf andere Art als durch Schnee und Eis verursacht werden konnten, nicht gemeldet worden waren, sollte der in der Verabredung genannte ICE von Hamburg nach München pünktlich angekommen sein. Eines war allerdings zu bedenken: Was immer den geplanten Verlauf gestört haben sollte, sie konnte ihn nicht telefonisch erreichen, denn sein Handy war ausgeschaltet. Das entsprang keiner persönlichen Laune oder dem Wunsch, ungestört zu sein, sondern sollte vermeiden, zur Marionette von Datenschnüfflern aller Art zu werden. Ihm war aufgrund neuester Untersuchungen und der Berichte hierüber bekannt, dass sich mit sehr hoher Wahrscheinlichkeit anhand der gespeicherten Verbindungsdaten das Verhalten eines Menschen, seine Mobilität und seine Kontakte feststellen und sogar voraussagen lassen. So blieb ihm nichts anderes übrig, als weiter zu warten, so frustrierend das auch sein mochte. Er war sich ganz und gar unschlüssig darüber, wie lange er das noch tun würde.

Da das Museum an diesem Tag bis 20 Uhr geöffnet hatte, war sein Entscheidungsspielraum verhältnismäßig groß. Weil aber seine Bereitwilligkeit, in die Geheimnisse griechischer und römischer Bildhauerkunst einzudringen, im Verlauf seines musealen Zwangaufenthaltes von Minute zu Minute geringer wurde, fühlte er sich sehr frustriert. Die Gruppe hatte ihren Rundgang wohl beendet, jedenfalls sah er sie nicht mehr. Andere Besucher des Museums verloren sich in den geräumigen Sälen. Mitten an einem von konzentrierter Geistigkeit erfüllten Ort war er allein und vollkommen ratlos, was er tun sollte. Da ihm nichts anderes einfiel, beschloss er, in die Cafeteria zu gehen, die in der Mitte des Museums lag, und zu fragen, ob er einen Grünen Tee bekommen könne. Kaffee trank er um diese Tageszeit – es war später Nachmittag geworden – nicht mehr, weil er dann in der Nacht nicht schlafen konnte. Erste Anzeichen seniler Bettflucht glaubte er an sich zu bemerken, und dieser Anfänge musste er sich erwehren, weil er sich Einschränkungen seines körperlichen Wohlbefindens, auch wenn sie nur eingebildet waren, als Freiberufler nicht leisten konnte. Er hatte die Erholungsschleuse fast erreicht, als er hinter sich das Geklapper der Absätze von Damenschuhen höre. Er wandte sich zur Seite wie Diomedes, was ihm in diesem Augenblick nicht bewusst war.

Eine helle und kräftige Stimme rief: »Lieber Herr Dr. Godeau, da sind Sie ja! Jetzt bin ich aber wirklich froh, dass ich Sie doch noch gefunden habe.«

Er stand starr. »Frau Mayer-Erzthal?«, war alles, was er herausbrachte.

»Aber ja doch! Ich hatte keinen Zweifel, Herr Stucken hat Sie mir gut beschrieben. Nur mit dem Treffpunkt, den er mir genannt hatte, scheint es eine Unklarheit gegeben zu haben. Übrigens, wollte er nicht auch selbst kommen? Doch nochmals zum Treffpunkt: Er hatte mir die Staatlichen Antikensammlungen angegeben, in denen ich nun beinahe den halben Nachmittag zugebracht habe. Ich kenne jetzt, glaube ich, jede Vase und Schale auswendig.«

»Also, ich befinde mich ebenfalls seit Stunden unter den gesammelten antiken Schätzen.«

Sie lachte. »Da sieht man, dass Sie sich doch noch nicht so richtig in der Museumsstadt München auskennen. Wir befinden uns jetzt in der Glyptothek. Die Antikensammlungen sind das Gebäude gegenüber auf der anderen Seite des Königsplatzes.«

»Da habe also ich die Sache verdorben, das tut mir aufrichtig leid, gnädige Frau.«

»Nun gut, es ist, wie es ist. Und es hat ja schließlich doch geklappt. Ich freue mich, Sie kennenzulernen. Ich habe schon viel Anerkennenswertes über Sie gehört. Aber sagen Sie, ich hatte eigentlich erwartet, dass ich auch Herrn Stucken mit Ihnen treffen würde. Ist er nicht mit Ihnen gekommen?«

»Nein, mit mir nicht. Wir haben schon seit einigen Tagen nicht mehr miteinander gesprochen. Aber das will nichts sagen. Wir sind nämlich sehr zurückhaltend bei der Telekommunikation innerhalb der Bundesrepublik. Ich nehme an, Sie wissen, was ich meine?«

»Ich kann es mir denken, obwohl ich immer noch nicht glauben kann, was man da so hört und liest. Aber zurück zu Herrn Stucken. Eine Freundin erzählte mir, dass er sich am letzten Wochenende mit einigen Investoren in Hamburg getroffen hätte. Es muss wohl einige ungeduldige Fragen gegeben haben.«

»Ich habe das auch gehört, aber ich verstehe es nicht. Soweit ich unterrichtet bin, haben die Gesellschafter doch bei der letzten Gesellschafterversammlung beschlossen, den Ausschüttungszeitraum zu verlängern und eine Ausschüttung erst vorzunehmen, wenn der Fonds eine genügende Liquiditätsreserve ausweist. Diese Voraussetzung ist, wie ich weiter gehört habe, aufgrund des verspäteten Eintritts von Versicherungsfällen zum jetzigen Zeitpunkt nicht gegeben.«

»Korrekt, aber die Frage ist doch, warum diese Voraussetzungen derzeit nicht gegeben sind.«

»Das ist in der Tat der springende Punkt, aber bevor wir unser Gespräch fortsetzen, schlage ich vor, dass wir das nicht im Stehen hier im Museum, das ohnehin nicht mehr sehr lange geöffnet sein wird, tun. Ich würde sie gern zu einem kleinen Abendessen einladen. Machen Sie bitte einen Vorschlag. Ich kenne mich nämlich in der Münchner Gastronomie ähnlich schlecht aus wie in der Lage der Museen dieser Stadt.«

»Einverstanden, ich werde mir etwas einfallen lassen.«

Sie verließen das Museum und wandten sich nach links, der Innenstadt zu. Dort fanden sie einen geeigneten Platz und setzten ihre Unterhaltung fort. Dr. Godeau nahm als Erster den Gesprächsfaden wieder auf.

»Wie Sie richtig bemerkt haben, ist es in der Tat entscheidend, wann das Fondsmanagement die Ausschüttungen an die Anleger vornimmt oder vornehmen kann. Ich muss dazu aus der Sicht unserer Kanzlei feststellen, dass wir die ausgewiesenen cash flows rechnerisch überprüft haben, aber nicht die zugrunde liegenden statistischen Daten. Dieser Bereich war von unserem Treuhandauftrag nicht umfasst. Ich muss auch grundsätzlich darauf hinweisen, dass mit der vorliegenden Fondskonstruktion absolutes Neuland betreten worden ist. Wie Sie ja sicher wissen, gnädige Frau, ist es die Grundidee dieses Fonds, von Leuten, die eine Lebensversicherung abgeschlossen haben, deren Policen zu kaufen, wenn die Betreffenden wegen eigener finanzieller Probleme nicht mehr in der Lage sind, ihre vertraglich vereinbarten Prämien zu bezahlen. In einer solchen Situation sind sie dann gezwungen, das Versicherungsverhältnis zu beenden. Den Fall hat es natürlich immer schon gegeben und die Versicherungen sind darauf auch vorbereitet. Sie bieten ihren Kunden dann an, die Policen zurückzukaufen, und zwar zu dem versicherungsmathematisch ermittelten Rückkaufswert. Praktisch heißt das, der Kunde erhält die bis dahin gezahlten Prämien zurück, hat aber keinen Versicherungsschutz mehr. Allerdings macht die Versicherung von der Summe der gezahlten Prämien einen gewissen Abschlag und hier kommt nun unser Fonds ins Spiel. Er bezahlt nämlich beim Kauf der Policen einen etwas höheren Preis als die Versicherung. Darin liegt ein Vorteil für den einzelnen Versicherten, den wir nicht vergessen sollten, wenn man, ausgestattet mit einer besonderen Sensibilität, bei dieser Art des Geschäfts einen gewissen haut gout zu verspüren meint. Wenn man nun nach dem Nutzen für diejenigen fragt, die ihr Geld in Anteilen an dem Fonds anlegen, so wird der natürlich durch die vom Fonds getätigten Ausschüttungen bestimmt. Diese hängen davon ab, wann die erworbenen Versicherungen fällig werden, also vom jeweiligen Todesfall der Versicherten. In der möglichst zuverlässigen Bestimmung der lebensbeeinflussenden Faktoren zeigt sich die besondere Expertise des Fondmangements. Grundlage der ganzen Konstruktion war und ist der Bestand statistischer Daten, der das Mortalitätsverhalten der versicherten Menschen zeigt. Im langfristigen Trend weist dieser Bestand stetige und daher verhältnismäßig zuverlässige Daten aus. Kurz- und mittelfristig kann es aber zu nicht unbeträchtlichen Schwankungen kommen, die durch besondere, sich im Alltag der Gesellschaft vollziehende Ereignisse ausgelöst werden können. Es leuchtet daher ohne Weiteres ein, dass der Beurteilungsspielraum, in dem sich das Fondsmanagement bewegt, wenn es über den Ankauf einer Versicherungspolice zu entscheiden hat, eine gewisse Unschärfe in sich birgt. Das ist ganz unvermeidlich und in unserem Fall besonders zu betonen, denn die Versicherten, deren Policen in unserem Fonds *Life Mezzogiorno* zusammengefasst sind, leben und sterben in den süditalienischen Provinzen Apulien, Kalabrien, Campanien und in der Basilicata, nicht wahr? Das war jetzt etwas umfangreich dargestellt, aber ich hoffe, ich habe mich einigermaßen klar ausgedrückt?«

»Das haben Sie gewiss, lieber Herr Doktor, und ich danke Ihnen dafür. Ich muss allerdings hinzufügen, dass all das Herr Stucken in der erwähnten Gesellschafterversammlung auch schon dargelegt hat, was dann ja auch zu dem Ihnen bekannten Beschluss geführt hat. Aber wir sind von dem meines Erachtens entscheidenden Punkt abgekommen, was nämlich zu der Störung im Rhythmus der Ausschüttungen geführt hat.«

»Sagen wir, zu einer Verschiebung«, wandte Dr. Godeau ein. »Aber da kommt mir der Gedanke, dass Herr Stucken sich eben wegen dieses Themas kurzfristig entschlossen haben könnte, nach Neapel zu fliegen um sich dort mit unserem italienischen Mitarbeiter zu treffen. Das erscheint mir das Nächstliegende, finden Sie nicht? Um das zu klären, werde ich mich mit seinem Hamburger Büro in Verbindung setzen. Freilich werde ich dort heute niemanden mehr erreichen. Wir werden uns also bis morgen gedulden müssen. Ich bin froh, dass ich ein Hotelzimmer bestellt habe. Ich hatte schon so eine Ahnung, dass es länger dauern könnte.«

»Ich übernachte bei meiner Tochter, die in München lebt. Ich habe sie schon länger nicht mehr gesehen. Geben Sie mir bitte Ihre Karte. Ich rufe Sie morgen am Vormittag an. Jetzt wünsche ich Ihnen noch einen schönen Abend und bedanke mich für das Abendessen und das aufschlussreiche Gespräch. Auf Wiedersehen.«

»Guten Abend, gnädige Frau, à bientôt.«

Frau Mayer-Erzthal wählte die Nummer ihrer Freundin Karin in Hamburg.

»Hallo Karin, hier ist Helga. Entschuldige bitte die späte Störung, aber ich habe das Gefühl, ich muss mit dir reden.«

»Ja, kein Problem, von wo sprichst du?«

»Ich bin in München und ich habe heute Nachmittag den kleinen Godeau aus Genf getroffen. Du weißt, das ist der, welcher

Stuckens Prospekte geprüft hat. Es war etwas schwierig, aber es hat geklappt. Ich hatte geglaubt, dass Stucken mit ihm kommen würde, war aber nicht so. Na, du hattest mir ja schon gesagt, dass in Hamburg nicht alles rund gelaufen ist.«

»Kann man so sagen. Der Arnold war ziemlich sauer und hat ihn ganz schön in die Mangel genommen. Er versuchte es zuerst wieder mit der üblichen Tour, behördliche Verzögerungen und so. Wir haben ihm aber klipp und klar gesagt, dass wir ihm das nicht abnehmen. Arnold, der da ja wirklich gut drauf ist, hat ihm erklärt, dass das höchstens in administrierten Märkten eine Rolle spielen könnte, bei Investments zum Beispiel, bei denen die Rentabilität von staatlichen Maßnahmen abhängt, wie Einspeisungsvergütungen bei Fotovoltaikprojekten. Damit hatte er nicht gerechnet. Er kam total ins Schwimmen und gab schließlich zu, dass er im Moment nicht wisse, warum die Liquidität fehlt. Die dicke Södersen flippte dann ganz aus und winkte mit dem Staatsanwalt. Da wurde er plötzlich wieder cool und meinte nur, sie könne ja mal hingehen. Das war natürlich Quatsch von der, denn jeder weiß, wo sie es her hat. Stucken meinte dann auch ganz maliziös, er empfehle ihr in alter Freundschaft, sie solle erst mal mit ihrem Mann sprechen, bevor sie weitere Schritte unternehme. Er habe gehört, dass die Betriebsprüfung bei der OFD Hamburg zurzeit sensibel sei. Da sagte sie keinen Ton mehr, das war ein tolles Eigentor. Die anderen waren allerdings auch ruhig und Stucken war wieder der Alte.«

»Ja, aber wie seid ihr dann verblieben, das kann es doch nicht gewesen sein, oder?«

»Eigentlich ging es aus wie das Hornberger Schießen. Du weißt ja, wie immer. Ach Helga, ich könnte mich sonstwohin beißen, wenn ich mir das alles überlege. Mezzogiorno! Aber die 12 % versprochene Ausschüttung ohne Steuer waren einfach unwiderstehlich, wie der ganze Stucken auch.«

»Karin, hallo. Wie war er?«

»Hör bloß auf. Ich rede nur von seinem Talent als Manager.«

»Ist ja auch egal, aber wie geht es weiter? Was hat er denn gesagt, was er tun will?«

»Wenig, er versicherte, er würde am Ball bleiben und sich verstärkt drum kümmern, aber nichts Konkretes.«

»Godeau sagte vorhin, er könne sich vorstellen, dass Stucken selbst nach Neapel düst. Er will morgen in seinem Büro auf den Busch klopfen. Hat Stucken bei euch davon nichts gesagt?«

»Nein, nichts.«

»Also ich melde mich, wenn ich etwas erfahren habe.«

»Bleibst du eigentlich noch länger in München oder wann kommst du?«

»Kann ich noch nicht sagen, aber ein paar Tage bleibe ich noch. Die Kinder haben wahnsinnig zu tun, der Laden brummt. Also Ciao.«

Sie legten auf.

Dr. Godeau hatte sein Frühstück beendet und wählte die Nummer von Stuckens Büro in Hamburg.

»Hallo Heike, hier ist Godeau. Ich rufe aus München an, wo ich mich gestern mit einer Kundin, Frau Mayer-Erzthal, getroffen habe. Sie schien erwartet zu haben, dass Stucken zusammen mit mir zu der Verabredung kommen würde. Ich habe mit ihm aber seit letzter Woche nicht mehr gesprochen. Frau Mayer-Erzthal berichtete mir von der Investorenversammlung am Wochenende in Hamburg, über die sie eine Freundin unterrichtet hatte. Dieses Treffen war ja von Stucken organisiert worden. Jetzt rätseln wir darüber, was Stucken danach unternommen hat. Können Sie mir weiterhelfen?«

»Ich fürchte, nicht sehr weit.« Heike wirkte ratlos. »Ich weiß nur, dass es ein Treffen mit Kunden gegeben hat, aber über den Verlauf und das, was danach war, kann ich nichts sagen. Ich war über das Wochenende in der Holsteinischen Schweiz und kam erst am späten Sonntagnachmittag zurück. Stucken hatte versucht, mich zu erreichen, und auf meinen Anrufbeantworter gesprochen. Es war nicht sehr viel, er sagte nur, er sei einige Tage auswärts. Und dann fügte er noch etwas hinzu, was ich überhaupt nicht verstanden habe. Er meinte, wenn Signore Pasqua aus Neapel anriefe, sollte ich ihm als Nachricht übermitteln ›Zinsgroschen in Florenz‹, er wisse dann schon Bescheid. Es klingt wie ein Code, finden Sie nicht?«

»Allerdings«, antwortete Godeau, »ich kann mir auch keinen Reim darauf machen. Und das war alles?«

»Alles.«

»Merkwürdig. Machen wir es doch so, dass wir uns gegenseitig Bescheid sagen, wenn wir etwas erfahren, von dem wir glauben, dass es von Interesse ist, einverstanden? Ich bin übrigens von heute Abend an wieder in Genf zu erreichen, meine Nummer haben Sie ja?«

»Habe ich. Sie hören von mir, wenn … «

Godeau schüttelte den Kopf und überlegte. Sein Gedanke, es könne eine Spur nach Italien geben, schien ihm durch Heikes Hinweis plausibler geworden zu sein. Wenn nicht Neapel, dann Florenz, warum nicht? Frau Mayer-Erzthal schuldete er noch einen Anruf. Auf das Thema Italien ging er dabei nicht mehr ein. Erstens hatte er ohnehin nichts Konkretes in der Hand und zweitens – eigentlich war das das Erste – bedeutete Diskretion in seinem Beruf alles. Er bezahlte die Hotelrechnung und machte sich auf den Weg zum Flughafen.

Die Schlagzeilen über den toten Jogger vom Hofgarten, die ihm an allen Zeitungsständen in die Augen sprangen, erregten sein Interesse nicht. Die Wartezeit am Gate benutzte er dazu, sich alle Verbindungen Hamburg – Florenz zu notieren. Es gab keine Direktverbindungen. Die Flüge gingen entweder über München oder Frankfurt.

III.

Kommissar Wendl saß am Montagmorgen an seinem Schreibtisch und betrachtete die Phantombilder. »Wenig aussagekräftig«, dachte er, »kein Wunder, dass niemand jemanden erkannt hat.« Er rief den Gerichtsmediziner an. »Hallo, Doktor, ich hatte Ihnen doch am Freitag die Phantombilder geschickt?«
»Stimmt, die habe ich bekommen.«
»Nehmen Sie sich doch bitte noch einmal das des Toten vor. Glauben Sie, man kann das trotz des Zustands des Kopfes der Leiche noch deutlicher machen? Ich meine aufgrund der Struktur der Schädelknochen. Archäologen können doch, zum Beispiel, wenn sie die Maße eines Torsos einscannen, durch ein Computerprogramm aus den sichtbaren Knochen, Muskeln und Sehnen die Gestalt des ganzen Körpers rekonstruieren, oder?«
»Im Prinzip haben Sie recht«, erkannte der Mediziner an, »aber in unserem Fall haben wir das Problem, dass durch den Schuss oder die Schüsse – dass es mehrere waren, kann man ja nicht ausschließen – die Schädelknochen selbst deformiert worden sind. Ich werde mir die Sache trotzdem noch einmal anschauen.«
»Danke, man muss einfach alles versuchen.«
»Selbstverständlich.«
Wendl lehnte sich in seinem Schreibtischsessel zurück und ging in Gedanken alles, was sie bisher gesehen hatten, und alle Schlussfolgerungen, die sie glaubten, daraus ziehen zu können, noch einmal durch. Er war am Wochenende mit seiner Frau und einigen Freunden in den Tegernseer Bergen gewandert und dabei hatten sie sich auch über den Fall unterhalten. Dabei und vor allem im Gespräch mit seiner Frau, die in ihrer langjährigen Ehe mit einem Kriminalisten gelernt hatte, die richtigen Fragen zu stellen, waren ihm die Details deutlicher geworden. Fest steht,

dachte er, dass der Tote an Gift gestorben ist. Die Obduktion lässt daran keinen Zweifel. Fest steht weiter, dass auf das Opfer geschossen wurde, und zwar, nachdem es an Gift gestorben war. Und dann die Sache mit dem Trainingsanzug. Mauritz hat gesagt, der oder die Täter hätten das Gewand des Toten gegen den Trainingsanzug ausgetauscht und ihm dann die Schrotladung verpasst. Wenn es so gewesen wäre, müsste der Trainingsanzug über und über mit Blut befleckt gewesen sein. Seiner Erinnerung nach war er das aber nicht. Das bedeutet, der Täter muss zuerst geschossen und dann den Kleidertausch vorgenommen haben. Wenn also durch die Sache mit dem Trainingsanzug das Opfer als Jogger getarnt werden sollte, hat gerade dadurch der Täter einen Fehler gemacht, denn als Jogger hätte der Erschossene den Trainingsanzug ja schon vor der Tat getragen. Den Ermittlungen nützt das allerdings auch nichts.

Wendl brabbelte vor sich hin: »Immerhin sieht man, wie schnell man sich täuschen kann. Wenn man sich die ganze Sache noch einmal durch den Kopf gehen lässt, ist eigentlich der Tathergang, wie wir ihn uns zurechtgelegt haben, abgesehen von dem Giftmord und dem, was unmittelbar danach passierte, eine Hypothese. Sie besitzt zwar eine gewisse Wahrscheinlichkeit, aber auch nicht mehr. Das, was uns der Kellner im Schumanns beschrieben hat, muss mit der Tat überhaupt nichts zu tun haben. Dieser Mike hat ja gar nicht gesagt, wohin das Paar gegangen ist, nachdem es die Bar verlassen hatte. Konnte er auch gar nicht. Wenn das aber so ist, können wir die Phantombilder sowieso vergessen.«

Nach kurzem Zögern rief er Mauritz an und sagte ihm alles, was ihm durch den Kopf gegangen war. Um wenigstens die Zweifel auszuschließen, die man ausschließen konnte, bat er ihn, sich den Trainingsanzug noch einmal anzusehen. Mauritz musste seinem Chef vollkommen recht geben und ging sofort in die Asservatenkammer. Bereits nach einer Viertelstunde rief er wieder bei Wendl an.

»Sie hatten recht. Auf dem Anzug sind zwar einzelne Blutflecken, was kein Wunder ist, weil das Opfer ja noch geblutet hat, als ihm das Ding unmittelbar nach dem Schuss angezogen wurde. Er kann es aber keinesfalls getragen haben, als auf ihn geschossen wurde. Ich habe aber etwas anderes gefunden. In einer Falte der einen Hosentasche war eine zerfledderte Karte mit der Adresse eines Fitnessstudios. Ich komme damit gleich zu Ihnen.«

Gemeinsam lasen sie die Adresse des Studios. Es hatte den kraftvollen Namen »Atlas«.

»Ich fahre gleich hin.«

»Tun Sie das und nehmen Sie trotzdem das Phantombild des Opfers mit.«

Mauritz ging und ließ Wendl in wenig begeisterter Stimmung zurück. Aus dem Münchner Straßenverzeichnis entnahm Mauritz, dass es sich um eine Adresse im Stadtteil Sendling handelte. Als der Inspektor an der angegebenen Stelle ankam, musste er feststellen, dass es kein Fitnessstudio gab. Die Hausnummer stimmte, aber außer einem Schreibwarenladen im Erdgeschoss waren in dem Haus nur Wohnungen. Er betrat das Geschäft, das vollkommen leer war. Auf sein fragendes »Hallo, ist da wer?« kam aus einem hinteren Zimmer eine alte Frau und fragte ihn, was er wolle. Mauritz fragte die Ladeninhaberin, ob es hier einmal so etwas wie das, was auf der Karte bezeichnet war, gegeben hätte. Die Frau betrachtete das zerknitterte Stück Papier, las den Text und bejahte die Frage. Ihre Erinnerung belebte sich, denn sie fügte hinzu, dass der frühere Inhaber vor zwei oder drei Jahren aufgehört hätte, weil zu wenige Leute gekommen seien. Er sei dann weggezogen, wohin wisse sie nicht. Aber er hätte eine Anzeige hinterlassen, in der die alten Kunden an ein anderes Studio empfohlen worden sind.

Ob sie diese Anzeige noch hätte, fragte Mauritz, und die Frau antwortete, sie glaube schon, sie müsse sie noch haben. Sie sei damals ein paar Mal danach gefragt worden. Sie griff in eine

Schublade, fand sie und gab sie Mauritz, der sich die Adresse notierte. Er bedankte sich und verließ den Laden.

Er fuhr gleich weiter zu der neuen Adresse und staunte nicht schlecht. Das Studio lag – oder besser gesagt residierte – in einer Altbogenhauser Villa am Isarhochufer, gleich hinter dem Friedensengel. Der Straßenname kam ihm irgendwie bekannt vor: Möhlstraße. Er grub in seiner Erinnerung und fand schließlich das, wonach er suchte. Sein Großvater hatte ihm, als er ein kleiner Junge war, spannende Geschichten aus der Nachkriegszeit erzählt. Besonders aufregend fand er immer die Geschichten vom Schwarzhandel, dessen Zentrum eben die Möhlstraße gewesen war. Er stellte sich vor, wie da, wo er jetzt stand, damals geheimnisvolle Männer, vermummt und mit tief ins Gesicht gezogenem Hut, Waren, die sie unter ihren Mänteln verborgen hatten, zum Tausch anboten, aufmerksam lauschend, damit sie beim Auftauchen der amerikanischen Militärpolizei sofort verschwinden konnten.

Die Atmosphäre hatte sich verändert. Die Außengestaltung des Hauses, vor dem er stand, war unauffällig, aber teuer, was man den verwendeten Baumaterialien sofort ansehen konnte. Er betrat die Villa durch den an ihrer Schmalseite gelegenen Eingang und gelangte in eine Art Vestibül. Von dort konnte man durch eine große Glasscheibe die Übungsräume überblicken, die sich von der Rückseite des Gebäudes in den Garten erstreckten. Mauritz erinnerte das Ganze an einen riesigen chromgefassten Wintergarten, in dem vielfältige Fitness spross. Obwohl man noch keineswegs von Feierabendzeit reden konnte, war der Besuch rege. Allem Anschein nach gab es in der Münchner Bevölkerung doch sehr viele Freiberufler oder Leute ohne feste Arbeitszeit. Im Eingangsbereich befand sich eine Theke, hinter der eine junge Dame den eintretenden Inspektor begrüßte. Ihre sportliche Eleganz, die in einen hellblauen Hosenanzug aus Seidensatin gehüllt war, wurde gekrönt von einem routinierten Lächeln, das allerdings schnell verblasste, als Mauritz sich vorstellte, seinen Dienstausweis zeigte und erklärte, dass er in einer Mordsache ermittle. Da er manchmal ein bisschen boshaft sein konnte, wenn er sich durch aufgesetzte Vornehmheit gereizt fühlte, genoss er die Wirkung seiner Mitteilung. Nachdem er seinem Affen genügend Zucker gegeben hatte, fügte er in entspanntem Ton hinzu: »Nicht, dass Sie glauben, ich nehme an, jemand habe in diesem schönen Haus einen Mord begangen, aber ich muss einem bestimmten Hinweis nachgehen.«

Dann schilderte er möglichst konzentriert den Fund der Leiche im Trainingsanzug, von dem die junge Dame natürlich schon gelesen hatte, kam auf den Hinweis auf das nicht mehr vorhandene Vorgängerinstitut und endete schließlich mit der entscheidenden Frage, ob ihr dieser Trainingsanzug, den er dabei aus seiner Tasche zog, bekannt vorkomme.

Sie wirkte fast belustigt, als sie antwortete: »Nein, dieses Teil entspricht keinesfalls der Corporate Identity unseres Hauses.« Dabei wies sie auf die einheitlich schwarzen Anzüge aus feiner Baumwolle hin, welche die Aktiven hinter der Glasscheibe trugen. Das modische Gefälle konnte allerdings kaum größer sein.

»Wie kommen Sie denn eigentlich dazu, einen solchen Zusammenhang herzustellen?«

»Nun, ich erläuterte doch eben, vielleicht ein wenig zu knapp, um ganz verständlich zu sein, dass wir in diesem Anzug, den der Ermordete trug, eine Karte gefunden haben, durch die wir indirekt auf Ihr Institut verwiesen wurden.«

»Ach so, jetzt verstehe ich, aber ich kann Ihnen bei Ihren Untersuchungen wirklich nicht helfen. Wir haben zwar damals bei unserer Gründung die Kundenkartei von Herrn ... – ich weiß den Namen schon nicht mehr – übernommen und auch einen Hinweis auf uns an der alten Stelle hinterlassen, aber es hat sich dann sehr schnell herausgestellt, dass es sich bei unserer Klientel um ein anderes Genre handelte. Wir haben, glaube ich, keinen einzigen Kunden mehr aus der alten Zeit.«

Mauritz verkniff sich die Bemerkung, dass auch er nicht davon ausgehe, es könnte sich bei dem Mordopfer um einen Kunden dieses Etablissements handeln. Es war ihm durchaus klar, dass dem Toten der Anzug von jemand ganz anderem angezogen worden war. Ihm war klar geworden, dass er an dieser Stelle keine weiteren Erkenntnisse mehr gewinnen konnte. Das Phantombild zu zeigen, erschien im angesichts der Lage vollends überflüssig. Als er sich verabschieden wollte, betrat ein jüngerer Herr mit federnden Schritten, die auf die häufige Benutzung der vorhandenen Geräte schließen ließ, den Raum. Er trug den überall sichtbaren Dress, der, wie Mauritz gelernt hatte, der Corporate Identity dieses Hauses entsprach.

»Hallo Bernd«, rief das Mädchen und fügte auf den fragenden Blick des Angesprochenen hinzu, »das ist Inspektor ... wie war doch gleich Ihr Name?«

Mauritz griff automatisch nach seinem Dienstausweis und beeilte sich, seinen Namen zu nennen.

»Ja, richtig, Herr Mauritz ist wegen einer aufregenden Sache unterwegs. Übrigens, Bernd ist hier der Chef des Ganzen.«

»Angenehm.«

»Angenehm.«

»Herr Mauritz fand in dem Trainingsanzug des ermordeten Mannes, den die Polizei im Hofgarten gefunden hat, eine Karte vom »Atlas«. Er hat gefunden, dass wir in gewisser Weise der Nachfolger sind, weil wir die Kundenkartei übernommen haben, und jetzt will er wissen, ob wir zu diesem Anzug etwas sagen können. Ich habe ihm schon gesagt, dass wir mit dem früheren Institut nichts zu tun haben.«

»Darf ich mal?« Bernd wandte sich an Mauritz. Der öffnete seine Tasche und ließ Bernd einen Blick hineinwerfen. Der schüttelte den Kopf.

»Kommt bei uns nicht vor. Aber das hast du ja Herrn Mauritz bereits erläutert?«

»Habe ich.«

»Na, dann ist es ja gut. Ich darf mich entschuldigen. Ich habe zu tun. Wenn wir sonst noch irgendwie behilflich sein können, können Sie sich jederzeit an Evelyn wenden.« Er wies verbindlich auf das Mädchen im blauen Hosenanzug.

»Vielen Dank, sehr freundlich, aber ich glaube nicht, dass das nötig sein wird. Also dann, auf Wiedersehen.« Er nickte Evelyn freundlich zu und wandte sich zum Ausgang. Im Weggehen dachte er: Komisch, irgendwie sehen diese Sportler alle gleich aus.

Zurück im Präsidium, berichtete Mauritz seinem Chef von seiner Erkundungstour zwischen Sendling und Bogenhausen sowie über die bemerkenswerte Entwicklungskurve des besuchten Fitnessstudios.

»Ja, ja«, meinte Wendl, »man hätte halt was Gescheites lernen sollen. Der Trainingsanzug passte wohl nicht zum Image dieses Sporttempels!«

»Absolut nicht, im Gegenteil, ich spürte ein Gefühl persönlichen Befremdens. Dieser elegante Schuh da drüben hätte besser gepasst. Der war doch vorhin noch nicht da.« Er zeigte auf einen Herrenhalbschuh aus feinem Leder, hellbraun mit einem Stich ins Gelbliche.

Wendl lachte. »Raten Sie einmal, wo der herkommt.«

Mauritz hob die Schultern.

»Der Schorschi hat ihn gebracht, er war vorhin da. Den hätten Sie hören sollen. Als Erstes sagte er mir ›Hast du Glück, dass ich nur den einen gefunden habe, nicht weit weg von dem Platz, wo der Tote gelegen hat. Wenn der andere auch da gewesen wäre, hättet ihr nichts von mir gesehen, aber bei einem einzelnen Schuh, den kein Mensch brauchen kann, schlägt mein staatsbürgerliches Gewissen. Ich habe mich natürlich schon in den besseren Schuhgeschäften da herum erkundigt. Einstimmiges Urteil: italienisches Modell. Aber das sieht der Kenner auch so‹, dann hat er sich wegen dringender Termine entschuldigt, und fort war er.«

»Also wieder ein kleines Stück Ermittlungsarbeit. Ab ins Labor zum DNA-Test. Vielleicht haben wir Glück und der Träger hatte Schweißfüße.« Mauritz wollte sarkastisch erscheinen, aber er klang eher resigniert.

Sein Vorgesetzter versuchte ihn aufzumuntern. »Nicht aufgeben, es wird schon. Auf alle Fälle soll die Susi den Schuh noch dem Kellner zeigen, ob er ihn erkennt. Es ist zwar ziemlich unwahrscheinlich, aber wir dürfen nichts unversucht lassen. Und dann machen wir noch etwas anderes: Wir schicken ein Foto von dem Schuh an unseren alten Freund Claudio Bedretti in Verona, mit allen Details, damit er uns das geschmackssichere Urteil unseres Experten Schorschi bestätigt. Vielleicht kann er uns sagen, wo und wie die Marke vertrieben wird.«

Alles geschah wie besprochen.

Zwei Stunden später rief Claudio an. »Hallo Ludovico, willst du in die Schuhmode gehen? Mit dem Modell würdest du keinen schlechten Anfang machen. Ziemlich hochpreisig, aber nicht zu exklusiv. Die Herstellerfirma sitzt in Bologna, verkauft wird der Schuh in allen guten Schuhgeschäften im Land, also ich meine, in allen größeren Städten, allerdings in der Form nur in Italien. Das kann man am Druck der Marke feststellen. Bei Exportmodellen gibt es einen Unterschied. Der Schuh ist also definitiv hier gekauft worden und nicht bei euch. Aber sag mir, wie kommt der Schuh zur Mordkommission?«

Wendl schilderte seinem alten Kollegen, den er seit vielen Jahren aus gemeinschaftlich besuchten Fachveranstaltungen der beiden Partnerstädte kannte und der sein Freund geworden war, seinen neuesten Fall mit allen wesentlichen Einzelheiten.

»Du weißt schon«, unterbrach ihn Bedretti, »das mit dem Gesicht ist typisch Mafia.«

»Ich weiß, aber wir haben für einen derartigen Hintergrund keinen Anhaltspunkt. Der Schuh ist der erste und bisher einzige Hinweis auf Italien. Du kannst mir dazu natürlich nichts sagen.«

»Nein, wirklich nicht. Bei der lebhaften Tätigkeit unserer

ehrenwerten Gesellschaft, die in letzter Zeit immer stärker mit dem europäischen Einigungsprozess korreliert, reichen deine derzeitigen Erkenntnisse nicht, um in irgendwelche Datenbanken zu blicken.«
»Ist schon klar, aber trotzdem vielen Dank. Ciao Claudio.«
»Ciao, und wenn du was hast, du weißt schon!«
Wie erwartet, konnte auch Mike nichts zur Aufklärung beitragen.
Wendl studierte einige Zeit die Presse vom Tage, doch außer neuesten Meldungen aus dem Trainingslager des FC Bayern München, weiteren Missbrauchsfällen aus kirchlichen und anderen Internaten und erneuten Versicherungen der Bundesregierung sowie einem halben Dutzend Länderfinanzministerien, dass die angebotenen Daten über Steuersünder trotz rechtlicher Bedenken nun doch angekauft würden, und dass es mit der Gelegenheit zu einer strafbefreienden Selbstanzeige jetzt bald vorbei sein würde, fand er nichts Auffälliges.

Am nächsten Tag – es war tatsächlich schon eine Woche seit der Tat vergangen – erwies es sich, dass sich bei Schorschi nicht nur das staatsbürgerliche Gewissen, sondern auch sein Mitteilungsbedürfnis gegenüber der lokalen Presse geregt hatte. Er musste den Kontakt nicht suchen, denn die Enthüllungsjournalisten der Münchner Zeitungen hielten immer Verbindung mit ihm, weil seine Erkenntnisse über die vielfältigen Ereignisse in der Münchner Gesellschaft unbezahlbar waren. Der italienische Schuh wurde in kürzester Zeit ein Objekt allgemeiner Aufmerksamkeit und gab der Erörterung eine ganz neue Richtung. »Mafiamord jetzt auch in der bayerischen Landeshauptstadt?«, das war der Tenor, der die stolze Kriminalstatistik des Freistaates in Gefahr zu bringen drohte, weshalb das Landeskriminalamt in Aktion trat. Umfangreiche Befragungen aller potenziellen Vertragspartner von Schutzgeldfirmen im Gastronomiebereich und in anderen gefährdeten Branchen folgten in routinierter Art und Weise.

In den italienischen Kreisen der Stadt reagierte man gelassen, was wiederum den Pressesprecher des Bayerischen Staatsministeriums des Inneren zu der beruhigenden Erklärung veranlassen konnte, dass Anzeichen für einen Akt organisierter Kriminalität nicht vorlägen. Keineswegs wurde hierdurch die Sache aus den Schlagzeilen gerückt, da pädophile Priester und sich selbst anzeigende Steuersünder als Lieferanten von Nachrichten für einige Tage eine Auszeit genommen zu haben schienen.

Bei der Mordkommission gingen mehrere Hinweise auf Personen ein, die in den letzten Tagen bräunlich-gelbe Schuhe getragen hätten, die nun gewechselt worden seien. Das war der in solchen Situationen übliche Unsinn, der von Wichtigtuern, die nichts Besseres zu tun hatten, in die Welt gesetzt wurde.

Beim Abendessen sagte Frau Wendl zu ihrem Mann: »Weißt du, Ludwig, wenn ich das da lese von eurem Fall, denke ich mir, du könntest auch mal wieder ein Paar neue Schuhe brauchen, und zwar vielleicht diesmal etwas Modisches.«

»Geh weiter, dass ich dann auch in der Zeitung stehe«, war der Kommentar des weltweisen Kriminalbeamten.

IV.

Das alljährlich wiederkehrende goldene Zeitalter in Florenz zwischen Halloween und dem Valentinstag, in dem die Stadt nur sich selbst und einigen unauffälligen Kunsthistorikern gehörte, war wieder einmal vorbei. Die Frühlingssonne hatte südlich des Apennins ein Wachstumsklima geschaffen, in dem die Touristenschwärme wie Pilze aus dem Boden schossen. Florenz begann zu beben.

In einem kleinen Café am südlichen Rand der Piazza della Signoria saß Salvatore Pasqua vor einem Cappuccino und blinzelte in die vormittägliche Sonne. Aus dem Hof des Uffizienpalastes marschierte eine Kompanie japanischer Besucher heraus, die Blicke aufmerksam auf den steil empor gerichteten Schirm ihres Fähnrichs geheftet, schwenkte auf den Platz ein, beachtete die Bronzetüren des Baptisteriums nicht und machte erst vor der Nordseite des Palazzo Vecchio halt, wo eine runde Metallplatte in das Straßenpflaster eingelassen war. Sie markierte den Ort, an dem vor über 500 Jahren der Mönch Girolamo Savonarola hingerichtet worden war. Die geschichtlichen Zusammenhänge wurden kurz erläutert, der historische Platz wurde vielfach fotografiert, und dann zog die Truppe in geordneter Formation durch das große Eingangstor in den städtischen Palast ein. Der Vorgang wiederholte sich in wechselnder Besetzung und leicht variierter Form ununterbrochen.

Pasqua hatte nicht aufgehört zu blinzeln, er fuhr damit fort, und zwar so, dass er mehrfach mit den Lidern nickte und dann für eine Weile mit weit geöffneten Augen schräg vor sich nach oben blickte. Ein aufmerksamer Beobachter hätte, wenn es ihn gegeben hätte, den Eindruck gewinnen müssen, dass er nervös auf das Getümmel um ihn herum reagierte, weil es ihn daran hinderte, sich auf etwas Wesentliches zu konzentrieren. Der Eindruck wäre nicht falsch gewesen, denn Pasqua dachte in der Tat nach. Es war etwas geschehen, was er nicht gewohnt war und was er infolgedessen nicht begriff. Stucken hatte ihn versetzt. Mit seinem deutschen Kollegen war er sich in einem Telefongespräch vor einer Woche darüber einig gewesen, dass eine Unterredung über die aktuelle geschäftliche Situation dringend erforderlich sei. Er hatte als Ort hierfür Florenz vorgeschlagen. Treffpunkt sollte die Brancacci-Kapelle in der Kirche Santa Maria del Carmine sein, und zwar an diesem Montag nach Öffnung der Kirche. Diesen Vorschlag hatte Stucken gemacht, der gern mit seinem bildungsbürgerlichen Hintergrund kokettierte. In dieser Kapelle war nämlich in einem Fresco des Malers Masaccio das biblische Gleichnis vom Zinsgroschen dargestellt, in dem es, stark vereinfacht gesagt, um die Frage ging, welcher Teil aus privaten Einkünften dem Fiskus geschuldet sei. Stucken sah hierin einen passenden Zusammenhang mit ihrem Geschäftsmodell. Pasqua hatte, wie gesagt, das Treffen angeregt, aber er wusste nicht mehr genau, ob er einen Rückruf erbeten hatte oder ob er angekündigt hatte, selbst noch einmal anzurufen, um die Verabredung zu bestätigen. Wie auch immer, Stucken war zur vorgesehenen Zeit nicht gekommen. Er zögerte, in Hamburg nachzufragen, weil er keine vielleicht überflüssige Unruhe erregen wollte, sondern bestellte zur Abwechslung einen Fernet Branca.

Gegen Mittag wurde der Betrieb auf den Straßen und Plätzen weniger, dafür füllten sich die Lokale, in denen vorwiegend Pizza serviert wurde. Der Lärmpegel stieg, und so beschloss Pasqua, den unbequem gewordenen Ort zu verlassen. Er ging zu seinem Hotel, das an einem kleinen Platz in der Nähe des Ponte Vecchio lag, mit der Absicht, eine ausgiebige Siesta zu halten. Danach würde man weitersehen. In seinem Schlüsselfach lag eine Notiz, die von seiner Sekretärin übermittelt worden war. Er war erstaunt, weil er in seinem römischen Büro nicht hinterlassen hatte, wohin er gefahren war. Offensichtlich hatte ein einziges am Morgen geführtes Telefongespräch ausgereicht, um ihn zu orten. In der Nachricht wurde ihm mitgeteilt, dass ihn zwei Herren aus Neapel dringend zu sprechen wünschen. Er rief zurück, aber eine über die geschriebene Nachricht hinausgehende Information konnte ihm seine Sekretärin auch nicht geben. Die beiden Herren waren unbekannt, schienen aber über seine geschäftlichen Aktivitäten bestens informiert zu sein. Nachdem sie gehört hatten, dass er verreist sei, äußerten sie die dringende Erwartung, dass er sich nach seiner Rückkehr umgehend mit ihnen in Verbindung setzen möge, wobei sie hinzufügten, sie gingen davon aus, dass diese Kontaktaufnahme innerhalb von 24 Stunden erfolge. Pasqua war beunruhigt und hielt es nun für an der Zeit, sich doch einmal mit Stucken in Verbindung zu setzen.

Am Apparat war Heike. »Signore Pasqua!«, rief sie erstaunt. »Gut, dass Sie anrufen, ich hätte es auch getan, es war Gedankenübertragung. Ich hatte Ihren Anruf längst erwartet.«

Pasqua war nun jedenfalls klar, dass er nicht um einen Rückruf gebeten hatte, sondern dass er am Zug gewesen wäre. »Entschuldigungen Sie bitte vielmals, Heike, ich habe etwas durcheinandergebracht. Ich hatte mit Herrn Stucken ein Treffen in Florenz vereinbart, und ich wusste nicht mehr, wer wem die Vereinbarung bestätigen soll. Sei es, wie es sei, viel mehr interessiert mich, ob ihm etwas dazwischengekommen ist?«

»Wieso? Ist er denn nicht gekommen?«

»Nein, natürlich nicht, sonst würde ich ja nicht anrufen.«

Heike war einen Augenblick sprachlos. Dann sagte sie mit einer Ruhe in der Stimme, die sie sich abringen musste: »Ich habe Herrn Stucken zuletzt Anfang letzter Woche gesehen, nachdem es hier in Hamburg ein Investorentreffen gegeben hatte, das alles andere als erfreulich verlaufen war. Er hatte danach versucht, mich zu erreichen, und mir, nachdem das nicht geklappt hatte, auf dem Anrufbeantworter die Nachricht hinterlassen, er wolle sich mit Ihnen in Florenz treffen. Er sagte noch als Stichwort ›Zinsgroschen‹. Ich kann mir unter dieser geheimnisvoll klingenden Angabe nichts vorstellen. Können Sie damit etwas anfangen?«

»Ja, das geht schon in Ordnung.« Weiter sagte Pasqua nichts, denn er spürte Heikes Unruhe.

Diese nahm den Gesprächsfaden noch einmal auf. »Ich sollte Ihnen noch sagen, dass mich vor ein paar Tagen Dr. Godeau anrief, und zwar aus München. Er fragte mich auch nach Stucken, er hatte ihn letzten Donnerstag in München erwartet. Das Treffen kam aber auch nicht zustande. Am Schluss des Gesprächs meinte Dr. Godeau, er halte es für möglich, dass Stucken nach Neapel geflogen sei. Das hat mich sehr überrascht, denn da war er meines Wissens noch nie. Mir kam es so vor, als wenn Dr. Godeau etwas wusste, was er mir nicht sagen wollte. Ich mache mir jetzt, ehrlich gesagt, Sorgen darüber, ob irgendetwas Unangenehmes passiert ist.«

Nach einigen Sekunden beiderseitigen Schweigens sagte Pasqua: »Sagten Sie Neapel?

»Ja, Godeau sagte es.«

»Heike, ich muss jetzt Schluss machen. Sie hören von mir.«

»Ja, und ich hoffe bald.«

Am selben Abend war Pasqua in Rom. Er ging über den Campo dei fiori zu seinem Büro, das um diese Zeit leer war. Er legte seiner Sekretärin einen Zettel auf den Schreibtisch mit der Bitte, den beiden angekündigten Herren am kommenden Vormittag um elf Uhr einen Termin anzubieten. Der Termin war sorgfältig kalkuliert, weil er unter den gegebenen Umständen außerhalb der 24-Stunden-Frist lag. Pasqua meinte, diese Geste sei er seinem Selbstverständnis schuldig. Dann ging er in seine Wohnung, wo ihn niemand erwartete. Seine Frau war mit den Kindern für eine Woche in das Landhaus ihrer Eltern in den Albaner Bergen gefahren. Er hatte das Gefühl, dass er zu irgendeiner ernst zu nehmenden Tätigkeit nicht mehr in der Lage sein würde, und schaltete daher die Abendnachrichten der RAI ein. Die Meldungen fielen nicht aus dem Rahmen der üblichen nationalen und internationalen Belanglosigkeiten, die von befragten Politikern mit jener gespreizten Ignoranz kommentiert wurden, die zum Markenzeichen dieser Gesellschaftsklasse geworden war. Am Schluss wurde eher beiläufig erwähnt, dass ein Fischer im Tyrrhenischen Meer, südlich von Salerno, als er in seinem Hafen angelegt hatte, eine in seinem Netz verfangene männliche Leiche gefunden hatte. Die Carabinieri konnten noch keine näheren Angaben machen. Anschließend wurde in einer Talkshow die Frage behandelt, von welchem Alter an in staatlichen Schulen kostenlos Kondome verteilt werden sollten. Ein Priester äußerte Bedenken, eine Parlamentsabgeordnete der Linken zeigt sich aufgeschlossen. Pasqua beschloss, an diesem Abend auf eine Lösung des Problems zu verzichten und ging ins Bett. Er schlief in dieser Nacht sehr unruhig. In den Morgennachrichten hörte er, dass sich in der Angelegenheit des Toten im Fischnetz die Kriminalpolizei eingeschaltet hatte. Mehr wurde nicht verlautbart.

Auf dem Weg ins Büro nahm Pasqua in einer Bar einen Kaffee und ein Cornetto, und gegen neun Uhr stand er seiner Sekretärin, Signorina Gabriella Orsini, gegenüber. Signorina Orsini war eine Dame von ungewöhnlicher, jedoch überhaupt nicht modisch betonter Eleganz. Ihr schlichtes mauvefarbenes Kostüm harmonierte mit ihrem dichten schwarzen Haar, das ein Gesicht von zarter blasser Hautfarbe umrahmte, dessen Züge ihren uralten Adel, der seinen Ausdruck in ihrem Namen fand, widerspiegelten. An sich entsprach ihre berufliche Stellung in keiner Weise ihrer Persönlichkeit, aber die Sparmaßnahmen der Regierung im Schulwesen hinderten sie daran, ihren eigentlichen Beruf, professoressa in klassischer Philologie, auszuüben. Pasqua genoss den Eindruck, den Signorina Orsini machte.

»Sagen Sie«, begann er, »waren die beiden erwähnten Männer hier oder wandten sie sich telefonisch an Sie?«

»Nein, sie waren hier.«
»Und der Termin um elf Uhr steht?«
»Ja, ich habe ihn durchgegeben.«
»Wie war Ihr Eindruck während des Besuches?«
Signorina Orsini, in deren Gesicht sich äußerster Abscheu ausdrückte, rang nach Worten. »Nicht gut, sie waren nicht sympathisch, glatt und kalt. Ich dachte mir, wenn Fische lachen könnten, müssten sie ungefähr so aussehen wie diese Herren.«
»Das klingt ja nicht gerade verheißungsvoll. Lassen wir uns überraschen. Sonst war nichts Besonderes?«
»Nein, es war sehr ruhig.«
Punkt elf Uhr standen die beiden Herren vor der Tür und Gabriella führte sie zu Pasqua. Als sie dessen Zimmer betraten, glaubte er, einen kalten Lufthauch zu spüren, der die Raumtemperatur absenkte. Er bot seinen Gästen Platz auf den Besucherstühlen vor seinem Schreibtisch an. Nachdem sie sich gesetzt hatten und sich mit ihm auf Augenhöhe befanden, betrachtete sie Pasqua aufmerksam und stellte fest, dass die Beschreibung von Signorina Orsini wie immer, wenn es um die Beurteilung von Menschen ging, den Nagel auf den Kopf getroffen hatte.
»Womit kann ich Ihnen dienen?«, eröffnete er die Partie, »und darf ich zunächst fragen, mit wem ich die Ehre habe?«
Der Ältere der beiden ergriff das Wort. »Unsere Namen tun nichts zur Sache. Wir sind Freunde von Herrn Stucken, sagen wir es einmal so.«
»Warum kommen Sie dann zu mir und gehen nicht zu ihm? Ich glaube sogar, er ist in Neapel.« Der letzte Satz entsprang einem plötzlichen Einfall, und Pasqua war stolz darauf, dass er, wie er meinte, einen Köder gelegt hatte.
»Das glaube ich nicht«, erwiderte ungerührt der Wortführer der Gegenseite, »davon hätte er mir bestimmt etwas gesagt. Aber ich schlage vor, dass wir uns nicht mit Vermutungen aufhalten. Wir wollten ohnehin nur mit Ihnen reden.«
»Da bin ich aber neugierig.«

»Nun, es ist eigentlich ganz einfach. Der Anlagefonds, dessen Geschäftsführer unser Freund Stucken ist und dessen Repräsentant in Italien Sie sind, investiert in Lebensversicherungsverträge.«

»Das ist mir bekannt.«

Der Besucher überhörte den ironischen Ton, mit dem sich Pasqua Sicherheit zu verschaffen versuchte, und fuhr fort: »Ihre Aufgabe ist es zunächst, geeignete Personen zu finden, die möglichst hohe Versicherungssummen abgeschlossen haben. Das ist sozusagen der Ausgangspunkt, ohne den das ganze Geschäft gar nicht in Angriff genommen werden könnte. Dies setzt aber, sagen wir es so, eine gewisse Zusammenarbeit mit den entsprechenden Versicherungsgesellschaften voraus.«

»Was heißt Zusammenarbeit? Ich muss lediglich wissen, wer Versicherter ist.«

»Ganz recht, das sage ich ja. Die Frage ist nur, wie Sie an dieses Wissen gelangen?«

»Ich glaube nicht, dass Sie das etwas angeht.«

»Was mich etwas angeht, pflege ich im Allgemeinen selbst zu entscheiden, vor allem, wenn ich als rechtlich denkender Staatsbürger glaube, Anlass zu der Annahme zu haben, dass ... «, er wiegte seinen Kopf kummervoll hin und her »... etwas nicht mit rechten Dingen zugeht.«

Bei der Erwähnung der »rechten Dinge« richtete sich der zweite Besucher, der bisher dagesessen hatte, als ob ihm der Inhalt des Gesprächs ziemlich gleichgültig sei, auf und rückte auf seinem Stuhl nach vorn. Pasqua fühlte sich in dieser Situation nicht ausgesprochen wohl, aber er nahm sich zusammen und sagte mit fester Stimme: »Ihre Unterstellungen verbitte ich mir ganz energisch. Sie sind auch sachlich völlig haltlos. Wie sollte bei der Geschäftstätigkeit des Unternehmens, dem ich anzugehören die Ehre habe, dessen Gegenstand der Ankauf von Versicherungspolicen ist, die auf freien Vereinbarungen beruhen, etwas nicht mit rechten Dingen zugehen?«

»Beim Abschluss der Verträge nicht, aber vielleicht liegt ein Problem darin, wie Sie sich die Namen und Adressen Ihrer ins Auge gefassten Vertragspartner beschaffen.«

Pasqua wurde bleich. Dahin also ging die Reise. Der ihm langsam unheimlich werdende Besucher fuhr fort: »Kundendaten einer Versicherungsgesellschaft sind wie viele andere Daten geschützt und müssen sehr vertraulich behandelt werden. Leider kann man sich heutzutage nicht mehr darauf verlassen, dass das an sich selbstverständliche Geschäftsgebaren überall und in vollem Umfang verwirklicht wird. Wir … «, dabei blickte er auf seinen stummen Begleiter und machte mit seinem rechten Arm eine weit ausholende Bewegung, als wolle er eine große Schar von Mitkämpfern in den Vordergrund holen, »wir, eine Gruppe von Idealisten, haben es uns zur Aufgabe gemacht, Transparenz und Ehrenhaftigkeit in allen Bereichen der Gesellschaft, vor allem aber im wirtschaftlichen Leben, zu stärken und Verletzungen dieser Prinzipen zu verhindern, oder dort, wo sie bedauerlicherweise bereits Platz gegriffen haben, zu unterbinden. Sie können sich vorstellen, dass wir bei unseren Bestrebungen auf die Unterstützung gutwilliger Mitbürger angewiesen sind.«

Pasqua atmete erleichtert auf. »Sie können versichert sein, dass ich vollständig auf Ihrer Seite stehe und dass ich alles tun werde, in meinem beruflichen Umfeld durch Wort und Tat Ihrem großartigen Anliegen, das höchste Anerkennung verdient, dienlich zu sein.«

Sein Gegenüber blickte grüblerisch ins Leere. Dann nahm er den Faden auf und sagte: »Ich hatte eigentlich eher an eine finanzielle Unterstützung gedacht.«

Bei den letzten Worten hob sein Begleiter den Kopf wie ein Hund, dessen Herrchen eines der wenigen Stichwörter, die in seinem Hirn Platz hatten, gebrauchte. Pasqua fiel es nun nach einer Berg- und Talfahrt seiner Empfindungen endgültig wie Schuppen von den Augen. Er bewahrte aber Haltung und versuchte zu retten, was zu retten war.

»Ich werde Ihnen über meine Beziehungen zu den Versicherungsgesellschaften kein Wort mehr sagen. Das gebietet mir der Grundsatz der Vertraulichkeit.«

»Das brauchen Sie auch nicht, denn die Herren, mit denen Sie es zu tun haben, waren bereitwilliger als Sie und haben uns bereits alles Wissenswerte erzählt. Ich nenne als besonders markantes Beispiel nur Signore Borghetti.«

Der Name Borghetti schlug bei Pasqua wie ein Blitz ein. Borghetti war sein wertvollster Kontaktmann. Er verkaufte ihm die Adressen der bei seiner Gesellschaft Versicherten.

»Aber wir wollen Sie am ersten Tag nicht überfordern. Lassen Sie sich unser Gespräch in aller Ruhe noch einmal durch den Kopf gehen. Sie werden dann sicher die richtige Entscheidung treffen.«

Die Besucher erhoben sich und wandten sich zum Gehen. An der Tür drehte sich der Wortführer noch einmal um und fragte: »Haben Sie übrigens schon von dem bedauerlichen Unfall vor der Küste bei Salerno gehört?«

Dann gingen sie.

Salvatore Pasqua saß am anderen Morgen schon früh in seinem Büro. Er war ein erfahrener Geschäftsmann, aber was er am vergangenen Tag gehört hatte, war auch für ihn neu. Dass in dem Land, in dem er lebte, das organisierte Verbrechen eine alltägliche Erscheinung war, daran hatte er nie gezweifelt. Aber nun war es ihm persönlich begegnet, in zweifacher Gestalt. Er sollte erpresst werden. Warum und wofür? Mit dieser Frage begann in seinem Kopf der erste nüchterne Gedanke wieder Platz zu greifen. Er bemühte sich, für einen bestimmten geschäftlichen Zweck Kunden zu finden. Zugegeben, er setzte dafür Mittel ein, die nicht ganz korrekt waren. Er bezahlte an seine Partner in den Versicherungsgesellschaften Provisionen dafür, dass sie ihm Kunden benannten. Borghetti war der wichtigste dieser Partner. Auf deren Seite sah die Sache sicher anders aus. Sie taten etwas, womit sie ihre Pflichten gegenüber ihren Arbeitgebern verletzten, aber er? Er förderte die Interessen seines Unternehmens, eines Anlagefonds und damit indirekt den Vorteil aller derer, die diesem Fonds ihr Geld anvertraut hatten.

Seine Gedanken schweiften weiter. Er hatte nie die kritischen Diskussionen verstanden, die seit einiger Zeit um die Schmiergeldskandale großer Unternehmen geführt wurden. Wenn durch sogenannte nützliche Abgaben die Umsätze und Erträge dieser Unternehmen gesteigert wurden, konnten doch eigentlich alle zufrieden sein, Aktionäre und letzten Endes auch der Steuerfiskus. Sie hatten alle etwas davon. Aber gut, das war nicht sein Problem. Er sollte erpresst werden, und dass es den Erpressern ernst war, zeigte der Hinweis auf den Toten im Meer. Aber noch einmal, warum er? Bei Borghetti war es etwas anderes. Der könnte, wenn alles aufgedeckt würde, seine berufliche Stellung verlieren und in seiner ganzen Branche diskreditiert sein. In dessen Haut wollte er nicht stecken. Bei Borghetti waren sie auch zuerst, das war logisch. Borghetti hätte ihn anrufen können. Dies hatte er bis jetzt nicht getan. Warum sollte er nicht Borghetti anrufen? Er war in der überlegenen Position, was sollte ihm passieren? Langsam glaubte er, wieder festen Boden unter den Füßen zu gewinnen. Die Tür hinter ihm öffnete sich. Signorina Orsini trat ins Zimmer.

»Ist alles in Ordnung, Signore Pasqua?« Ihre dunkel timbrierte Stimme tat ihm wohl. Sang sie nicht unter den Altstimmen im Chor von Santa Maria Maggiore?

»Danke Signorina, es ist alles gut. Aber bleiben Sie doch einen Augenblick. Nehmen Sie Platz.«

Sie setzte sich und blicke Pasqua aufmerksam an. Sie wartete. Er überlegte, wo er anfangen sollte, und dann entschloss er sich, einfach alles, was er soeben erlebt hatte, zu berichten.

Als er fertig war, sagte sie, ohne zu zögern: »Merkwürdig, woher wissen die über unsere Geschäftsbeziehungen zu den Versicherten Bescheid? Von uns nicht, und Borghetti und die anderen werden sich wohl auch nicht mit Leuten in Verbindung gesetzt haben, die mit diesem Geschäft nichts zu tun haben. Es muss also eine andere Quelle geben, und zwar in der Nähe. Sehen Sie das nicht auch so?«

Pasqua schüttelte den Kopf, nicht weil er Gabriella widersprechen wollte, sondern weil er über sich selbst staunte.

»Auf das Nächstliegende kommt man nicht«, sagte er. »Sie haben völlig recht, aber wer könnte das gewesen sein? Ich werde jetzt doch Borghetti anrufen. Bleiben Sie bitte dabei, Signorina.«

So geschah es.

»Guten Tag, Signore Borghetti, hier spricht Salvatore Pasqua.« Er sagte ›Signore Borghetti‹, obwohl sie sich seit vielen Jahren kannten und wie üblich mit dem Vornamen anredeten, aber er war im Augenblick nicht in der Lage, den normalen vertrauten Ton anzuschlagen.

Borghetti ging es offenbar genauso, als er antwortete: »Guten Tag, Signore Pasqua, was verschafft mir die Ehre?«

Pasqua erzählte nun alles, wie es sich abgespielt hatte, und er beendete seinen Bericht mit der Frage: »Was bedeutet das, Sie hätten ihnen alles erzählt? Was haben Sie erzählt?«

Borghetti klang sehr müde, als er langsam antwortete: »Ich habe von mir aus gar nichts erzählt. Die kamen ganz überraschend zu mir, und nach wenigen Minuten war mir klar, dass sie alles wussten.«

»Übrigens, waren es bei Ihnen auch zwei, und wie sahen sie aus?«

Borghetti bejahte die Zahl und beschrieb die Besucher.

»Es waren also dieselben, bitte erzählen Sie weiter.«

»Wie gesagt, sie kannten die ganze Geschichte und haben mir alles auf den Kopf zugesagt, wie es war. Ich konnte nichts abstreiten, es hätte gar nichts geholfen. Ich war fassungslos und habe selbstverständlich angenommen, dass die Informationen von Ihnen kamen. Was hätte ich mir denn anderes denken sollen? Aber nach dem, was Sie sagen, scheint das ja nicht der Fall zu sein.«

»Nein«, antwortete Pasqua, der als Erster seine Fassung wiedergefunden hatte.

»Bevor wir über unser weiteres Vorgehen sprechen, sagen Sie mir, haben sie etwas von Ihnen verlangt?«

»Noch nicht, aber sie sagten, sie kämen wieder, sie wollten zuerst mit Ihnen sprechen.«

»Gaben sie Ihnen auch den Wink mit dem Toten im Meer?«

»Nein, sie waren bei mir, bevor die Meldungen darüber kamen.«

»Gut, sie nehmen natürlich an, dass wir miteinander reden, und wahrscheinlich hoffen sie, dass wir in Panik geraten und unvernünftig reagieren. Den Gefallen werden wir ihnen nicht tun, nicht wahr? Ich schlage vor, dass wir unser Gespräch nicht am Telefon fortsetzen, sondern dass wir unter vier Augen reden.«

»Einverstanden.«

Sie verabredeten sich für den gleichen Abend. Zu Signorina Orsini, die das Gespräch aufmerksam verfolgt hatte, sagte Pasqua: »Das ist natürlich kein Misstrauen Ihnen gegenüber, aber Sie wissen ja, wie dass mit dem Abhören ist. Und Borghetti kennt Sie nicht.«

»Aber ich bitte Sie«, Gabriella hob leicht beide Hände von den Stuhllehnen, auf die sie ihre Arme gelegt hatte. »Wir leben in hässlichen Zeiten. Ich bin gespannt, was Sie morgen zu erzählen haben.«

Sie verabschiedeten sich, und in ihren Blicken lag warme Sympathie.

Die Carabinieri von Salerno hatten den Fischer befragt, wo etwa der Tote sich in seinem Netz verfangen haben könnte. Er beschrieb ziemlich genau, an welcher Stelle im Meer er regelmäßig seine Netze auswarf. Es war etwa fünf Kilometer vor der Küste, wo sich eine Meeresströmung befand, die von Süden kam und nach Nordwesten verlief. Sie war das Stammrevier des

Fischers, weil sie noch recht fischreich war. Man konnte also aufgrund dieser Situation verhältnismäßig präzise rekonstruieren, wo der Tote ins Meer gelangt sein müsste. Der Tenente des Carabinieripostens wählte diese Formulierung, weil sie offenließ, ob der Mann ins Wasser gegangen, gefallen oder geworfen worden war. Da die Umstände, für jeden erkennbar, zweifelhaft waren und ein Verbrechen nicht ausgeschlossen werden konnte, entschied sich der Mann dafür, den Fall an die Mordkommission in Neapel abzugeben. Er fasste das bisherige Ermittlungsergebnis in einem kurzen Bericht zusammen und ergänzte diesen um den Hinweis, dass sich in der Nähe des vermeintlichen Ausgangspunktes der unfreiwilligen Seereise ein größeres Feriendorf befindet, das hauptsächlich ausländische Gäste beherbergt. Nachdem der Text auf den Weg gebracht worden war, beschloss er, seinen Arbeitstag mit einem Glas Weißwein ausklingen zu lassen. Einmal wurde er noch gestört, als ihm Commissario di Luca in einem E-Mail mitteilte, dass er am kommenden Vormittag aus Neapel eintreffen würde und dass er zunächst ihn zu sprechen wünsche. Er fragte auch, wo sich der Leichnam befinde, und der Tenente teilte ihm mit, dass er provisorisch im Keller der Carabinieri-Station gelagert sei. Dann konnte er sich endgültig unbehelligt dem Meer zuwenden und den Sonnenuntergang über Capri genießen. Die Zweifel, die sich in sein Gemüt geschlichen hatten, weil er im vergangenen Jahr die mit einer Höhergruppierung verbundene Versetzung an die Carabinieri-Direktion in Triest abgelehnt hatte, waren wie weggeblasen.

V.

Sandro Borghetti und Salvatore Pasqua trafen sich bei einem der drei römischen Alfredos, und zwar bei dem in der Villa della Scrofa, in der Nähe der Engelsburg. Sie betraten den Raum fast gleichzeitig und blickten sich vorsichtig um. Es gab keinen Anhaltspunkt dafür, dass sie beobachtet wurden. Sie hatten beide keinen übermäßigen Appetit, und so schien jeweils eines der berühmten Pastagerichte Alfredos genau das Richtige zu sein.

»Ja, Borghetti«, eröffnete Pasqua das Gespräch, »eine höchst penible Angelegenheit.«

Borghetti fand die steife Einleitung unpassend, schließlich wussten beide, worum es ging. Er kam dann auch gleich zur Sache. »Ich bin alles durchgegangen, bei uns kann es keiner gewesen sein, weil niemand von unseren Kontakten etwas gewusst hat.«

»Wir sind zwei, Signorina Orsini und ich. Gabriella Orsini? Ausgeschlossen.«

»Sie sind zwei in Rom, nicht wahr?«

»Natürlich. Was meinten Sie mit dieser Feststellung?«

»Ich meine gar nichts, ich stelle nur Tatsachen fest.«

Pasqua blickte vor sich auf den Tisch, dahin, wo in Kürze Alfredos Pasta stehen würde.

»Wie geht es eigentlich Herrn Stucken?«, fuhr Borghetti fort, »ich habe länger nichts von ihm gehört. Ich hoffe doch, es geht ihm gut!«

»Ich habe keinen Anlass daran zu zweifeln.« Pasqua bemühte sich, entspannt zu wirken. Eine Pause trat ein. Pasqua schaute ungeduldig zum Kellner.

»Nur noch zwei Sekunden, Signori.«

Borghetti brach als Erster das Schweigen. »Ich habe mich in

den vergangenen Monaten manchmal gefragt, welchem Zweck eigentlich die Daten dienen, die ich Ihnen geliefert habe. Ich habe das auch Ihnen gegenüber zum Ausdruck gebracht. Sie haben mir geantwortet, dass Sie Policen von solchen Personen erwerben wollen, die ihre Lebensversicherungsverträge, das heißt ihre Verpflichtungen hieraus, nicht mehr erfüllen, konkret ihre Prämien nicht mehr bezahlen wollen oder können. Im Wesentlichen geht es wohl um Letzteres. Nun drängt sich doch die weitere Frage auf: Erwerben Sie die Daten der Versicherten von mir und warten Sie dann einfach darauf, dass eine möglichst große Zahl von diesen Leuten Ihnen ihre Policen verkauft? Nur wenn das geschieht, haben Sie doch die Chance, bei einem vorzeitigen Fälligwerden der Versicherungssumme, das heißt beim Tod des Versicherten, an das vertraglich festgelegte Kapital zu kommen. Das Geld, das Sie an mich bezahlen, damit ich Ihnen die Adressen zur Verfügung stelle, wäre dann so etwas Ähnliches wie der Einsatz in einer Lotterie.«

»Nicht ganz. Wir verfügen über statistische Daten sowohl über die Häufigkeit der Rückkäufe von Versicherungspolicen als auch über die Lebenserwartung der Versicherten. Die Statistik ist ja übrigens die Grundlage des gesamten Versicherungswesens, also auch Ihres ganzes Geschäftes.«

»Das ist schon richtig«, gab Borghetti zu, »aber unbestreitbar ist doch auch, dass der tatsächliche Verlauf bestimmter Entwicklungen von statistisch begründeten Prognosen abweichen kann. Und unbestreitbar ist ebenso, dass der wirtschaftliche Erfolg Ihrer geschäftlichen Dispositionen von der tatsächlichen Entwicklung jedes Einzelfalles abhängt.«

»Aber ich bitte Sie, das ist doch eine Binsenweisheit. Natürlich ist das so. Bleiben wir bei unserem Beispiel Lebensversicherung. Je früher der Versicherte stirbt, desto früher wird die Versicherungssumme fällig. Wir sind aber, glaube ich, von unserem eigentlichen Thema, über das wir sprechen wollten, abgekommen. Es ging doch um die Frage, wie die beiden ehrenwerten

Herren, deren Besuch wir genießen mussten, Kenntnis von unseren Beziehungen erhalten haben könnten. Ich sehe keinen Zusammenhang zwischen diesem Problem und den Faktoren, die für Entwicklung und Erfolg unseres Fonds bestimmend sind.«

»Ich kann Ihnen einen derartigen Zusammenhang heute auch nicht erklären, aber ich habe seit kurzer Zeit das dunkle Gefühl, es könnte einen solchen Zusammenhang geben.«

Pasqua sah ihn verständnislos an.

Borghetti zögerte, gab sich dann aber einen Ruck und fuhr fort: »Ich muss Ihnen eine Geschichte erzählen, die mir nicht mehr aus dem Kopf gehen will. Unter den Namen, die ich Ihnen im vergangenen Jahr gab, war ein Signore Maldini, der aus der Lombardei stammt und seit etwa zehn Jahren in Neapel lebt. Er ist Bauingenieur, in seinem Beruf sehr tüchtig, und er hatte daher schnellen Erfolg. Sein Büro befasst sich vor allem mit Vorhaben der Verkehrsinfrastruktur, seine Spezialität sind komplizierte Brückenkonstruktionen beim Autobahnbau. Bei den Ausschreibungsverfahren war er immer überdurchschnittlich erfolgreich, weil er einerseits für die fachliche Qualität seiner Arbeiten bekannt geworden war, und andererseits gestattete ihm sein konsequentes Projektcontrolling, im Vergleich zu Mitbewerbern kostengünstigere Angebote zu machen. Dies alles führte dazu, dass sein Geschäft kontinuierlich wuchs und hervorragende Ergebnisse abwarf. Hinzu kommt, dass auch privat bei ihm alles in bester Ordnung zu sein schien. Er ist mit einer bildschönen Mailänderin verheiratet, das Paar hat zwei Kinder, also alles ist so, wie man es sich nur wünschen kann. Vor zwei Jahren schloss er eine sehr hohe Lebensversicherung ab, Begünstigte ist seine Frau. Ich weiß eigentlich gar nicht mehr, warum ich Ihnen seine Adresse gegeben habe. Ein Kandidat für eine erzwungene vorzeitige Beendigung des Versicherungsvertrages war er sicher nicht. Er war wahrscheinlich in einem Paket von Risiken, die ich bei unserem Deal nicht genügend einer Einzelprüfung unterzogen habe.«

»Ich erinnere mich, dass ich mir seinerzeit die gleiche Frage gestellt habe. Aber er war nun einmal dabei.«

»Eben. Aber nun passierte etwas sehr Auffälliges. Nicht sehr viel später kam bei Maldini Sand ins Getriebe. Zuerst erhielt er bei einem Auftrag, den er schon sicher in der Tasche zu haben schien, den Zuschlag nicht, worüber sich alle, die mit den Verhältnissen vertraut waren, wunderten. Dann hörte man von beginnenden Liquiditätsschwierigkeiten. Angeblich sollen öffentliche Auftraggeber Zahlungen hinausgeschoben haben mit Begründungen, die kein Mensch nachvollziehen konnte. Gerüchte über Schmiergeldzahlungen kamen auf, denen Maldini energisch entgegentrat. Er bemühte sich bei verschiedenen Banken um einen Überbrückungskredit, den er aber nicht bekam. Die Banken redeten sich darauf hinaus, dass wegen der allgemein angespannten Haushaltslage eine belastbare Cash-Flow-Planung bei Unternehmen, die fast vollständig von öffentlichen Auftraggebern abhängig seien, derzeit nicht möglich sei. In dieser Situation erhielten wir von Signore Maldini die Anzeige, dass er gezwungen wäre, die Lebensversicherungspolice an Sie zu verkaufen. Aber das wissen Sie ja.«

Pasqua fuhr auf. »Keineswegs, Borghetti. Ich erledige zwar den Ankauf in vielen Fällen, aber die größeren Geschäfte behält sich Herr Stucken vor. Insbesonde gilt das für Operationen mit einem derart spektakulären Hintergrund, wie Sie ihn geschildert haben. Ich muss Ihnen gestehen, dass ich sehr betroffen bin. Was macht Maldini jetzt? Hat ihm unser Kaufpreis über die Klemme hinweggeholfen?«

»Leider nein, das heißt, nur sehr vorübergehend. Er konnte das Büro nicht mehr halten und musste Insolvenz anmelden. Dann verlor ich ihn aus den Augen. Er mied die Öffentlichkeit. Es heißt, er sei mit seiner Familie nach Mailand zurückgegangen. Sein Unternehmen wurde übrigens aus dem Insolvenzverfahren heraus verkauft. Den Erwerber kenne ich nicht.«

»Eine sehr traurige Geschichte. Aber ich kann noch immer

keinen Zusammenhang mit unserem eigenen Problem erkennen.«

»Bei mir hat es auch einige Zeit gedauert, aber dann kam mir der Gedanke, der allerdings so abenteuerlich ist, dass ich ihn am liebsten gleich wieder verdrängen würde.« Er hielt inne, aber die gespannte Aufmerksamkeit Pasquas ließ eine weitere Verdrängung nicht zu. Borghetti suchte nach Worten. »Dass bei der Vergabe öffentlicher Aufträge und bei ihrer Abwicklung nicht immer alles mit rechten Dingen zugeht, wissen wir ja alle.«

»Das ist wohl wahr«, Pasqua nickte heftig.

»Nun könnte doch auch in unserem Fall die Mafia ihre Hand im Spiel gehabt haben. Vielleicht war Maldini nicht bereit, die Maßnahmen zu ergreifen, die den unglücklichen Gang seiner Geschäfte hätten verhindern können.«

»Schlimm, aber denkbar.«

»Wenn wir das unterstellen, ist es nicht mehr weit zu der Annahme, dass die Mafia, die ja die geschäftliche Misere Maldinis herbeigeführt haben dürfte, auch von dem Zwangsverkauf der Police und dann von den gesamten Umständen, die auch unsere Beziehungen umfassen, erfahren hat. Damit würde sich der Kreis schließen.«

»Ich kann Ihnen mit keinem Wort widersprechen, aber ich muss gestehen, dass mich in diesem Augenblick viel mehr als der Besuch der beiden Herren, der unangenehm genug ist, der Gedanke quält, dass wir uns möglicherweise in der Nähe sehr übler Machenschaften befinden, ohne dass wir uns ein auch nur einigermaßen klares Bild über die wahre Sachlage und ihre ganzen Hintergründe machen können. Eines steht für mich jetzt allerdings fest, ich muss unter allen Umständen nochmals versuchen, eine Verbindung zu Stucken herzustellen. Einmal, vorgestern habe ich es bereits versucht.«

»Das ist in der Tat das Wichtigste, was Sie tun sollten. Die beiden anderen müssen wir hinhalten, wenn sie sich melden.«

Die beiden Kollegen nahmen noch einen Kaffee, zahlten und

traten hinaus ins Freie. Es war Nacht geworden. Sie gingen noch ein Stück gemeinsam am Tiber entlang. Gegenüber der Engelsburg verabschiedeten sie sich.

Pünktlich um zehn Uhr am folgenden Vormittag traf Comissario di Luca aus Neapel ein.
»Ich habe Ihren Bericht gelesen, Tenente. Darf ich Ihren Namen wissen?«
»Nennen Sie mich Davide, so nennen mich hier alle.«
»Danke, ich würde zunächst gern den Toten sehen.«
Sie gingen in den Keller der Polizeistation.
»Anzeigen von Gewalteinwirkung habe ich nicht entdecken können, Commissario. Die Leiche war vollständig bekleidet, wie Sie sie hier sehen. Der Tote hatte keinerlei Papiere bei sich, die Taschen waren leer. Das einzige persönliche Kennzeichen ist sein Ehering. Wie Sie an seinem Zustand sehen, kann er noch nicht sehr lange im Wasser gewesen sein, obwohl er schon ziemlich weit von der Küste entfernt war. Die Strömung ist hier stark.«
Der Commissario nickte. »Soweit alles ganz eindeutig. Haben Sie schon Fotos gemacht?«
»Selbstverständlich, hier!« Er griff in seine Brusttasche.
»Gut. Ich bestelle jetzt den Leichenwagen, damit der Tote in die Gerichtsmedizin zur Obduktion gebracht wird. Sie wissen schon, Wasser in der Lunge oder nicht, Mageninhalt, das übliche Programm. Weiter gibt es hier jetzt nichts mehr zu tun. Das heißt, mit dem Fischer, der ihn gefunden oder gefangen hat, will ich noch kurz sprechen.«
»Kein Problem. Um diese Zeit ist er vom Fischfang zurück.«
Sie trafen den Mann am Kai, wo er seine Netze zum Trocknen aufgespannt hatte. Er bestätigte alles, was er am Tag vorher schon dem Tenente gesagte hatte. Gesehen hatte er den Toten noch nie. Di Luca und Davide verabschiedeten sich, setzten sich in das Auto des Kommissars und fuhren die paar Kilometer

zu dem Feriendorf, das der Tenente in seinem Bericht erwähnte hatte.

Unterwegs meinte der Commissario: »Wie ein Einheimischer sieht er nicht gerade aus, kein Wunder, dass ihn der Fischer nicht erkannt hat.«

»Sie meinen, zu städtisch!« Davide grinste.

»Das haben Sie gesagt, aber wie der Gast eines Feriendorfes eigentlich auch nicht. Na ja, diesen letzten Punkt werden wir bald geklärt haben.«

Sie bogen von der Straße nach rechts auf den deutlich gekennzeichneten Weg zum Dorf ein und gelangten auf den Parkplatz, der fast voll besetzt war. An der Rezeption stellten sie sich vor und erläuterten kurz den Zweck ihres Besuches. Die Dame am Empfang hatte von dem Vorfall gehört, erschrak aber doch, als der abstrakte Zeitungsbericht sich plötzlich in eine konkrete Angelegenheit verwandelte, mit der sie persönlich befasst wurde.

»Kennen Sie diesen Mann? Ist er Ihr Gast gewesen?«

Sie betrachtete das Foto und schüttelte den Kopf. »Ich glaube nicht, aber Sie müssen bedenken, dass wir ziemlich viele Gäste haben.«

»Natürlich, das weiß ich, aber sagen Sie, ist seit gestern jemand als vermisst gemeldet worden?«

»Nein, aber ich kann Ihnen wahrscheinlich weiterhelfen. Wir machen regelmäßig von den eintreffenden Gästen Begrüßungsfotos. Ich zeige Ihnen die vom letzten Anreisetag.«

Die beiden Polizisten sahen die Bildersammlung aufmerksam durch und stellten fest, dass der Tote nicht darunter war.

»Wäre auch zu schön gewesen«, meinten beide. Der Commissario wandte sich wieder an die Empfangsdame.

»Leider muss ich Ihr Idyll stören. Es ist nicht zu vermeiden, dass wir uns unter den Feriengästen umhören, ob irgendjemand etwas bemerkt hat, was uns bei der Aufklärung des Falles nützen könnte.«

»Das verstehe ich vollkommen, und die Gelegenheit dazu ist

günstig, denn bald ist Mittagszeit und die meisten Gäste essen hier.«

»Das trifft sich sehr gut. Wir werden uns in der Zwischenzeit auf dem Gelände umsehen.«

Sie gingen auf einem der gepflegten Wege zum Strand und kamen zu einer kleinen Marina, wo einige Wasserfahrzeuge, Motorboote und Segelschiffe lagen. Sie folgten der Uferlinie weiter bis zum Ende des umfriedeten Geländes und erkannten in einiger Entfernung einen kleinen Pier, an dem ein paar Fischerboote vertäut waren. Der Commissario brach als Erster das Schweigen.

»Es ist ja keineswegs gesagt, dass das hier der Ausgangspunkt ist. Gelegenheiten, aufs Meer hinauszufahren, gibt es sicher viele.« Er deutete auf den Pier.

»Zweifellos, gefischt wird hier überall. Und ich kenne viele von den Männern.«

»Das ist gut, denn bei denen werden wir auch noch auftauchen müssen. Zuerst aber erledigen wir das hier.«

Sie gingen zurück zum Restaurant, wo nach und nach die Gäste eintrafen. Als der Raum besetzt war, stellte die Dame vom Empfang die beiden Beamten vor und erklärte den Zweck ihres Besuches. An einem Tisch rief jemand: »Toll, jetzt wird das ein Abenteuerurlaub ohne Aufpreis.«

Der Witz zündete nicht. Davide, der die lautere Stimme hatte, berichtete in wenigen Worten, was geschehen war und welche Fragen sich daraus ergeben. Etliche Gäste konnten mehr oder weniger Italienisch, im Übrigen half die Empfangsfrau beim Übersetzen. Nachdem Davide mit seiner Erläuterung fertig war, zeigte er den Gästen das Bild des Toten. Niemand erkannte ihn, sodass man mit Sicherheit ausschließen konnte, dass es sich um einen Feriengast handelte. Dann aber stand ein junger Mann auf, ein Deutscher, der mit einer Gruppe aus Heidelberg gekommen war. Er erzählte etwas stockend, dass vor einigen Tagen zwei Männer aus dem Club mit einem Motorboot hinausgefahren wären.

»Wissen Sie genau, wann das war?« Der Commissario war höchst gespannt.

»Ich bin mir nicht hundertprozentig sicher, aber ich meine, es war vor vier Tagen.«

»Sie sagten zwei?«

»Zwei waren von hier, aber bei ihnen war noch ein Dritter, den ich hier noch nicht gesehen hatte.«

»War es der auf dem Bild, das wir Ihnen gezeigt haben?«

»Das kann ich Ihnen nicht sagen, weil ich ihn nur von Weitem gesehen habe. Sie redeten aber laut, und zwar deutsch.«

»Und die beiden oder die drei sind nicht hier in diesem Raum?«

»Nein, sie machen manchmal Ausflüge in die Umgebung, von denen sie erst gegen Abend zurückkommen. Sie sondern sich etwas ab. Was ich aber vor allem sagen wollte, als sie neulich mit dem Motorboot zurückkamen, war der dritte Mann nicht mehr dabei.«

Einige Gäste nickten. Ihnen fiel die Sache jetzt auch wieder ein.

»Sagen Sie mir bitte sofort Bescheid, wenn die beiden auftauchen. Wir fahren inzwischen in das nächste Dorf.«

So geschah es.

Di Luca und Davide betraten die Bar, in der einige Männer die Zeit bis zur Siesta bei einem Glas Wein überbrückten. Ihr Gruß wurde nicht erwidert.

»Zwei Kaffee, bitte!«

Der Wirt hantierte schweigend an der Maschine. Di Luca entschloss sich angesichts der unfreundlichen Atmosphäre, in der keine Kooperation zu erwarten war, nicht viel Zeit zu verlieren, und legte das Foto auf den Tisch.

»Haben Sie in der letzten Woche hier diesen Mann gesehen?«

Kopfschütteln.

»Und Sie?«

Kopfschütteln. Einige Männer sparten sich die Mühe, einen Blick auf das Foto zu werfen.

»Ich mache Sie darauf aufmerksam, dass es sich um eine ernste Angelegenheit handelt. Der Mann auf dem Foto ist seit einigen Tagen vermisst, und es gibt Anhaltspunkte dafür, dass er vor seinem Verschwinden zuletzt in dieser Gegend war. Wenn Sie etwas wissen, müssen Sie es sagen. Das ist Ihre Zeugenpflicht.«

Sein Ton hatte sich, während er sprach, verschärft, was aber keinen Eindruck machte.

»Das Meer ist weit und die Strömung ist stark.« Das war alles, was dem Barbesitzer als staatsbürgerlichen Beitrag zu leisten beliebte.

»Wollen Sie damit andeuten, dass der Mann ins Wasser geworfen wurde?«

»Ich will gar nichts andeuten, sondern nur sagen, dass man im Meer leichter verschwinden kann als auf dem Land. Ich will Ihre Ermittlungsarbeit in keiner Weise behindern.«

Nach diesem naturphilosophischen Exkurs hüllte er sich endgültig in Schweigen, womit er es seinen Gästen gleichtat. Die Beamten sahen, dass weiteres Reden zwecklos war. Sie zahlten und gingen grußlos. Der Tenente, dem diese Situation vertraut war, sagte in resignierendem Ton »Die gute alte Omertá. Sie ist ein kostbares Gut, das gehegt und gepflegt werden muss.«

Di Luca sagte nichts, aber er dachte: Wie soll man ein Land regieren, in dem sich alle daran einig sind, dass der Staat ihr Feind ist?

Nach zwei Stunden waren sie zurück im Feriendorf. Das Restaurant war fast leer. Sie setzten sich auf eine Bank und warteten. Di Lucas Handy gab Laut. Sein Assistent aus Neapel war dran. »Der erste Befund aus der Gerichtsmedizin ist eben gekommen. Der Tote hatte Wasser in der Lunge und in seinem Magen fanden sich Spuren eines Betäubungsmittels.«

»Interessant«, di Luca gab die Nachricht stichwortartig an Davide weiter, »er ist also ertrunken, und er ist nicht freiwillig ins Wasser gegangen. Vielleicht wurde er betäubt und dann ins Wasser geworfen?«

»So wird es wohl gewesen sein.«
»Danke, wenigstens wissen wir jetzt etwas zum Tathergang. Jetzt müssen wir nur noch herausbekommen, wer er ist und warum es geschah?«
»Nur noch«, wiederholte Davide, der schon wieder seinem Hang zur Ironie nicht widerstehen konnte, »aber das werden uns demnächst die beiden Deutschen sagen.«
Ungefähr eine Stunde war vergangen, als zwei junge Männer den Raum betraten. Ihre Mimik und Gestik machten auf den ersten Blick klar, dass es sich um ein Pärchen handelte. Di Luca und Davide bemühten sich, ihre Aufmerksamkeit zu verbergen, was nicht sehr schwerfiel, weil die beiden nur Augen füreinander hatten. Schließlich erhob sich der Commissario, trat an ihren Tisch und sagte: »Gestatten, Commissario di Luca von der Kriminalpolizei Neapel.«
Davide bezog sich stumm in die Vorstellung ein. Die beiden jungen Männer stutzten, beruhigten sich aber schnell mit dem Gedanken, dass Homosexualität auch in Italien nicht mehr strafbar war. Di Luca las ihre Gedanken und machte eine beruhigende Geste mit beiden Händen.
»Wir möchten Sie nicht lange stören, müssen Sie aber mit einigen Fragen belästigen, die einen Sachverhalt betreffen, mit dem wir von Amts wegen befasst sind.«
Sein Blick begegnete zwei aufmerksam auf ihn gerichteten Augenpaaren.
»Bitte Commissario, fragen Sie.« Ihr Italienisch war makellos.
»Man hat mir gesagt, dass Sie vor vier Tagen mit einem Motorboot aufs Meer hinausgefahren sind und dass Sie einen dritten Herrn an Bord hatten. Später seien Sie dann allein, ohne diesen Herrn wieder zurückgekehrt. Ist das richtig?«
»Völlig richtig«, antworteten die beiden unisono.
Die Polizisten schauten zuerst sich und dann die Befragten fragend an. Die beiden bemerkten es amüsiert. Dann fuhr einer von ihnen fort.

»Wir hatten Besuch von einem Freund aus Deutschland, der am Golf von Amalfi eine Woche Urlaub gemacht hatte und uns zum Schluss besuchte. Wir haben ihn dann nach Salerno zurückgebracht. Die Bootsfahrt hat ihm sehr gut gefallen.«
»Und in Salerno ist er an Land gegangen?«
»Natürlich. Er wollte ja nicht wie der Fliegende Holländer sieben Jahre im Tyrrhenischen Meer herumfahren.« Sie nahmen die Sache offensichtlich nicht zu ernst. Die Beamten überhörten den ironischen Ton.
»Wissen Sie, wo er dann hingegangen ist?«
»In sein Hotel. Er wollte am nächsten Tag abreisen, zurück nach München, wo er zu Hause ist.«
»Hat Ihr Freund auch einen Namen, und in welchem Hotel hat er logiert?«
»Sein Name ist Fritz Winkler, seine Heimatadresse haben wir nicht parat, aber die zu beschaffen dürfte für Sie ja kein Problem sein. Den Namen des Hotels wissen wir nicht, aber es ist leicht zu finden. Es liegt am Hafen und hat blaue Fensterläden.«
Di Luca blickte fragend auf Davide, er nickte, weil er Bescheid wusste.
»Ja, das wäre es erst einmal, vielen Dank. Sie sind noch einige Tage hier? Für den Fall, dass wir noch Fragen haben?«
»Ja, wir bleiben noch bis zum nächsten Wochenende.«
Man verabschiedete sich höflich.

Die Leitung des Hotels in Salerno, das leicht ausfindig zu machen war, bestätigte die Angaben über Fritz Winkler in vollem Umfang. Er war nach München abgereist.
»Danke. Und dürfen wir uns noch einen Moment in Ihre Lounge setzen?«
»Aber selbstverständlich, Commissario. Darf ich Ihnen etwas zum Trinken anbieten?«
»Um diese Tageszeit nehme ich ganz gern einen Campari Soda.«
»Ich auch«, ergänzte Davide.

»Nachdem wir die Identität des Toten nicht diskret feststellen konnten, bleibt jetzt wohl nichts mehr anderes übrig, als an die Öffentlichkeit zu gehen.«

»Diese Zeitungsmeldungen mit ›Wer kennt … ?‹, sind immer unangenehm, aber es geht wohl nicht anders.«

»Zuerst muss ich aber noch die Angaben über Winkler in München überprüfen. Ich fahre jetzt nach Neapel zurück und versuche, möglichst schnell einen Kontakt zu den Kollegen in München zu kriegen. Ich rufe Sie dann morgen an.«

»Gute Fahrt und viel Erfolg, Ciao.«

In seinem Büro ließ sich der Commissario mit dem Polizeipräsidium in München verbinden. Dort erlebte er gleich eine angenehme Überraschung. Er hatte Bedenken wegen der sprachlichen Verständigung, denn er sprach kein Wort Deutsch. Diese Bedenken wurden aber sogleich zerstreut, denn die Telefonzentrale verband ihn mit einer Angestellten, die fließend Italienisch sprach und, als sie ihn hörte, sofort in seinen Campanischen Heimatdialekt einschwenkte. Sie bemerkte seine Verblüffung und klärte lachend auf: »Erstens, Commissario, müssen Sie wissen, dass in der Bundesrepublik Deutschland München seit jeher als die nördlichste Stadt Italiens gilt, und zweitens bin ich mit einem Ingenieur aus der Campagna verheiratet. Ich darf mich vorstellen, Antonia Krüger-Barassi.«

»Das muss man ihnen lassen, den Deutschen, sie beherrschen die Organisation«, dachte di Luca und war ein bisschen neidisch, aber nur vorübergehend.

»Ich werde Sie baldmöglichst zurückrufen«, sagte Antonia, nachdem ihr der Kollege aus Neapel den Zusammenhang, in den seine Herrn Winkler betreffenden Fragen eingebettet waren, erläutert hatte. »Wenn ich Glück habe, schaffe ich es noch heute. Wie lange kann ich Sie erreichen?«

»Auf Ihren Rückruf warte ich notfalls bis Mitternacht.«

Das muss man ihnen lassen, den Italienern, sie haben den Charme, dachte Antonia und machte sich an die Arbeit.

Tatsächlich kam der angekündigte Rückruf einige Stunden vor Mitternacht. Eine Polizeistreife war zu der vom Einwohnermeldeamt gerade noch vor Dienstschluss beschafften Adresse gefahren. Sie hatte zwar Fritz Winkler nicht persönlich angetroffen, weil er Spätschicht hatte, die Nachbarn bestätigten jedoch, dass er planmäßig von seiner Urlaubsreise zurückgekehrt war. Bei dieser Mitteilung ließ es Antonia Krüger-Barassi aber nicht bewenden. Zunächst schlug sie aus quasi landsmannschaftlicher Sympathie wie aus beruflicher Solidarität die gegenseitige Anrede per Vornamen vor, worauf Federigo di Luca bereitwillig einging. Dann erzählte sie ihm, dass es die Münchner Polizei zurzeit ebenfalls mit einem unbekannten Toten zu tun habe, bei dem ein Zusammenhang mit der Einwirkung durch die Mafia nicht auszuschließen sei. Sie schilderte den Fund in allen Einzelheiten.

Federigo warf ein: »Wenigstens das zerschossene Gesicht ist uns erspart geblieben. Wegen der Identifizierung unseres Toten werden wir, nachdem sich die Variante Winkler erledigt hat, das Bild des Toten in der Presse veröffentlichen. Übrigens, was euren Fall betrifft, weitere Anhaltspunkte für eine Verbindung nach Italien habt Ihr nicht?«

»Nein, außer der Tatsache, dass unser Toter wahrscheinlich italienische Markenschuhe trug.« Sie nannte Modell und Hersteller, mit denen di Luca nichts anfangen konnte.

»War schön, dass wir uns kennengelernt haben, wenigstens akustisch. Wenn immer Sie ein Problem in Italien haben, Anruf genügt.«

»Ich habe mich ebenfalls gefreut, vielen Dank, und, was ein eventuelles Problem betrifft, gilt umgekehrt natürlich das Gleiche.«

Am nächsten Tag beim Mittagessen in der Kantine erzählte Antonia ihrem Kollegen Wendl von dem Gespräch.

Sein Kommentar war lapidar: »Die haben es gut, die können ein Gesicht veröffentlichen, wir haben nur einen Schuh in die Zeitung setzen können.«

»Habe ich noch gar nicht gesehen. Hat sich jemand gemeldet?«
»Der Mauritz hat einen Anruf bekommen. Er hat mir aber noch nichts dazu sagen können.«
»Na dann, noch einen schönen Nachmittag.«
»Ebenfalls.«

Mauritz überlegte. Die weibliche Stimme, die angekündigt hatte, wegen des Schuhs ins Präsidium kommen zu wollen, kam ihm irgendwie bekannt vor. Am Telefon konnte die Dame nicht weiter sprechen, weil sie sehr beschäftigt schien. Er hatte allerdings auch den Eindruck, dass sie in diesem Augenblick auch nicht mehr reden wollte. Ihr Kommen hatte sie für den späten Nachmittag zugesagt. Mauritz war bereit. Es klopfte. Er sprang auf, ging zur Tür und öffnete. »Kommen Sie bitte …« Er stutzte. In der Tür stand Evelyn, die Dame vom Bogenhauser Fitnessstudio. Sie war äußerlich leicht verändert. Kostüm statt Hosenanzug, sportliche Eleganz statt eleganter Sportlichkeit, aber als Gesamterscheinung unverkennbar.

»Oh, ich hatte nicht zu hoffen gewagt, dass wir uns so schnell wiedersehen würden.«

Mauritz wuchs als Kavalier über sich hinaus. Evelyn vermerkte es gern.

»Nehmen Sie doch bitte Platz. Sie kommen wegen des Schuhs, haben Sie mir am Telefon gesagt?«

»Genau. Er geht mir, seit ich ihn in der Zeitung gesehen habe, nicht mehr aus dem Kopf.«

»Ungewöhnliche Wirkung eines Herrenschuhs!«

»An sich ja, aber hier ist es etwas anderes.«

»Ich bin ganz Ohr.«

»Also, ich will nicht weiter drum herumreden. Vor nicht allzu langer Zeit, ich kann nicht genau sagen wann, aber es ist keinesfalls länger als einen Monat her, kam ein Besucher in unser Haus. Wohlgemerkt nicht ins Fitnessstudio, sondern er wollte

Bernd, Herrn Hofmann, sprechen. Der hatte noch ein Ferngespräch in der Leitung, sodass ich mich einige Minuten mit ihm unterhalten musste. Es war ziemlich ätzend, denn der Mann war innerlich sehr angespannt. Ich dachte mir, dir täten ein paar Lockerungsübungen ganz gut, mein Junge. Was ich mir aber genau gemerkt habe, waren eben seine Schuhe, dafür habe ich einen Blick.«

»Und das war einer davon?« Mauritz hatte das Präsent von Schorschi bereitgestellt und zeigte es Evelyn.

»Ich bin mir absolut sicher, jetzt noch mehr als nach dem Bild in der Zeitung.«

Mauritz, der bei seinem Besuch in der Bogenhausener Villa darauf verzichtet hatte, das Phantombild des Toten zu zeigen, zog es nun aus seinen Akten und legte es auf den Tisch.

»War es der?«

Evelyn schaute sich die Skizze genau an.

»Kann sein«, sagte sie, »aber mit so einer Phantomzeichnung ist es natürlich anders als mit einem wirklichen Gegenstand wie dem hier.«

»Ist schon klar. Wie groß war er denn etwa?«

»So ungefähr meine Größe.«

»Das würde passen. Lassen wir das erst einmal. Wie entwickelte sich der Besuch dann weiter?«

»Als Bernd kam, gingen die beiden in sein Büro. Von da an weiß ich nichts mehr.«

»Waren Sie noch da, als das Gespräch zu Ende war?«

»Ja, das ging dann ganz schnell. Der Mann kam heraus und lief rasch weg. Er hat sich kaum verabschiedet.«

»Und Herr Hofmann?«

»Der schien über den Besuch nicht sehr amüsiert gewesen zu sein. Aber er ist immer sehr beherrscht, da kann man keine Schlüsse ziehen. Er holte sich einen Kaffee und verschwand dann wieder. Er begann erneut zu telefonieren, und zwar diesmal ziemlich lang.«

»Etwas ganz anderes, Frau … ? Jetzt merke ich erst, dass ich Ihren Namen gar nicht weiß. Ich kenne Sie nur als Evelyn, aber für die Akten …, Sie wissen schon.«

»Sicher. Becker ist mein Name.«

»Danke. Was wollte ich sagen? Ach ja, als Sie den Schuh in der Zeitung erkannt hatten, haben Sie mit Ihrem Chef darüber gesprochen? Und weiß er, dass Sie heute hier sind?«

»Zunächst zur zweiten Frage. Er weiß es nicht. Aber nicht, weil ich es verheimlichen wollte, Heimlichkeiten gibt es bei mir grundsätzlich nicht, und außerdem gibt es keinen Grund für irgendein Misstrauen. Aber er ist ein paar Tage verreist. Zu Ihrer ersten Frage: Als ich das Bild mit dem Schuh gesehen hatte, habe ich ihn darauf angesprochen. Da hat er allerdings etwas eigenartig reagiert. Ich sähe wohl Gespenster, hat er gemeint, und dann hat er gelacht und mich stehen lassen.«

»Eine letzte Frage. Gab es vor oder nach dem Besuch irgendwelche Auffälligkeiten im Ablauf Ihres Unternehmens?«

»Überhaupt nicht. Unsere finanzielle Situation ist ohne Probleme, wenn Sie das meinen?«

»Noch einmal zum Datum des Besuches. Das können Sie nicht näher eingrenzen?«

»Letzteres nein, der Besucher kam unangemeldet. Ansonsten, warten Sie mal. Ich war an dem Wochenende vorher mit meinem Freund beim Skifahren. Also ich bin mir sicher, es war nicht länger als vor drei Wochen.«

»Gut, dann vielen Dank für Ihren Besuch. Und wenn der Besucher noch einmal auftauchen sollte oder sich telefonisch meldet, sagen Sie mir bitte Bescheid. Man kann ja nicht ausschließen, dass zwei Männer die gleiche Schuhmarke tragen.«

Evelyn lachte. »Ist schon klar. In diesem Sinne.« Und fort war sie.

Mauritz dachte: Heute hat sie mir viel besser gefallen als in ihrer Corporate Identity. Dann ging er zu Wendl und unterrichtete ihn genau über das Gespräch.

Wendl sagte trocken: »Den Herrn Hofmann würde ich mir gern einmal anschauen. Aber zuerst möchte ich etwas mehr über ihn und seinen Laden wissen. Die Susi soll wieder einmal ihrer Lieblingsbeschäftigung nachgehen und Leute ausfragen: Handelsregisterauszug des Studios, Kreditauskunft und, wenn möglich, eine Liste der Telefonate des Herrn Hofmann von den letzten drei Wochen. Außerdem auf alle Fälle den Strafregisterauszug.«

Mauritz ging und dabei dachte er: Mir scheint, er hat Blut geleckt.

Susi legte los.

Wendl griff zur Zeitung. Der Tote vom Finanzgarten war seit mehreren Tagen, seit der Präsentation des Schuhs und des hierzu gegebenen Interviews von Schorschi aus den Schlagzeilen verschwunden. Dafür erläuterte der Sprecher der Bundesregierung zum wiederholten Male, dass man jetzt die CD mit den Steuersünderdaten ankaufen würde, ein Treffen mit dem Informanten sei geplant.

»Ich habe geglaubt, die hätten sie schon«, sagte Wendl leise zu sich selbst. Der Sprecher führte weiter aus, dass die Bundesregierung eine Gesetzesnovelle vorbereite, mit der die Steuerhinterziehung in den Rang eines Verbrechens erhoben würde. Und mit der Möglichkeit einer Selbstanzeige sei es dann vorbei.

»Da schau her«, spann der Kriminalhauptkommissar Wendl seine Gedanken weiter, »dann wird der Onkel Edi posthum zum Verbrecher befördert. Die ganze Familie hat gewusst, dass er immer zum Zinstermin zum Schließfach in seiner Bank gegangen ist, von den Zinsbögen seiner Pfandbriefe die fälligen Coupons abgeschnitten hat, und mit dem Geld, das er sich in der Schalterhalle hat auszahlen lassen, nach Hause gegangen ist. Weiter hat er dann nichts mehr veranlasst. Wie er gestorben ist, war gar nichts mehr in dem Schließfach vom Onkel Edi, nur ein handgeschriebener Zettel von ihm, auf dem stand ›Letzter Gruß ans Finanzamt‹. So ändern sich die Zeiten. Wie gut, dass ich nicht bei der Steuerfahndung bin, sondern bloß bei der Mordkommission.«

In den Nachrichten aus dem Ausland fand sich eine kurze Meldung über einen geheimnisvollen Toten im Golf von Salerno, und dass es sich entgegen einer ersten Vermutung nicht um einen Deutschen handelte. Wendl, der den Fall aus dem Bericht von Antonia kannte, hatte Respekt vor der Aktualität der Berichterstattung. Die weitere Zeitungslektüre gab ihm noch einige Anlässe zu weniger respektvollen Betrachtungen. Schließlich aber musste er das Blatt beiseitelegen, weil Susi gefolgt von Mauritz in das Zimmer trat.

»Das ging aber schnell«, meinte Wendl anerkennend.

»Das kommt Ihnen nur so vor«, entgegnete Susi mit einem anzüglichen Blick auf die Zeitung.

Wendl überhörte die kleine Frechheit und fragte: »Und was haben wir?«

»Die finanziellen Verhältnisse sind geordnet, es gibt keinerlei Verzögerungen bei Zahlungen. Das Studio gehört übrigens nicht dem Hofmann, sondern seiner Frau. Die scheint gut eingesäumt zu sein. Aber jetzt kommt das Interessanteste. Hofmann ist zweimal wegen gefährlicher Körperverletzung vorbestraft. Es liegt allerdings mehrere Jahre zurück. Nach dem zweiten Mal hat er dann, so scheint es, die Kurve gekriegt, weil er geheiratet hat, und zwar vorteilhaft, wie ich schon erwähnt habe. Seitdem war nichts mehr. Das ewig Weibliche hat ihn hinangezogen, wie Goethe sagt.«

Wendl schaute Mauritz an. »Unsere Susi, na ja, Abitur halt!«

»Ganz bin ich noch nicht fertig«, fuhr Susi fort. »Die Telefonliste dauert noch zwei, drei Tage.«

»Irgendwie kriegt dieser Hofmann langsam eine Kontur.« Mauritz wirkte zufrieden.

»Ja, aber mit dem Besuch lassen wir uns noch Zeit, bis wir die Telefonate ausgewertet haben«, schloss Wendl dieses Gespräch ab.

VI.

Signora Borghetti war nicht zu täuschen. Das empfindsame Sensorium ihrer Lippen hatte seit Tagen registriert, dass der morgendliche Kuss, mit dem sich ihr Mann verabschiedete, wenn er zu seinen Geschäften eilte, flüchtiger als gewöhnlich ausfiel. In der Tat, Sandro Borghettis Gedanken beschäftigten sich vom frühen Morgen an mit der Frage, ob sich die beiden undurchsichtigen Herren heute wohl wieder melden würden. Bisher war es nicht geschehen, obwohl seit dem ominösen Besuch schon fast eine Woche vergangen war. Auch von Pasqua hatte er nichts gehört, sodass bei ihm die Lage wohl die gleiche war, denn sie hatten sich ja sofortige gegenseitige Information zugesagt, wenn die Besucher wieder auftauchen oder sich melden würden. Vielleicht waren ihre Besorgnisse übertrieben gewesen? Wie auch immer, es blieb ihm nichts anderes übrig, als zu warten.

An einem Kiosk streifte sein Blick die Schlagzeilen der Zeitungen. Er blieb stehen und starrte auf das großformatige Foto eines Männerkopfes. »Wer kennt diesen Mann?«, lautete die Schriftzeile unter dem Bild. Es war Leonardo Maldini!

Borghetti kaufte das Blatt, steckte es hastig in die Innentasche seines Mantels und eilte, so schnell er konnte, in sein Büro. Dort las er den Bericht, der sich im Wesentlichen darauf beschränkte, die Umstände zu schildern, unter denen der Tote aus dem Meer geborgen worden war. Er überlegte kurz, sofort bei der angegebenen Polizeidienststelle in Neapel anzurufen, entschied sich dann aber dafür, zuerst mit Salvatore Pasqua zu sprechen. Das Telefonat war nur kurz, weil der ihm vorschlug, möglichst schnell in sein Büro zu kommen, wo man ungestört reden könne. Borghetti stimmte dem zu und brach sofort auf. Signorina

Orsini begrüßte ihn freundlich, aber mit ernster Zurückhaltung und führte ihn zu Pasqua.

»Guten Morgen, Sandro.«

»Guten Morgen, Salvatore.«

Die alte Vertraulichkeit war wiederhergestellt. Sie setzten sich einander gegenüber, und jeder zögerte, das Gespräch zu eröffnen. Schließlich gab sich Pasqua einen Ruck.

»Daran haben wir beide nicht gedacht, als Sie mir gestern die Geschichte von Maldini erzählten.«

»Nein, weiß Gott nicht.«

»Sagten Sie nicht, dass Maldini nach Mailand zurückgegangen sei?«

»Ja, das dachte ich. Ich hatte es so gehört.«

»Die Meldung in den Zeitungen enthält keinen Hinweis darauf, ob es Unfall, Selbstmord oder Mord war. Konnte sie ja auch nicht, denn die Polizei weiß noch nicht einmal, wer der Tote ist.«

Inzwischen werden sie es wohl wissen. Maldini war eine bekannte Persönlichkeit. Ich bin überzeugt, dass die Telefondrähte glühen. Auch ich werde mich nachher mit dem Kommissariat in Neapel in Verbindung setzen. Den versicherungsgeschäftlichen Hintergrund kann ich natürlich nicht verschweigen.«

»Selbstverständlich nicht. Das wird in kurzer Zeit ohnehin alles bekannt sein.«

Eine Pause trat ein.

Dann fuhr Pasqua fort: »Mir geht, wie Sie es sich leicht vorstellen können, die Geschichte durch den Kopf, die Sie mir neulich über Maldini und sein unternehmerisches Scheitern erzählt haben. Aber was jetzt passiert ist, passt doch nicht dazu. Diejenigen, denen es darum ging, ihn zu ruinieren und ihm sein Geschäft abzujagen, hatten doch erreicht, was sie wollten. Wenn er sich gewehrt und es geschafft hätte, doch über die Runden zu kommen, würde ich verstehen, dass es zu diesem Ende kam. Aber so, wie es war, muss man sich doch fragen, wem denn dieser Mord noch nützt? Ich unterstelle, dass es einer war.«

»Das muss man auch. Maldini war kein Selbstmörder. Übrigens muss meine Gesellschaft diese Frage ganz offiziell stellen, denn wenn es Selbstmord gewesen wäre, würden wir die Versicherungssumme nicht auszahlen müssen.«

»Wie hoch war Maldini denn überhaupt versichert? Ich sagte Ihnen ja in unserem kürzlichen Gespräch, dass ich über die Einzelheiten der Policen, die wir ankaufen, nicht orientiert bin.«

»In seinem Fall beläuft sich die Versicherungssumme auf 500.000 Euro.

»Und Begünstigte ist seine Frau?«

»So ist es.«

Wieder gab es eine Pause.

Dann sagte Borghetti: »Eine ganz andere Frage. Sie erwähnten gestern Abend, dass Sie sich mit Herrn Stucken in Verbindung setzen wollten und dass Sie keinen Erfolg damit hatten. Ich möchte hinzufügen, dass es meiner Meinung nach die neueste Entwicklung noch viel dringender macht, Herrn Stucken einzuschalten.«

»Sie haben völlig recht. Bisher hatte ich – wie gesagt – keinen Erfolg. Ich hatte mit seiner Sekretärin in Hamburg gesprochen, und ich bin sehr beunruhigt über die Situation. Sie hat nämlich seit zehn Tagen nichts mehr von ihm gehört. Sie ist vollkommen ratlos. Als ich mit ihr sprach, bestätigte sie mir, dass sich Stucken mit mir in Florenz treffen wollte. Das hatten wir vereinbart. Zu einem derartigen Treffen oder auch nur zu einer Kontaktaufnahme ist es aber nie gekommen. Weiter sagte sie mir, dass in einem Telefongespräch mit Dr. Godeau aus Genf – das ist der Treuhänder unseres Fonds – dieser ihr gegenüber die Möglichkeit angedeutet habe, Stucken könnte nach Neapel geflogen sein. Ich hielt mich, was diesen Hinweis betrifft, bedeckt, weil ich mir keinen Reim darauf machen konnte. Sie verstehen wohl, dass mich das Schicksal von Herrn Maldini in Neapel sehr nachdenklich macht, aber das ist nur ein vages Gefühl, denn ich kann keinen sachlichen Zusammenhang erkennen. Außerdem habe ich keinen Hinweis, dass Herr Stucken wirklich nach Neapel geflogen ist. Wenn er das in der Vergangenheit gemacht hat, was nicht allzu häufig der Fall war, hat er sich mit mir vorher in Verbindung gesetzt.«

»So weit, so gut. Aber was hat sie seitdem unternommen? Sie kann doch nicht einfach dasitzen und auf einen Anruf ihres Chefs warten?«

»Dies ist eine äußerst unangenehme Situation. Die Kunden unseres Fonds sind unruhig geworden, weil die Ausschüttungen an sie nicht wie prognostiziert stattgefunden haben. Es gab hässliche Auseinandersetzungen mit Herrn Stucken in Hamburg. Wenn in dieser angespannten Lage Heike – so heißt unsere Sekretärin – verkünden würde, dass Stucken verschwunden ist, geriete alles außer Kontrolle. Mit Dr. Godeau hat sie sich beraten. Er rät dazu, noch abzuwarten. Das bedeutet nicht, dass Heike untätig ist, obwohl ihre Informationsmöglichkeiten sehr eingeschränkt sind. Stucken lebt allein, er ist seit einigen Jahren geschieden. Kontakt zu seiner ehemaligen Frau hat er nicht, die Ehe ging in einem bittern Krieg zu Ende. Kinder sind nicht vorhanden, von anderen Angehörigen weiß niemand etwas. Heike hat vorsichtig bei allen infrage kommenden Fluglinien gecheckt, ob Stucken auf einer Passagierliste stand. Fehlanzeige. Heike sagte mir schließlich, so entsetzlich es sei, den Gedanken auszusprechen, sie sehe keine andere Erklärung als die, dass Stucken sich, natürlich unter falschem Namen, abgesetzt habe. Welche Dispositionen er über Fondsmittel getroffen habe, das heißt, ob er Geld abgehoben habe, könne sie nicht sagen, weil sie keinen Zugriff auf Kontendaten habe. Eines ist klar: Wenn der erste Kunde Verdacht schöpft und zur Polizei geht, ist der Skandal da, und zwar für alle, die in irgendeiner Form an dem Anlagenmodell beteiligt sind, also auch für Sie und mich. Es ist furchtbar.«

»Das kann man wohl sagen. Jedenfalls weiß ich jetzt, wie es steht.«

Borghetti stützte seine Ellenbogen auf den Tisch, legte die

Innenflächen seiner Hände vor das Gesicht und massierte mit den Fingerspitzen leicht seine Stirn. Er überlegte.

Schließlich sagte er: »Ich werde mich jetzt zunächst mit dem ermittelnden Kommissar bei der Kriminalpolizei in Neapel in Verbindung setzen und ihm alles über Maldini berichten, was ich weiß. Dann aber wartet eine sehr schwierige Aufgabe, und zwar auf uns beide, das heißt, auf Sie noch mehr. Wir müssen alle Einzelfälle, in denen ich Ihnen die Adressen beschafft habe, und in denen Sie Versicherungspolicen erworben haben, daraufhin überprüfen, wie es zu diesem Erwerb gekommen ist. Konkret bedeutet das: Was ist bei den einzelnen Versicherungsnehmern passiert, dass sie gezwungen waren, die Verträge an Sie abzutreten? Weiter wage ich im Augenblick noch nicht zu denken. Ich bedanke mich für das offene Gespräch. Auf Wiedersehen.«

Pasqua nickte und gab ihm die Hand. Als Borghetti gegangen war, sagte Pasqua zu Signorina Orsini: »Ich bin froh, dass Sie da sind.«

Auf der westlichen Seite der Galleria, die an der Via San Carlo liegt, standen vor dem Eingang zwei Männer an einem Zeitungskiosk. Der eine, schlank mit einem scharf geschnittenen Gesicht, las konzentriert einen Artikel, der auf der Titelseite einer aufgespannten Zeitung unter dem Foto eines Männergesichts abgedruckt war. Der andere, ein bulliger Typ mit kurz geschorenen Haaren, schaute seinem Gefährten, der wohl eine übergeordnete Stellung hatte, aufmerksam zu, warf aber selbst keinen Blick auf das Zeitungsblatt. Er vermittelte den Eindruck, dass er nicht lesen könne. Ab und zu gab ihm der Lesende ein Stichwort. Manches schien er zu begreifen.

Plötzlich meldete sich sein Handy mit der von einem Tenor geplärrten Eingangszeile des Liedes »O mia bella Napoli«. Er hob das Gerät schweigend an sein Ohr und sagte »Pronto«. Offenbar wurde er nach seinem Aufenthaltsort gefragt, denn er gab die Stelle, wo sie sich befanden, genau an. Damit beendete der Anrufer das Gespräch. Kurz darauf raste ein Motorrad mit hoher Geschwindigkeit die Via Toledo herunter, bog beim Eingang in die Galleria auf die linke Straßenseite und bremste scharf. Die beiden Männer auf dem Motorrad trugen Helme und waren nicht erkennbar. Der auf dem Beifahrersattel Sitzende hob eine Pistole und gab auf die beiden Männer vor dem Zeitungskiosk zwei gezielte Schüsse ab, die wegen des aufgesetzten Schalldämpfers das Geräusch knallender Sektkorken machten und im Straßenlärm kaum zu hören waren. Dann wendeten sie sich scharf nach rechts und brausten durch eine kleine Seitenstraße davon.

Der Vorgang hatte nur wenige Sekunden gedauert. Der Schlanke fiel der Länge nach um und schlug wie ein Brett auf das Straßenpflaster. Der Bullige ging langsam in die Knie wie ein von einem schweren Kinnhaken getroffener Boxer und kippte dann zur Seite. Bei beiden färbte sich das Jackett auf der linken Brustseite rot. Der Kioskinhaber, der bis dahin in der *Gazzetta dello Sport* den Spielbericht über das letzte Auswärtsspiel des SSC Neapel studiert und die beiden Passanten nicht beachtet hatte, wurde durch das Geräusch, das die stürzenden Körper verursachten, in seiner Lektüre gestört. Angesichts des Bildes, das sich ihm bot, griff er zum Telefon und wählte die Nummer des polizeilichen Notrufes.

Wenige Minuten später war eine Streife der Carabinieri am Ort des Geschehens. Die beiden Toten trugen ihre Personalausweise bei sich und konnten daher leicht identifiziert werden. Irgendwelche verwertbaren Zeugenaussagen gab es nicht. Der Inhaber des Kiosks hatte aus den genannten Gründen weder etwas gesehen noch gehört. Zwei Gäste eines gegenüberliegenden Straßencafés sagten aus, durch den Lärm, den das heranrasende Motorrad gemacht hatte, in ihrer Unterhaltung gestört worden zu sein. Die Tat selbst hatten sie, da alles so schnell ging, erst richtig erfasst, als das Motorrad schon um die Ecke gebogen und verschwunden war. Für die Carabinieri war der Fall Routine, für die Mordkommission, die verständigt werden musste, ebenfalls, weshalb Commissario di Luca die Sache einem nachgeordneten Beamten zur weiteren Behandlung übertrug. Der stellte innerhalb der nächsten Stunde fest, dass die beiden Ermordeten Angestellte einer neapolitanischen Agenzia di Consulenza gewesen waren, die zwar in der Vergangenheit mehrfach mit dem Gesetz in Konflikt geraten war, aber nur wegen vermögensrechtlicher Angelegenheiten. Mit Gewaltkriminalität hatte sie bisher nichts zu tun gehabt. Vorerst war eine kurze Erwähnung in den Polizeinachrichten die einzige Resonanz, die der Vorfall in der Via Toledo erzeugte.

Bei Commissario di Luca stand, wie zu erwarten war, seit dem frühen Vormittag des folgenden Tages – es war Freitag – das Telefon nicht still. Maldini war so vielen Leuten in der Gesellschaft von Neapel bekannt gewesen, dass di Luca zu der resignierenden Feststellung gelangte, er müsse wohl ziemlich unbedeutend sein, weil er Leonardo Maldini nicht gekannt hatte. Da die Anrufer aus dem geschäftlichen Umfeld des Toten schon bei den ersten Gesprächen Andeutungen über auffällige Entwicklungen in den geschäftlichen Aktivitäten Maldinis in der jüngsten Vergangenheit machten, war es für di Luca klar, dass er diesen Zusammenhängen seine besondere Aufmerksamkeit widmen müsse. Er bat diese Gesprächsteilnehmer, ihre Aussagen detailliert bei einer Befragung im Präsidium zu machen und sich wegen der Vereinbarung eines Termins baldmöglichst nochmals zu melden. Er bitte um Verständnis dafür, dass er zunächst alle auf ihn zukommenden Informationen sammeln und ordnen müsse.

Absoluten Vorrang hatte zum gegenwärtigen Zeitpunkt ein Gespräch mit Signora Maldini. Von mehreren Anrufern hatte er erfahren, dass Maldini nach Mailand gezogen sei. Seine Frau lebte also dort. Mit ihr musste so schnell wie möglich Kontakt aufgenommen werden. Dass ihr das Schicksal ihres Mannes nach der Veröffentlichung des Fotos unbekannt geblieben war, musste angesichts der vielen persönlichen Verbindungen der Familie ausgeschlossen werden. Es ging also nicht um die Mitteilung dessen, was geschehen war, sondern darum, Informationen zu gewinnen, die für die Aufklärung des Todes unverzichtbar waren. Di Luca hielt es für unpassend, die Signora einfach anzurufen, ein persönlicher Besuch schien ihm geboten. Da er selbst wegen der notwendigen Ermittlungsarbeiten Neapel vorerst nicht verlassen konnte, rief er seinen Kollegen in Mailand an und schilderte ihm die Situation. Ihm war klar, dass dieser nicht in die Ermittlungen eingeschaltet werden konnte. Es ging nur darum, einen Besuch bei Signora Maldini zu machen und mit ihr die Modalitäten einer Reise nach Neapel, die sie mit Sicherheit durchführen würde, zu besprechen.

Giovanni Dampé, der Leiter der Mailänder Mordkommission, ließ sich die Adresse geben, die zwischen den vielen in Mailand lebenden Maldinis unter Leonardo Maldini im Adressverzeichnis gefunden wurde, und fuhr sofort zu der Signora. Sie war – wie vermutet – vom Tod ihres Mannes unterrichtet worden. Dem Kommissar vermittelte sie den Eindruck, der bei Menschen, die über ein hohes Maß an Selbstbeherrschung verfügen, in vergleichbaren Situationen häufig anzutreffen ist: Eine nach außen gezeigte, fast befremdlich wirkende Gelassenheit verbindet sich mit einer inneren Erstarrung. Die Unterhaltung darüber, was praktisch zu tun sei, fällt dann leicht.

Die Signora zögerte keinen Augenblick zuzustimmen, dass sie umgehend nach Neapel reisen müsse, um mit ihrem Wissen die Aufklärung des Todes von ihrem Mann zu unterstützen. Auf die besorgte Frage Dampés, ob er ihr dabei in irgendeiner Weise behilflich sein könne, antwortete sie sehr ruhig und gefasst, dass sie alle erforderlichen Schritte selbstständig unternehmen könne. Sie bat ihn lediglich, für sie die Unterrichtung seines neapolitanischen Kollegen zu übernehmen und ihm mitzuteilen, dass sie am Wochenende nach Neapel fahren und am Montag zu ihm kommen würde. Dampé verabschiedete sich, nicht ohne ihr seine

Bewunderung für ihre Haltung auszudrücken. Sobald er in seinem Büro war, berichtete er di Luca vom Verlauf seines Besuches und kündigte das Kommen von Signora Maldini für den folgenden Montag an.

Die Anrufer, die sich seit dem Erscheinen des Berichts über Leonardo Maldini bei Commissario di Luca gemeldet hatten, sagten alle mehr oder weniger das Gleiche über die Person des Ermordeten aus, wobei die einen die berufliche Situation, die anderen die privaten Verhältnisse in den Vordergrund ihrer Schilderung rückten. Insgesamt ergab sich das Bild einer sympathischen, ehrenwerten und erfolgreichen Persönlichkeit. Ein Gespräch fiel aus diesem Rahmen und erweckte spontan das besondere Interesse des erfahrenen Kriminalisten. Dieser Anruf kam von dem Mann, der mit Maldini von Anfang an, seit dieser sein Unternehmen in Neapel gestartet, zusammengearbeitet hatte, und zwar als technischer Leiter des Büros. Er erklärte, dass er vor allem über die Ereignisse des letzten Jahres vor Maldinis Tod sprechen wolle. Er halte sie für so bedeutsam, dass er ein persönliches Gespräch einem Telefonat vorziehen würde.

Er fügte hinzu, dass er, da er in der Nähe sei, kurzfristig zur Verfügung stünde. Der Commissario stimmte dem Vorschlag zu und empfing nach wenigen Minuten Signore Moratti, wie er sich vorstellte.

»Bitte, Signore Moratti, ich bin ganz Ohr«, di Luca war wirklich gespannt.

»Ich muss etwas ausholen«, begann Moratti, »denn nur vor dem Hintergrund der langjährigen Praxis versteht man die jüngste Wendung der Dinge. Die Provinzialregierung hat Projekte der Verkehrsinfrastruktur immer in der gleichen Weise zur Planung und Durchführung ausgeschrieben. Ingenieurbüros, die durch Größe und Kompetenz als geeignet ausgewiesen wurden, wurden zur Abgabe von Angeboten aufgefordert und beteiligten sich so am Ausschreibungsverfahren. Den Zuschlag erhielt einmal dieser, einmal jener Anbieter. Wir selbst waren ziemlich erfolgreich, aber auch bei den Projekten, bei denen wir nicht zum Zuge kamen, erwies es sich, dass die Entscheidungen regelmäßig aus nachvollziehbaren Gründen gefällt worden waren. Der Ablauf war zwar nicht immer reibungslos, aber auch dann, wenn im Verlauf der Planungsarbeit Vorgaben seitens der Verwaltung geändert oder ergänzt wurden, haben wir die Probleme immer in einem sachlichen Dialog gelöst.«

»Das waren ja ideale Zustände, die ich gar nicht für möglich gehalten hätte«, warf di Luca nicht ohne Ironie ein.

»Warten Sie, Ihre Skepsis wird gleich auf ihre Kosten kommen. Vor etwas mehr als einem Jahr erhielt Maldini in kurzen Abständen Briefe eines Beratungsunternehmens, in denen ihm eine umfassende Begleitung bei der Erstellung von Angeboten gegenüber öffentlichen Auftraggebern angeboten wurde. Maldini hat mir diese Briefe gezeigt, und wir haben angesichts unserer etablierten Stellung darüber gelacht. Maldini hat diese Briefe nicht weiter beachtet, sondern sie wie andere Werbesendungen behandelt, er hat sie in den Papierkorb geworfen. Die Übersendung der Briefe hat aber nicht aufgehört, und eines Tages erhielt Maldini von der Agentur einen Anruf, in dem er in ziemlich drängender Weise um einen Besprechungstermin gebeten wurde. Widerwillig erklärte er sich damit einverstanden, ein Gespräch zu führen. Kurz darauf tauchte dann der angekündigte Besucher auf. Ich habe ihn nur flüchtig gesehen und habe mir auch seinen Namen nicht gemerkt. Das Gespräch wurde unter vier Augen allein von Signore Maldini geführt.«

»Darf ich Sie kurz unterbrechen. Haben Sie sich den Namen des Beratungsunternehmens gemerkt?«

Moratti nickte und antwortete: *Ognissanti – Agenzia di Consulenza universale*. Ich muss hinzufügen, dass Signore Maldini und ich leicht amüsiert waren, dass wir aber meinten, in einer Stadt, in der die Statue des Ortsheiligen regelmäßig zu bestimmten Terminen Tränen vergießt, sind derartige Firmennamen wohl nichts Ungewöhnliches.«

Der Commissario war in einer mentalen Zwickmühle. Einerseits fand er den Kommentar ausgesprochen elegant, andererseits empfand er die übliche kritische Solidarität des Süditalieners gegenüber dem Spott des aufgeklärten Mannes aus dem Norden des Landes. Er sagte gar nichts, sondern bat mit einer Handbewegung Signore Moratti, mit seiner Schilderung fortzufahren.

»Ich muss Ihnen sagen, dass Maldini nach diesem Gespräch sehr nachdenklich geworden war. Er lehnte es aber kategorisch ab, die angebotenen Serviceleistungen in Anspruch zu nehmen. In der folgenden Zeit geschahen aber nun sehr eigenartige Dinge. Die Art und Weise der Zusammenarbeit mit der Verwaltung veränderte sich in Kürze vollständig. Statt des bisher gepflegten Arbeitsstils, der durch den Willen zur Lösung sachlicher Probleme bestimmt gewesen war, mussten wir jetzt bemerken, dass der Erfolg unserer Arbeit behindert werden sollte, indem etwa durch die nachträgliche willkürliche Änderung von Vorgaben bereits erzielte Ergebnisse hinfällig gemacht wurden. Fragen unsererseits, die darauf gerichtet waren, Probleme zu klären, wurden ausweichend oder gar nicht beantwortet. Kurzum, wir mussten das Gefühl gewinnen, dass wir gegen einen unsichtbaren Feind kämpfen. Im Laufe der Zeit gelangten wir immer mehr zu der Meinung, dass wir in diesem Kampf keine Chance hatten.«

»War das nur ein Gefühl oder haben Sie fassbare Anhaltspunkte dafür, dass das wirklich so war?«, warf di Luca ein.

»Diese Anhaltspunkte sind mehr als greifbar«, erwiderte Moratti, und viel Bitterkeit lag in seiner Stimme. »Durch das Ausbleiben von Aufträgen kamen wir bald in finanzielle Bedrängnis, die noch dadurch verstärkt wurde, dass die Verwaltung auch bei objektiv unstrittigen Forderungen unsererseits die Zahlung mit vorgeschobenen Ausflüchten verschob oder ganz verweigerte. Ein schneller Niedergang und letztlich die Insolvenz waren die Konsequenz. Schließlich tauchte ein Interessent aus

Reggio Calabria auf, der Signore Maldini für das Unternehmen eine Summe bot, die zwar weit unter dem objektiven Wert lag, auf die Signore Maldini aber eingehen musste. Auf diese Weise konnten wenigstens die Arbeitsplätze erhalten werden.«

»Ihrer auch?«, fragte di Luca.

»Nein, mich haben sie nicht übernommen. Ich wusste zu viel. Aber ich hätte für die auch gar nicht arbeiten wollen. Ich dachte, wenn der Chef in Mailand noch einmal etwas anfängt, was ich hoffte, holt er mich sicher. Ja, Signore Commissario, das ist die Geschichte, die ich Ihnen erzählen wollte. Ich hoffe, dass sie Ihnen bei Ihren Ermittlungen nützt.«

»Das tut sie ganz bestimmt, und ich danke Ihnen sehr für Ihren Besuch. Ich werde über unser Gespräch ein Protokoll verfassen lassen und bitte Sie, dann noch einmal kurz in das Präsidium zu kommen, um es zu unterschreiben.«

»Selbstverständlich, aber einen Punkt möchte ich noch erwähnen, wenn Sie gestatten?«

»Bitte.«

»Etwas ist mir allerdings schleierhaft. Wenn sein Ruin beabsichtigt war, woran kaum zu zweifeln ist, war das Ziel derer, die hier gehandelt haben, doch erreicht, und es gab kein zusätzliches Motiv, Signore Maldini zu ermorden. Oder sehe ich das falsch?«

»Ich kann Ihnen nicht widersprechen, aber ich glaube, wir wissen noch längst nicht alles.«

Trotz dieser skeptischen Einsicht war di Luca sicher, dass ein beachtliches Lichtquantum in das Dunkel dieses Falles gedrungen war, und er legte sich in Gedanken die nächsten Ermittlungsschritte zurecht. Er musste unbedingt den Leiter der für die Bauprojekte zuständigen Behörde als Zeuge vernehmen, auch wenn nach aller Erfahrung die hieraus gewonnene Erkenntnis eher gering einzuschätzen sein würde. Dann musste er alle erreichbaren Tatsachen über die Firma *Ognissanti* herausfinden. In diesem Zusammenhang war es interessant zu erfahren, wer das Büro Maldinis übernommen hatte. Während er diese Überlegungen anstellte, überbrachte ihm ein Mitarbeiter den Bericht über den Vorfall in der Via Toledo. Er überflog ihn, hielt inne und starrte auf eine Stelle des Papiers. Die beiden Erschossenen waren Angestellte von *Ognissanti – Agenzia di Consulenza universale* – gewesen.

Commissario di Luca breitete in Gedanken die Teile des Sachverhaltes, wie er sich ihm derzeit darstellte, vor sich aus. Da war das Unglück eines Mannes, der allem Anschein nach in die Mühlen organisierter Kriminalität geraten und zum Schluss ihr Opfer geworden war. Gerade hatte er erfahren, dass die dunkle Macht hinter dieser Geschichte einen Namen trug, der sie fassbar und erfassbar machte. Und nun stellte sich plötzlich heraus, dass die Organisation anscheinend selbst angegriffen worden war. Hingen die Morde zusammen, war der eine die Reaktion auf den anderen, war es ein Kampf unter Clans? Viele Erklärungen waren denkbar, im Mittelpunkt aller Überlegungen aber stand die Frage: Wer ist *Ognissanti*?

Der Schnellzug aus Mailand rollte durch die östlichen Vororte von Neapel. Der Vesuv, auf dessen Abhänge man von der Bahnlinie aus blickte, erregte genauso wenig die Aufmerksamkeit von Signora Maldini wie die vielen gleichförmigen Wohnquartiere vor den Toren der alten Stadt. Das lag nicht nur daran, dass sich die Schönheit der jahrtausendealten Metropole dem Besucher erst zeigt, wenn er die Bahnhofshalle verlassen hat, es lag auch nicht daran, dass sich die Signora während der Jahre, die sie mit ihrem Mann hier verbracht hatte, bei vielen Reisen in ihre lombardische Heimat an den immer gleich bleibenden Eindruck gewöhnt hatte, es war vielmehr so, dass der ganze Lebensabschnitt, in dem sie in dieser Stadt gelebt hatte, in ihrem Kopf wie durchgestrichen war. Das Leben hier hatte sie mit ihrem Mann gelebt, und sein Tod bedeutete das Ende der Erinnerung an dieses Leben.

Als der Zug zum Halten gekommen war, reagierte sie wie

ein Roboter. Sie nahm ihren kleinen Handkoffer aus dem Gepäcknetz, stieg aus, ging durch die Bahnhofshalle, trat ins Freie, winkte ein Taxi heran und bat den Fahrer, sie zum Polizeipräsidium zu fahren. Da sie zu erkennen gab, dass sie die Adresse nicht wusste, leistete sich der Fahrer einige Umwege, die sie nicht wahrnahm. Commissario di Luca, dem sie die Ankunftszeit mitgeteilt hatte, empfing sie mit warmer Anteilnahme, die seine Neugier nicht ausschloss. Er fragte sie zuerst, ob sie noch einmal zu ihrem Mann fahren wolle, der immer noch in der Gerichtsmedizin lag, und fügte hinzu, dass eine Identifizierung durch sie nicht nötig sei. Sie nahm den Hinweis dankbar auf und verneinte die Frage. Di Luca schilderte ihr nunmehr den bisherigen Verlauf der Ermittlungen, wobei er sich bemühte, Tatsachen, über die bereits in der Presse berichtet worden war, nicht zu wiederholen. Breiten Raum gab er dem Bericht von Signore Moratti. Dann fragte er sie: »Können Sie bestätigen, was der Mitarbeiter Ihres Mannes ausgesagt hat?«

Ein kaum merkbares Lächeln überflog ihr Gesicht, als sie antworte: »Signore Moratti ist eine treue Seele, mein Mann hat ihn sehr gemocht. Er hatte auch die Hoffnung, dass sie beruflich wieder einmal zusammenfinden würden. Was er Ihnen berichtet hat, kann ich voll und ganz bestätigen. Die Trauer, die mein Mann über den Gang der Dinge empfand, konnte Moratti nicht so intensiv wahrnehmen wie ich. Mein Mann war tief erschüttert darüber, was in den letzten dreißig Jahren aus unserem Land geworden ist. Eines ist allerdings neu für mich. Leonardo erwähnte, wenn er auf die dunklen Machenschaften zu sprechen kam, unter denen er zu leiden hatte, nicht den Namen dieser Agentur, die Sie genannt haben. Wahrscheinlich wollte er mich nicht mehr als nötig beunruhigen, indem er der Gefahr einen konkreten Namen gab. Ich hätte mir allerdings auch nichts darunter vorstellen können.«

»So wird es wohl gewesen sein«, stimmte di Luca zu.

»Ich möchte Ihnen aber noch etwas anderes berichten, wovon

Moratti nichts wissen kann. Einige Jahre, bevor diese Firma *Ognissanti* auf den Plan trat, als also noch alles in Ordnung zu sein schien, erklärte mir mein Mann, dass er eine Lebensversicherung abgeschlossen habe. Er nannte keine Einzelheiten, sondern meinte nur, er wolle als selbstständiger Unternehmer für die Kinder und mich eine materielle Sicherheit schaffen, über die er anders als ein Beamter oder Angestellter nicht verfüge. Wie gesagt, einen konkreten Anlass gab es damals nicht, aber rückblickend sieht es so aus, als ob er eine Ahnung gehabt hätte.«

»Können Sie mir dazu Einzelheiten nennen?«

»Bis vor Kurzem hätte ich die Frage verneinen müssen, aber nach dem Tod meines Mannes musste ich mich ja mit seinen Akten beschäftigen, und dabei habe ich die Unterlagen gefunden. Ich habe sie nicht im Einzelnen durchgesehen, habe sie aber mitgenommen und stelle sie Ihnen gern zur Verfügung.«

Wieder zeigte sich bei Signora Maldini das erstaunliche Phänomen, dass eine tiefe innere Erschütterung Hand in Hand mit einem völlig kontrollierten und rationalen Verhalten ging. Di Luca erlebte das in dieser Form zum ersten Mal und war sehr beeindruckt. Er nahm die Unterlagen entgegen und versicherte, dass er sie baldmöglichst zurückgeben oder zurückschicken würde, je nachdem, wie lange er sie für seine Ermittlungen benötige.

»Wie lange beabsichtigen Sie in Neapel zu bleiben?«, frage er.

»Ich weiß es noch nicht genau, aber mindestens bis übermorgen.«

»Dann will ich Sie heute nicht länger belästigen, Sie hatten ja eine lange Fahrt. Wie kann ich Sie, wenn es nötig sein sollte, erreichen?«

Sie gab ihm Adresse und Telefonnummer einer Freundin in der Stadt, bei der sie während ihres Aufenthaltes wohnen würde.

»Kann ich Sie dorthin bringen lassen?«

»Danke, sehr freundlich, aber ich nehme ein Taxi. Ich will meine Freundin nicht beunruhigen.«

Sie verabschiedeten sich, und es war, als ob sie sich schon lange gekannt hätten. Als er wieder allein war, begann di Luca das Konvolut durchzublättern. Die Versicherungssumme von 500 000 Euro fiel wegen ihrer Höhe auf, und di Luca ertappte sich bei dem Gedanken »wenigstens das«. Er registrierte die Versicherungsgesellschaft und notierte den Namen eines Signore Sandro Borghetti, der als Kundenbetreuer genannt war. Mit ihm wollte di Luca Verbindung aufnehmen, aber nicht mehr heute, denn es war schon spät und die allgemeine Bürozeit zu Ende. Die Lektüre der Akte blieb unvollendet.

Am dritten Tag hatte Borghetti Glück. Er konnte mit Commissario di Luca verbunden werden. Zwei Tage hatte er es vergeblich versucht. Entweder war die Leitung belegt oder er war seinerseits durch laufende Geschäfte verhindert, das geplante Gespräch zu führen. Aber jetzt hatte er den Mann am Apparat, mit dem er sprechen wollte.
»Commissario di Luca von der Mordkommission?«
»Ja bitte, wer spricht?«
»Sandro Borghetti. Ich rufe wegen des Falles Leonardo Maldini an.«
Di Luca glaubte zu träumen, aber er fasste sich schnell.
»Signore Borghetti! Das ist wirklich ein Zufall. Seit gestern Abend stehen Sie auf der Liste der Personen, die ich anrufen will, und nun sind Sie mir zuvorgekommen.«
»Commissario, woher kennen Sie meinen Namen?«
»Durch Signora Maldini, die gestern bei mir war. Sie hat mir die Versicherungsunterlagen ihres Mannes übergeben, ich meine die Unterlagen über die Lebensversicherung, die Signore Maldini bei Ihrer Gesellschaft abgeschlossen hat. Darüber müsste ich mit Ihnen reden. Von wo sprechen Sie?«
»Von Rom, aus meinem Büro.«
»Ja, natürlich. Ich hatte in den letzten Tagen Gelegenheit, mich sehr ausführlich über das traurige Schicksal von Signore

Maldini informieren zu lassen, bis mich gestern seine Frau davon in Kenntnis setzte, dass eben die besagte Lebensversicherung bei Ihrer Gesellschaft besteht. Ich hatte noch keine Zeit, die Unterlagen, die mir Signora Maldini überlassen hat, zu studieren, und würde mich gern über diesen für mich neuen Aspekt mit Ihnen unterhalten.«

Borghetti überlegte kurz und sagte dann: »Ich entnehme Ihren Worten, dass Sie hinsichtlich dieser Angelegenheit nicht ganz auf dem Laufenden sind.«

»Das mag sein, aber liegt darin ein besonderes Problem?«

»Ich glaube ja, und dieses Problem scheint mir für die Lösung des Falles von großer Bedeutung zu sein. Wir sollten daher die Erörterung nicht am Telefon fortsetzen. Ich komme zu Ihnen, noch heute.«

»Sehr gut. Sie haben mich außerordentlich neugierig gemacht.«

Wenn Lokomotivführer, Kontrolleure, Weichensteller oder anderes Bahnpersonal nicht streiken, ist die Verbindung zwischen Rom und Neapel sehr gut. An diesem Tag gab es keinen Streik, und so saß Sandro Borghetti nach wenigen Stunden dem Commissario di Luca gegenüber.

»Wie ich Ihnen schon sagte, bin ich sehr gespannt«, begann dieser das Gespräch.

»Haben Sie die Unterlagen inzwischen lesen können?«

»Nein, ich habe auf unser Gespräch gewartet.«

»Dann will ich Ihnen gleich den meines Erachtens wesentlichen Punkt sagen. Leonardo Maldini war bei seinem Tod nicht mehr unser Vertragspartner und daher hat seine Witwe, die eigentlich die Begünstigte der Versicherung war, auch keinen Anspruch auf Auszahlung der Versicherungssumme.«

Di Luca neigte sich erstaunt nach vorn.

»Wie kommt das?«

»Commissario, Sie sagten mir in unserem kurzen Telefongespräch, dass Sie über die Ereignisse des letzten Jahres vor Maldinis Tod unterrichtet seien.«

»Ich nahm das bisher an, aber anscheinend doch nicht in vollem Umfang.«

»So sieht es aus. Bekannt ist Ihnen wohl, dass Maldini in seinem letzten Lebensjahr in wirtschaftliche Schwierigkeiten geraten war, und auch die Gründe kennen Sie. Was Sie offensichtlich nicht wissen, ist, dass er sich in dieser Zeit darum bemühte, seine Versicherungspolice zu Geld zu machen, um liquide Mittel für sein Unternehmen zu gewinnen. Derartige Situationen sind nicht neu. Es kam in meiner Berufspraxis gar nicht selten vor, dass unsere Vertragspartner ihre Versicherungen nicht mehr fortführen wollten oder konnten. Wir nehmen dann den Vertrag zum sogenannten Rückkaufswert zurück, wobei dieser Wert vor allem durch die bis dahin bezahlten Prämien bestimmt wird. Neuerdings beobachten wir in unserem Geschäftsbereich, dass ein Anlegerfonds aus der Bundesrepublik Deutschland, dessen Geschäftsleitung in Hamburg sitzt, Kunden von uns anspricht, um ihnen ihre Policen abzukaufen. Das Ergebnis dieser Operation ist, dass nunmehr der Fonds Anspruchsinhaber ist und im Todesfall die Versicherungssumme erhält. Im Falle Maldini erfolgte der Ankauf genau in der Zeit, als dessen wirtschaftliche Schwierigkeiten erkennbar wurden. Als ob sie es gewusst hätten.«

»Als ob sie es gewusst hätten«, wiederholte di Luca nachdenklich und fuhr fort: »Vielleicht haben sie es ja gewusst.«

»Dieser Gedanke ist mir auch gekommen, und ich werde alle vergleichbaren Fälle aus unserem Portfolio auf denkbare Zusammenhänge wie im Falle Maldini untersuchen.«

»Signore Borghetti, ich kann Ihnen ebenfalls etwas berichten, was Sie vermutlich noch nicht wissen, und was ich gestern von Signora Maldini erfahren habe. Die Ursache von Maldinis Scheitern hat vermutlich einen Namen. Ist Ihnen schon einmal das Beratungsunternehmen *Ognissanti* begegnet?«

»Nein, den Namen kenne ich nur als Name einer berühmten Kirche in Florenz.«

»Darum handelt es sich hier sicher nicht. Vielmehr hat dieses ehrenwerte Unternehmen offensichtlich Signore Maldini zu erpressen versucht, seine Beratungsleistungen in Anspruch zu nehmen. Nachdem er darauf nicht eingegangen war, begannen seine Schwierigkeiten. Sie werden jetzt verstehen, dass ich gesagt habe, vielleicht hat es der Fonds gewusst. Haben Sie übrigens von dem Vorfall in der Via Toledo erfahren?«

»Es gab bei uns in Rom eine kurze Notiz. Derartige Aktionen kommen hier wohl öfter vor, Abrechnungen unter Clans, oder?«

»Diesmal eher nicht. Die beiden Männern, die erschossen wurden, waren Angestellte von *Ognissanti*. Was sagen Sie dazu?«

Borghetti merkte auf und fragte: »Haben Sie Bilder der beiden Personen hier?«

»Ja, warten Sie, hier sind sie.«

»Ich kenne sie«, sagte Borghetti sehr langsam.

»Sie kennen sie?«, antwortete di Luca im gleichen Ton.

»Allerdings, und dabei sind wir bei der nächsten Erpressungsgeschichte.«

»Wie soll ich das verstehen?«

»Vor Kurzem tauchten diese beiden Männer nacheinander bei mir und Signore Pasqua auf. Wir waren völlig ahnungslos.«

»Wer ist Signore Pasqua?«

»Er leitet das italienische Büro des deutschen Fonds, von dem ich Ihnen berichtet habe. Er heißt übrigens *Life Mezzogiorno*.«

»Aha, wenn ich mich mit diesem Fonds in Verbindung setzen will, was eine meiner nächsten Aufgaben sein wird, kann ich also diesen Herrn kontaktieren?«

»Natürlich, aber Sie werden nicht sehr weit kommen. Alles Wichtige wird in Hamburg geregelt.«

»Gut, wir werden sehen, aber zurück zu Ihrer Erpressungsgeschichte.«

»Ja, also wir erhielten diesen überraschenden Besuch.«

»Was war der Gegenstand der Erpressung? Worauf zielten die Besucher ab?«

Borghetti wurde verlegen, als er antwortete: »Sie behaupteten, ich hätte unbefugt Adressen von Versicherten an den Fonds gegeben, und sie kündigten finanzielle Forderungen an, aber sie haben sich nicht mehr gemeldet. Na ja, die Erklärung hierfür habe ich jetzt.«

Di Luca zog mit seiner rechten Hand einen imaginären Strich in die Luft und sagte mit kühler Stimme: »Wir sind hier bei der Mordkommission und nicht im Antikorruptionsreferat. Sie werden die zwei Herren ja nicht erschossen haben!«

Borghetti lächelte gequält.

Di Luca fuhr fort: »Interessant ist natürlich, dass in beiden Fällen der Name *Ognissanti* auftaucht. Aber nochmals zu dem Fonds. Kennen Sie außer Signore Pasqua auch die Geschäftsleitung in Deutschland?«

»Nein, ich weiß nur den Namen des Geschäftsführers. Es handelt sich um einen Herrn Stucken. Aber ich muss Ihnen sagen, dass es hier das nächste Problem gibt. Dieser Herr ist seit zwei Wochen verschwunden.«

»Woher wissen Sie das?«

»Von Pasqua, der seitdem vergeblich versucht, seinen Chef zu erreichen.«

»Ist in dieser Angelegenheit die deutsche Polizei eingeschaltet worden?«

»Soviel ich weiß, bis jetzt nicht. Die Sache ist für den Fonds sehr unangenehm, und zwar wegen der Anleger. Die sind, wie ich gehört habe, unruhig geworden, weil die Ausschüttungen nicht in der prognostizierten Weise erfolgen.«

Der Commissario kam zum Schluss.

»Signore Borghetti, Sie haben mir eine Reihe interessanter Informationen gegeben. Ich bedanke mich. Und wenn sich in Ihrer Angelegenheit vielleicht Nachfolgetäter der beiden Erschossenen bei Ihnen melden, die Hörmuschel meines Telefons ist immer für Sie offen.«

Borghetti verabschiedete sich mit gemischten Gefühlen.

Als er allein war, rief di Luca den Beamten an, der in dem Motorradmord ermittelte.

»Habt Ihr schon etwas?«

»Ja, wir haben die beiden Rennfahrer. Sie wurden von einer Verkehrsstreife wegen überhöhter Geschwindigkeit gestellt. Der eine hatte noch eine Pistole bei sich. Es handelt sich eindeutig um die Tatwaffe.«

»Und was sagen sie?«

»Wie üblich, nichts. Sie hätten einen Auftrag bekommen von jemandem, den sie nicht kennen. Aber wir machen weiter.«

»Gut, zeigt ihnen mal Bilder von den *Ognissanti*-Bossen. Ciao.«

Commissario di Luca dachte: Mehr und mehr gefällt mir dieser Fall. Und jetzt bekommt er auch noch internationales Flair, um nicht zu sagen: europäisches Format.

VII.

An einer Ecke des Campo dei Fiori stand ein Lieferwagen, der unter den zahlreichen Fahrzeugen, mit denen die Händler Waren auf den Markt transportiert hatten, überhaupt nicht auffiel. Auch Salvatore Pasqua, der sein Büro ganz in der Nähe des Campo verlassen hatte und sich auf dem Heimweg befand, beachtete ihn nicht und noch weniger die beiden Männer, die auf dem Fahrer- und auf dem Beifahrersitz saßen. Umgekehrt war das nicht so, denn als Pasqua an dem Lieferwagen vorbeiging, stiegen sie blitzschnell aus, traten von beiden Seiten neben ihn und blicken ihm herausfordernd ins Gesicht.

»Was soll das? Wer sind Sie?«, konnte er noch sagen, aber da fühlte er sich an beiden Armen gepackt, zum Auto gestoßen und in den Laderaum des Lieferwagens geworfen. Die Hecktür wurde zugeklappt, die beiden Männer nahmen ihre Plätze im Fahrerhaus wieder ein und der Wagen fuhr an. Pasqua, der völlig überrumpelt worden war, begann zu schreien und gegen die Karosserie zu schlagen, aber das war völlig sinnlos, denn das Motorengeräusch übertönte alles.

Die Fahrt dauerte ungefähr eine halbe Stunde. Es ging zunächst über offenkundig normal ausgebaute Straßen, dann aber zeigte das Rumpeln des Fahrzeugs an, dass man die geteerte Straße verlassen hatte und sich auf einem unbefestigten Weg befand. Schließlich hielt das Auto an. Die beiden Männer öffneten die Tür und forderten Pasqua auf auszusteigen. Sie halfen ihm dabei und waren in ihrer nun gezeigten Freundlichkeit nicht wiederzuerkennen. Als der unfreiwillige Fahrgast festen Boden unter den Füßen spürte, schaute er sich um, um herauszufinden, wo er war. Er stand vor dem Eingang eines kleinen Landhauses. Die Gegend, in der es lag, kannte er nicht. Sie wies auch keine

Charakteristika auf, die er sich hätte einprägen können. Er befand sich auf einer Lichtung in einem Wald aus Kiefern und vereinzelten Steineichen, unter denen verschiedenartiges Gebüsch wucherte.

Aus der Haustür trat eine Dame, die die Ankömmlinge ins Haus bat. Sie fragte Pasqua, ob er sich frisch machen wolle, was dieser ablehnte. Ihm war nicht danach, sein Äußeres zu pflegen. Da er die Situation als nicht mehr unmittelbar bedrohlich empfand, fragte er vielmehr in einem Ton, der seinen Ärger deutlich erkennen ließ, wo er hier sei und was überhaupt die ganze Aufführung bedeuten sollte. Die Empfangsdame, wie man sie wohl bezeichnen musste, lächelte freundlich, hüllte sich aber in vollkommenes Schweigen und öffnete an der Rückwand der Diele, in der sie standen, eine Tür, die in einen Salon führte, der an der Gartenseite des Hauses lag. Sie bat ihn, einen Augenblick zu warten. Pasqua war ziemlich wütend, er konnte aber nicht wissen, auf wen er wartete, und noch weniger, was er tun sollte. Er trat an das Fenster und schaute in den Garten, in dem nichts zu sehen war, was seine angespannte Aufmerksamkeit hätte ablenken können.

Plötzlich hörte er hinter sich ein Geräusch. Jemand war ins Zimmer getreten. Er drehte sich um und sah einen Mann im Raum stehen, den er noch nie gesehen hatte. Es war eine große stattliche Erscheinung, die ihm gegenüberstand, mit einem riesigen markanten Kopf, der von dichten grauen Haaren umrahmt war. Über einem sorgfältig gestutzten Schnurbart lagen zwei pechschwarze Augen tief in ihren Höhlen, was ihrem Blick etwas Unheimliches gab. In dieses Gesicht, das eine entschiedene Strenge ausstrahlte, kam allerdings dadurch ein auflockerndes Element, dass das Lid über dem rechten Auge leicht herabhing, was in der ansonsten unerbittlichen Ordnung der Gesichtszüge wie eine Nachlässigkeit wirkte. Insgesamt musste sich Pasqua aber eingestehen, dass ihm mehr ein Herr als ein Mann gegenüberstand.

»Guten Tag, Signore Pasqua, ich freue mich, Sie kennenzulernen«, so begann der Mächtige das Gespräch. Bevor Pasqua etwas erwidern konnte, was ihm angesichts der Umstände ohnehin nicht leichtgefallen wäre, überreichte ihm der Herr seine Karte, auf der er las: Dott. Antonio de la Torre, Präsident des Verwaltungsrates der *Ognissanti S.A.*

Er bemühte sich, gegenüber diesem Präsidenten einen gefestigten Eindruck zu machen, und erwiderte: »Würden Sie die Güte haben, mir zu sagen, was mir die zweifelhafte Ehre verschafft hat, in dieses offensichtlich abgelegene Haus verschleppt zu werden?«

»Nun, was heißt verschleppt? Wir wollen die Atmosphäre doch nicht unnötig belasten. Ich gebe zu, dass unsere Einladung Ihnen im Stil etwas rauhbeinig erscheinen musste, aber die Angelegenheit duldete leider keinen Aufschub. Wir standen und stehen unter einem enormen Zeitdruck, wie ich Ihnen gern erläutern …«

Pasqua unterbrach ihn: »Von welcher Angelegenheit sprechen Sie?«

»Das wollte ich Ihnen gerade darlegen. Dazu muss ich ein bisschen ausholen, wobei Sie mich bitte unterbrechen wollen, wenn Ihnen entweder etwas nicht klar ist oder wenn Ihnen umgekehrt etwas bekannt ist und infolgedessen nicht mehr erläutert werden muss. Ich fange am besten mit unserem Unternehmen an, das Sie wahrscheinlich nicht kennen. Wir sind eine Agentur, deren Gründung in die ersten Jahre nach dem Zweiten Weltkrieg zurückreicht. Unsere ursprünglichen geschäftlichen Aktivitäten wurden zusammen mit der amerikanischen Armee entwickelt. Damals gab es unzählige Waffen, die nicht mehr gebraucht wurden, deren Rücktransport in die Vereinigten Staaten aber unrentabel gewesen wäre. In dieser Situation hatten einige weitblickende italienische Geschäftsleute die Idee, diese Waffen den Amerikanern abzukaufen – für einen mäßigen Preis, wie sich versteht – und in anderen Gegenden, vorwiegend im östlichen Mittelmeerraum, abzusetzen. Bedarf war reichlich vorhanden, es gab also kein Marktproblem. Das Ganze war vor allem eine logistische Aufgabe, die allerdings hohe Anforderungen an die Organisationsfähigkeit unserer verehrten Vorgänger stellte. Mir fällt an dieser Stelle, wenn ich über die Frühzeit unserer Unternehmensgeschichte berichte, immer die köstliche Geschichte ein, die der amerikanische Schriftsteller Norman Mailer in einem seiner Romane erzählt. Kennen Sie sie?«

»Nein, nicht das ich wüsste.«

»Also, ein GI hat eine Freundin in einem Vorort von Neapel. Als er sie eines Abends wieder besuchen will, steht kein Jeep auf dem Kasernenhof. Kurz entschlossen fährt er daraufhin mit einem Panzer zum Rendezvous. Am frühen Morgen will er in die Kaserne zurückfahren, muss aber feststellen, dass der Panzer spurlos verschwunden ist. Neapolitanische Jugendliche hatten ihn einfach auseinandergeschraubt und die Einzelteile an Schrotthändler verkauft. So ungefähr müssen Sie sich das vorstellen. Wir haben die Waffensysteme natürlich nicht demontiert, sondern, wenn das nötig war, sogar instand gesetzt und dann verwertet.«

»Sehr nett, aber ich kann keinen Zusammenhang mit unserer Situation erkennen.«

»Natürlich nicht, entschuldigen Sie die Abschweifung. Ich will darauf hinaus, dass seit jenen frühen Tagen ein intensiver und vielfältiger Kontakt zur amerikanischen Geschäftswelt besteht. Das war alles Vorgeschichte, aber nun komme ich zur Gegenwart und unserem unmittelbaren Anliegen. Vor einiger Zeit erfuhren wir von einem Geschäftsfreund in New York, dass in der Finanzindustrie dort ein neues Anlageprodukt entwickelt wurde, das Sie ja bestens kennen, eben die Life-Fonds, wie Sie einen repräsentieren.«

»Danke, meine Kenntnis dieses Produktes können Sie voraussetzen.«

»Das weiß ich natürlich, aber Sie wissen nicht, dass wir es waren, die Ihrem Geschäftsführer, Herrn Stucken, mit dem wir schon länger geschäftlich verbunden sind, übrigens zur vollen Zufriedenheit beider Seiten, den Vorschlag gemacht haben, für deutsche Anleger einen Fonds dieser Art in Süditalien aufzulegen. Wir haben die Strategie entwickelt und bei der praktischen Durchführung alle Wege geebnet.«

»Das ist in der Tat neu für mich. Stucken hat nie etwas davon erwähnt.«

»Sehen Sie. Aber das Wichtigste habe ich noch gar nicht zur Sprache gebracht. Zwischen Ihrem Fonds und uns gab und gibt es eine Grundsatzvereinbarung, wonach ein Drittel der für Ausschüttungen zur Verfügung stehenden Beträge vorab an uns geht. Man kann also von einem Joint Venture sprechen.«

»Von dieser Abmachung hatte ich keine Ahnung.«

»Das glaube ich Ihnen sogar. Ich habe Sie aber trotzdem hierher gebeten, weil neuerdings eine ernste Situation entstanden ist, man kann es auch ein ausgesprochenes Ärgernis nennen. Stucken ist nämlich mit Zahlungen in erheblichem Umfang in Rückstand. Obwohl aufgrund der Fälligkeit von Versicherungsleistungen im Verlauf des letzten Jahres Ausschüttungsbeträge in siebenstelliger Größenordnung zur Verfügung standen, sind keine Auszahlungen an uns erfolgt.«

»Woher kennen Sie die Beträge? Die Vertragsunterlagen sind doch absolut vertraulich?«

»Wo denken Sie hin? Stucken musste uns natürlich laufend unterrichten, und Ihr Treuhandbüro in Genf ist verpflichtet, uns vierteljährlich Saldenbestätigungen vorzulegen. Aber zum letzten Termin, der sechs Wochen zurückliegt, erfolgte nichts. Wir haben uns dann natürlich umgehend mit Herrn Stucken in Verbindung gesetzt, um die Angelegenheit zu klären. Er machte einen sehr betroffenen Eindruck, sprach von internen Schwierigkeiten und schlug ein klärendes Gespräch vor. Er lud uns nach Hamburg ein, wir konnten ihn jedoch überzeugen, dass wir uns in Neapel zusammensetzen sollten, sozusagen am Ort des Geschehens. Er sagte zu, sich wegen eines Termins kurzfristig wieder zu melden, doch wir haben seitdem nichts mehr von ihm gehört. Sie werden jetzt verstehen, dass wir von Ihnen als seinem engsten Mitarbeiter hören wollen, wie das alles zu erklären ist.«

Eine Pause entstand. Im Inneren Pasquas wurde nun das Gefühl der Bedrohung durch die Empfindung der Peinlichkeit seiner Lage verdrängt.

Schließlich sagte er: »Ich entnehme Ihren Worten, dass Sie eigentlich mit Herrn Stucken viel enger vertraut waren als ich. Ich habe mehrfach mit seiner Sekretärin in Hamburg gesprochen, nachdem ich, wie ich jetzt erfahre, schon länger als Sie mit ihm keinen Kontakt finden kann. Mich wollte er übrigens in Florenz treffen, aber auch dort ist er nicht erschienen. Von seinem Plan, nach Neapel zu fliegen, erfuhr ich nur indirekt von Dr. Godeau in Genf. Um es kurz zu machen: Nach meinem heutigen Wissensstand muss ich erklären, dass Herr Stucken verschwunden ist. Über den Finanzstatus des Fonds kann ich auch nichts sagen, weil ich keine Möglichkeit habe, in die Konten Einblick zu nehmen.«

De la Torre schaute ihn mit jenem aus Überlegenheit und Mitleid gemischtem Blick an, mit dem ein gefeierter Dirigent bei einer Konzertprobe auf einen Orchestermusiker herabschaut, der soeben einen Einsatz verpasst und damit den Beweis geliefert hat, unfähig zu sein. Dann sagte er: »Warten Sie einen Augenblick«, und ging hinaus.

Als sich die Türe hinter dem Maestro geschlossen hatte, versuchte Pasqua Ordnung in seine Gedanken zu bringen. Er war entführt worden, aber er hatte jetzt nicht mehr das Gefühl, in Gefahr zu sein. Vielmehr wuchs in ihm eine Ahnung, die schon neulich, in seinem letzten Gespräch mit Borghetti in ihm gewesen war. Der Tod Maldinis und seine Vorgeschichte, Stuckens Verschwinden, der Besuch der beiden Erpresser, scheinbar disparate Ereignisse ohne Zusammenhang, glitten in seinem Bewusstsein immer näher aufeinander zu, ohne dass er sie bis jetzt in eine Kausalordnung bringen konnte.

In der Diele warteten die beiden Ausführungsorgane auf die

Weisungen ihres Patrons. In ihren Gesichtern formte sich die Frage: Was geschieht mit ihm?

De la Torre verstand sie und sagte: »Bringt ihn zurück und setzt ihn dort ab, wo ihr ihn aufgenommen habt.«

»Er wird sofort zur Polizei gehen«, wandten sie ein.

»Den Teufel wird er tun. Er ist durch die Situation bei seinem Fonds völlig verunsichert. Im Übrigen erlaube ich mir die Frage: Was würden die Herren denn vorschlagen?«

Beide zuckten die Achseln.

»Also.« Der Meister drehte sich um und ging wieder in den Salon.

»Signore Pasqua, ich bedanke mich für unsere Unterredung. Unser beider Lage ist nicht sehr schön. Ich weiß zwar noch nicht, was ich unternehmen werde, aber hinnehmen kann ich das Verhalten von Herrn Stucken natürlich nicht. Wir werden sehen. Die zugegebenermaßen ungewöhnliche Art der Einladung bitte ich zu entschuldigen. Meine Mitarbeiter werden Sie in die Stadt zurückbringen. Noch einen schönen Tag.«

Er öffnete die Tür und ließ Pasqua hinaustreten. Der nickte nur kurz und folgte seinen Begleitern zum Auto. Plötzlich blieb einer der beiden stehen und rief seinem Kumpel zu: »Fahr du allein, ich muss dem Chef noch etwas Dringendes berichten.« Er lief in das Haus zurück.

»Was gibt es noch?«, frage de la Torre, und er wirkte nicht sehr amüsiert.

»Es ist etwas Unangenehmes passiert.«

»Ich höre.«

»Piero hat ...«

»Wer ist Piero?«

»Einer der beiden Pistolenmänner.«

Eine Handbewegung forderte ihn auf weiterzureden.

»Also, Piero und der andere wurden von den Carabinieri gefasst.«

»Na und? Was interessiert uns das?«

»Er hatte die Tatwaffe noch bei sich, und so sind sie überführt worden. Aber viel schlimmer ist, dass der Idiot übersehen hat, den beiden alle Papiere abzunehmen, obwohl ich ihm das so eingeschärft hatte. Jetzt wissen sie bei der Polizei, dass es Leute von *Ognissanti* waren. Daher wird es sich nicht vermeiden lassen, dass sie demnächst bei uns auftauchen werden, um zu schnüffeln.«

Der Patrone blieb ganz ruhig und fing an zu schmunzeln.

»Damit wissen sie noch lange nicht, dass wir die beiden Trittbrettfahrer selbst umgelegt haben, weil sie gegenüber den Fonds auf eigene Rechnung arbeiten wollten. Und das mit den Papieren ist vielleicht gar nicht so schlecht. Dadurch werden wir doch zuletzt verdächtig, weil uns niemand die Dummheit zutraut, die Spur zu uns selbst zu legen.«

»Na klar, so kann man es auch sehen. Sollen wir eine Todesanzeige für zwei verdiente Mitarbeiter veröffentlichen?«

»Nein, wir wollen es nicht übertreiben. Wenn wir gefragt werden, was sicher passieren wird, bedauern wir, dass leider immer wieder diese lästigen Revanche-Fouls vorkommen, und äußern die zuversichtliche Erwartung, dass es unserer tüchtigen Polizei bald gelingen wird, den Fall aufzuklären. Jetzt muss ich aber nach Hause, um mich für einen Empfang in der Stadt umzuziehen. Viele wichtige Leute werden da sein. Ich muss mich auch unbedingt mal mit dem Kerl unterhalten, der das Büro von Maldini erworben hat. Ich hoffe, dass er flexibler als sein Vorgänger ist. Ciao.«

Am Donnerstag fand das unausweichliche »Gipfeltreffen« statt. Commissario di Luca, der davon überzeugt war, dass der Schlüssel zur Lösung seines Falles bei der Gesellschaft *Aller Heiligen* lag, hatte nach dem Treffen mit Signore Moratti, Signora Maldini und Signore Borghetti den Entschluss gefasst, das Gespräch auf der obersten Ebene zu führen. Und so wählte er für dessen Vorbereitung Stil und Methode, wie sie in den Führungsetagen der Wirtschaft üblich waren. Sein Ansprechpartner konnte daher nur der Präsident des Verwaltungsrates des Unternehmens sein, dessen Bedeutung noch dadurch überhöht wurde, dass er in Rom das ehrwürdige Amt eines Senators auf Lebenszeit bekleidete. Selbstverständlich kam es nicht infrage, dass der Commissario bei Signore de la Torre selbst anrief, was er im Normalfall gern tat, weil damit meistens ein gewisser Überrumpelungseffekt verbunden war. Aber hier handelte es sich eben nicht um einen Normalfall. So ließ er durch seine Sekretärin das Vorstandssekretariat von *Ognissanti* kontaktieren und um einen Besuch des Präsidenten bei ihm bitten. Er ließ hinzufügen, dass es sich keineswegs um eine Vorladung handelte, sondern um die Befragung in einer außergewöhnlichen Angelegenheit, einem Mordfall nämlich, in dem in auffälliger und für die Kriminalpolizei bisher vollkommen rätselhafter Weise der Name des allgemein anerkannten Unternehmens, dessen oberster Repräsentant der Signore sei, aufgetaucht war. Weiter ließ er drei Terminvorschläge unterbreiten, die allerdings alle in einem Zeitraum von dreißig Stunden lagen. Bei aller Freundlichkeit musste schließlich deutlich gemacht werden, wo das Gesetz des Handelns lag. Vom Adressaten wurde der Anruf als das aufgefasst, als was er gedacht war, nämlich als eine Vorladung.

Signore de la Torre saß also dem Commissario di Luca gegenüber. Nach dem Austausch der üblichen und angemessenen Begrüßungsformeln war es überraschenderweise de la Torre, der das Gespräch eröffnete, was auf eine zwar routiniert im Zaum gehaltene, aber doch deutlich wahrnehmbare Nervosität zurückzuführen war.

»Sie wollen mich vermutlich wegen des Zwischenfalles in der Via Toledo sprechen, bei dem leider zwei Angestellte unserer Firma erschossen wurden?«

Di Luca hob erstaunt die Augenbrauen.

»Wie kommen Sie zu dieser Annahme?«

»Nun, ich irre mich doch nicht, dass ich hier bei der Mordkommission bin?«

»Nein, nein, Sie irren sich keineswegs.« Der Commissario hielt inne, blickte auf einen imaginären Punkt an der Zimmerdecke und überlegte einige Sekunden. Dann fuhr er in freundlichem Ton fort: »Sie haben natürlich recht, dass ich Ihnen zu diesem Fall einige Fragen stellen will. Also, die nächstliegende zuerst. Haben Sie irgendeine Idee, wer ein Motiv für diese Tat gehabt haben könnte? Haben oder hatten Sie bei Ihren geschäftlichen Aktivitäten mit irgendeinem Partner Schwierigkeiten, die so gravierend sind, dass sie einen Doppelmord veranlassen könnten?«

De la Torre war erleichtert, dass das Gespräch diese Wendung nahm, und antwortete in jovialem Ton: »Mein Gott, Reibereien gibt es überall, aber ich kenne in unserem Geschäft nichts, was auch nur im Entferntesten mit kriminellen Handlungen in Verbindung gebracht werden könnte.«

»Das freut mich zu hören, aber ich kann Ihnen trotzdem nicht ganz recht geben.«

Di Luca genoss den Augenblick des Schweigens, der diesem Statement folgte, bevor er den ersten Ballon platzen ließ.

»So unschuldig waren Ihre beiden Herren ja nun auch wieder nicht. Immerhin hatten sie sich kurz vor ihrem Tod damit beschäftigt, zwei römische Geschäftsleute zu erpressen.«

»Wenn das wahr ist, wäre mir das außerordentlich peinlich«, antwortete de la Torre, und nach einer kurzen Pause fuhr er fort: »Ihre Feststellung würde freilich erklären, warum die Tat geschah. Erpresste schlagen eben manchmal zurück. Auch wenn es in diesem Fall Angehörige unseres Hauses traf, würde sich mein Mitleid in Grenzen halten.«

»Ihre Deutung klingt plausibel. Sie wird aber durch die Tatsachen nicht bestätigt. Wir haben die beiden erpressten Geschäftsleute, die übrigens in verschiedenen Firmen tätig sind, eingehend befragt, und wir haben dabei nicht den geringsten Anhaltspunkt dafür gewinnen können, dass sie irgendetwas mit dem Anschlag auf Ihre Leute zu tun haben könnten. Ich bin aber sehr zuversichtlich, dass wir bald wissen werden, wie es wirklich war. Die beiden Pistolenmänner machen nicht den widerstandsfähigsten Eindruck, sodass ich glaube, von ihnen ziemlich bald nützliche Hinweise auf ihre Auftraggeber zu bekommen. Es wird mich außerordentlich zufriedenstellen, wenn ich Ihnen berichten kann, wie es sich mit diesem verbrecherischen Anschlag auf Ihr Unternehmen wirklich verhält.«

Der Präsident des Verwaltungsrates von *Ognissanti* überspielte seine Verlegenheit mit einem langsamen Kopfnicken, das aber nicht den Grad der Zufriedenheit zum Ausdruck brachte, den die Mitteilung des Commissarios eigentlich hätte auslösen müssen. Schließlich fragte er: »Nun würde es mich aber doch interessieren, worauf die Erpressung abzielte. Womit glaubten denn die beiden Übertäter die erwähnten Personen erpressen zu können?«

»Soweit ich mich erinnere, ging es um irgendwelche Versicherungsgeschäfte, bei denen wohl nicht alles korrekt abgelaufen sein soll. Ihre beiden Leute hatten offensichtlich Kenntnis davon erlangt, fragen Sie mich nicht wie, und glaubten, für sich Kapital daraus schlagen zu können. Mich würde es auch interessieren zu wissen, wie Angestellte des Beratungsunternehmens *Ognissanti* mit diesem völlig andersartigen Metier zu tun haben konnten. Fragen können wir die beiden nicht mehr, und Sie werden es mir vermutlich auch nicht erklären können, oder?«

»Nein, und Sie dürfen mir glauben, dass mir diese Gaunerei, wie ich schon sagte, sehr unangenehm ist.«

Di Luca ließ wieder eine Pause eintreten, während der er einen neuen Pfeil aus seinem Köcher nahm. Dann sagte er mit gekünsteltem Zögern: »Herr Präsident, ich habe aus unserem Gespräch bisher schon Einiges gelernt, aber eine Frage stellt sich mir, die Sie bitte beantworten sollten.«

De la Torre lehnte sich zurück und stützte sein Kinn mit der linken Hand. Sein Gegenüber sagte langsam und leise: »Wieso nehmen Sie eigentlich an, die Polizei, also auch ich, wüßte, dass die beiden Erschossenen Angehörige Ihres Hauses waren?«

»Aber ich bitte Sie, Sie reden doch die ganze Zeit von nichts anderem«.

»Einen Moment. Sie haben unser Gespräch mit der Vermutung eingeleitet, ich wolle Sie wohl wegen der Ermordung Ihrer beiden Angestellten sprechen. Bis zu diesem Zeitpunkt gab es weder zwischen Ihnen und mir noch zwischen Ihrem Unternehmen und meiner Behörde irgendeinen Kontakt, aus dem Sie diese Vermutung hätten ableiten können. Sie konnten also gar nicht wissen, ob uns der fragliche Umstand bekannt war. Dass Sie trotzdem davon ausgingen, dass es so war, ist nur damit zu erklären, dass Ihnen Umstände bekannt waren, welche die Polizei auf die richtige Spur bringen konnten oder sogar mussten. Das wäre zum Beispiel dann der Fall, wenn die Ermordeten etwas bei sich gehabt hatten, was auf ihre berufliche Herkunft hinwies, wie etwa bestimmte Unterlagen. Wenn Sie das wussten, bedeutet das dann aber weiter, dass Sie den Tathergang gekannt haben.«

De la Torre hob seine Hände, als wenn er einen Schlag abwehren wollte. »Das ist doch alles reine Spekulation. Ich protestiere gegen Ihre haltlosen Unterstellungen.«

Di Luca setzte nach. »Ich gehe sogar weiter. Wenn Sie den Tathergang gekannt haben, müssen Sie auch die Hintermänner der Täter gekannt haben. Ich sagte ja schon, dass ich mir bald Auskünfte der Täter über ihre Auftraggeber erwarte. Wir werden ihnen Fotos aller Angehörigen Ihres Unternehmens vorlegen. Das ist einfacher als eine Massengegenüberstellung.«

Schweigen breitete sich zwischen den beiden Männern aus. Dann murmelte der Befragte: »Ich sage jetzt gar nichts mehr, bevor ich nicht mit meinen Anwälten gesprochen habe.«

Di Luca legte nochmals nach. »Das würde ich Ihnen auch empfehlen, denn ab jetzt sind Sie nicht mehr Zeuge, sondern Beschuldigter. Sie sollten in Ihre Überlegungen auch die Frage nach dem Motiv einbeziehen, oder anders gesagt, die Frage, wem der Tod der beiden genützt hat? Noch anders formuliert heißt das:

Wem sind Ihre Leute mit ihrem Erpressungsversuch in die Quere gekommen? Wer hatte in dem erwähnten Versicherungsgeschäft wichtige Interessen? Sie sehen, Fragen über Fragen. Für heute will ich es dabei belassen. Ich brauche nicht besonders zu betonen, dass Sie sich zu meiner Verfügung halten müssen.«

Das Gespräch war zu Ende.

Als der mächtige *Ognissanti*-Boss gegangen war, rief der Commissario seine engsten Mitarbeiter zu sich. Deren Neugier war mit Händen zu greifen. Di Luca war gut gelaunt.

»Der Gegner hat in der Eröffnungsphase einen Fehler gemacht. Jetzt muss Zug für Zug der Druck erhöht werden. Die nächste Phase wird durch den Fonds *Life Mezzogiorno* bestimmt. Dessen Geschäftsführung sitzt in Hamburg. Das Problem ist, dass die Nummer Eins derzeit nicht aufzufinden ist. Wir müssen mit dem deutschen Bundeskriminalamt Verbindung aufnehmen. Veranlassen Sie bitte die Fahndung.«

Als de la Torre wieder in seinem Büro war, rief er seinen Consigliere zu sich. Er schilderte ihm, was geschehen war, und fügte dann hinzu: »Wir müssen unbedingt Stucken haben, bevor ihn die Polizei hat. Veranlassen Sie bitte alles Erforderliche.«

Dann zog er sich zurück.

Der Consigliere blieb allein sitzen und überlegte. Dass der Präsident ihm einen Auftrag zur Ausführung übertragen hatte, obwohl er immer peinlich genau auf einer Funktionstrennung zwischen Rat und Tat bestand, zeigte ihm, dass es in de la Torres Kopf drunter und drüber ging. Er wählte eine Telefonnummer in Hamburg.

»Ristorante ›Tre freccé‹. Pronto.«

»Hier spricht Zenga. Guten Abend, Giorgio. Wir müssen uns sprechen. Ich bin morgen bei dir. Es ist sehr wichtig. Besorge einen schönen Fisch.«

»Va bene. Morgen habe ich frischen Steinbutt.«

VIII.

Susi stand im Türrahmen von Kommissar Wendls Büro und hielt eine Liste in der Hand.
»Die Telefonliste«, sagte sie, als sie Wendls fragenden Blick bemerkte.
»Gut, kommen Sie herein und nehmen Sie Platz. Ich bin sehr gespannt.«
»Na ja, aufregend ist es nicht gerade. Mehr Masse als Klasse, könnte man sagen«, wiegelte Susi ab.
»Trotzdem, erzählen Sie.«
»Also hauptsächlich sind es Terminvereinbarungen mit Kunden des Fitnessstudios, Bestätigungen, Änderungen etc. etc. Das hat regelmäßig Evelyn erledigt. Hofmann selbst hat gar nicht so viel gesprochen. Er scheint viel außer Haus zu sein. Das Stadium des Trainers, der selbst Hand anlegt, hat er wohl hinter sich gelassen. Umso mehr fällt auf, dass Hofmann an einigen Tagen ziemlich viel telefoniert hat, und zwar immer mit demselben Anschluss in Hamburg. Und noch etwas fällt auf. Diese Gespräche fanden alle zwischen dem zweiten und vierten März statt. Das muss kurz nach dem Besuch des Mannes mit dem gelben Schuh gewesen sein. Sie erinnern sich, dass die Evelyn bezüglich des Zeitpunkts zum Schluss gesagt hat, es sei weniger als drei Wochen her gewesen. Da kann es doch einen Zusammenhang geben!«
Wendl nickte heftig. »Susi, das war ausgezeichnete Arbeit. Jetzt sagen Sie mir nur noch, wer hinter dem Hamburger Anschluss steckt? Das haben Sie doch sicher auch schon herausgekriegt?«
»Nur halb, der Anschluss ist auf eine Vermögensverwaltung *Fiducia* eingetragen, aber wer dahintersteckt, weiß ich nicht, noch nicht, denn das kann man natürlich herauskriegen.«

»Sicher, und daran werde ich mich gleich machen, indem ich bei unserem Kollegen in Hamburg nachfrage. Aber eines ist schon jetzt interessant. Stichwort Vermögensverwaltung. Die Geschäfte des Herrn Hofmann gehen anscheinend so gut, dass er nicht nur keine finanziellen Probleme hat, wie Sie schon festgestellt haben, sondern dass er über Mittel zur Vermögensanlage verfügt. Ich glaube, jetzt ist der Zeitpunkt gekommen, dass ich dem Herrn Hofmann einen Besuch abstatten sollte. Damit es nicht zu viel Aufsehen erregt, werde ich allein gehen. Machen Sie bitte einen Termin mit ihm. Und die Recherche in Hamburg können Sie auch starten. Sie wissen ja Bescheid.«

»Wird erledigt.« Susi ging erhobenen Hauptes aus dem Zimmer ihres Chefs.

Am Vormittag des folgenden Tages, einem Dienstag, fuhr Wendl in die Möhlstraße. Nobel, nobel, sagte eine Stimme in ihm, der Mauritz hat nicht übertrieben.

Evelyn, die er persönlich noch nicht kennengelernt hatte, begrüßte ihn freundlich.

»Bernd, also ich meine Herr Hofmann, hat noch ein Gespräch, aber es wird nicht lange dauern.«

Wendl winkte ab. Dass da noch ein Gespräch war, das man abwarten musste, gehörte zum eisernen Bestand des Standings eines jeden Chefs, der etwas auf sich hielt. Das war auch Wendl klar.

»Übrigens, Frau Becker, da habe ich noch eine Frage. Als Sie vergangene Woche bei meinem Kollegen Mauritz waren, erzählten sie ihm, dass Sie Ihren Chef auf den Schuh angesprochen hätten, nachdem Sie die Abbildung davon in der Zeitung gesehen hatten.«

»Ja, das ist richtig.«

»Haben Sie seitdem noch einmal mit ihm über das Thema gesprochen?«

»Nein, er war ja verreist und kam erst gestern zurück, ich hatte noch keine Gelegenheit dazu. Außerdem hatte ich schon

Herrn Mauritz angedeutet, dass er ziemlich ungnädig auf die Frage reagierte.«

»Na ja, dann schauen wir einmal, wie das heute sein wird«, schloss Wendl die Unterhaltung ab. Noch ein paar Minuten vergingen, bis Hofmann aus seinem Büro kam.

»Darf ich bitten, Herr Kommissar.« Bernd Hofmann war die Freundlichkeit selbst. Die Tür schloss sich hinter den beiden Männern.

»Ich hatte gar nicht daran gedacht, dass Sie sich wegen dieser Geschichte nach Ihrem Kollegen auch noch selbst hierherbemühen würden.« Hofmann zündete sich eine Zigarette an, was in einem Fitnessstudio nur im Zimmer des Chefs erlaubt war.

Wendl lehnte eine auch ihm angebotene Zigarette ab und sagte: »Genau genommen sind es jetzt schon zwei Geschichten. Mein Kollege war hier, weil wir im Trainingsanzug des Ermordeten eine Visitenkarte gefunden hatten, die indirekt auf den Weg zu Ihrem Studio führte. Aber dieser Teil der Geschichte scheint sich ja erledigt zu haben. Nunmehr befassen wir uns mit einem Herrenschuh, den Ihre Mitarbeiterin als einen Schuh zu erkennen glaubte, den ein Herr trug, der Sie in den letzten Wochen einmal besucht hat.«

»Ich weiß, sie hat mich darauf angesprochen. Aber glauben Sie wirklich, ich erinnere mich an bestimmte Kunden oder Geschäftspartner oder wen auch immer, nur weil der Betreffende bestimmte Anzüge trug oder, wie in diesem Fall, gelbe Halbschuhe? Bei uns geht es wirklich um wichtigere Dinge.«

Wendl schob seinen Kopf blitzschnell über den Besprechungstisch an sein Gegenüber heran.

»Sagten Sie gelbe Halbschuhe?«

»Ja, warum? Oder waren sie vielleicht doch grün?«

Wendl schüttelte den Kopf.

»Sie waren gelb. Aber woher wissen Sie das?«

Hofmann zuckte wie unter einem Peitschenhieb zusammen. Er murmelte etwas wie »... hat die Evelyn doch gesagt«.

»Hat die Evelyn nicht gesagt. Konnte sie gar nicht sagen. Zu dem Zeitpunkt, als sie Sie auf den Schuh ansprach, kannte sie nur das Foto aus der Zeitung. Und das war bekanntlich schwarzweiß. Dass der Schuh gelb war, erfuhr sie bei uns im Büro, als wir ihr den Schuh im Original zeigten. Niemand wusste davon, auch in der Presse war bis dahin nie darüber geschrieben worden. Nach ihrem Besuch bei uns hat sie nicht mehr mit Ihnen gesprochen, weil Sie verreist waren. Die Farbe des Schuhs können Sie also weder aus der Zeitung noch von Frau Becker erfahren haben. Sie müssen sich selbst an den Träger erinnert haben.«

Hofmann schwieg, aber nur kurz. Dann gab er sich einen Ruck.

»Hören Sie, das ist doch reichlich konstruiert, was Sie da sagen. Es kann doch sein, dass sich bei einem bestimmten Menschen, dem man begegnet, eine besondere Eigenheit unbewusst im Kopf festsetzt.«

Wendl nahm den Einwand auf.

»Konstruiert mag das schon sein. Die Rekonstruktion von Situationen und Abläufen im menschlichen Leben ist eben der Beruf des Kriminalisten. Auch Ihr Hinweis auf das Unbewusste mag stimmen. Es kommt vor, dass sich irgendeine Besonderheit in das Gedächtnis einprägt, ohne dass einem dies bewusst wird. Aber den Anlass hierfür kennt man. Und damit steht fest, dass Sie die Unwahrheit gesagt haben. Also, wer war der Herr?«

Hofmann glaubte, wieder Boden unter den Füßen zu gewinnen.

»Sagen Sie mal, ist das hier ein Verhör? Wollen Sie mir einen Mord anhängen?«

»Davon war nie die Rede. Ich will nur wissen, wer der Besucher mit den gelben Schuhen war. Darf ich vielleicht eine Hilfestellung geben? War es vielleicht ein Mitarbeiter der Hamburger Vermögensverwaltung *Fiducia*?«

Jetzt erschrak Hofmann.

»Wie kommen Sie denn darauf?«

»Es kann doch sein.« Wendl wirkte geradezu gütig. »Ihr Unternehmen scheint zu prosperieren. Da liegt es doch nahe, dass Sie Ersparnisse anlegen, aus versteuertem Einkommen natürlich. Von einem gewissen Umfang an lässt man sein Vermögen am besten durch Profis verwalten.«
»Noch einmal, woher kennen Sie die Firma *Fiducia*?«
»Sie haben in den Tagen nach dem Besuch des Herrn, über den Sie mir nichts sagen wollen, auffallend oft mit dieser Firma telefoniert.«
»Aha, mein Telefon wird also überwacht. Sie haben dafür natürlich einen richterlichen Beschluss?«
Wendl zuckte die Schultern. »Wir stellen nur die Verbindungen fest. Den Inhalt der Gespräche kennen wir nicht.«
Die nun folgende Pause dauerte etwas länger. Dann rang sich Hofmann zu einer Antwort durch, bei der ein süffisantes Lächeln um seine Lippen spielte: »Die Vermögensverwaltung *Fiducia* gehört meiner Schwiegermutter.«
Dass diese Antwort den Kommissar überraschte, war nicht zu leugnen. Er gab das Heft aber nicht aus der Hand, sondern sagte mit vergnügtem Lächeln: »Wie schön, aber eigentlich nicht überraschend, denn das Verhältnis zwischen Schwiegermutter und Schwiegersohn klappt ja meistens ganz gut, nur zwischen Schwiegermutter und Schwiegertochter knirscht es häufiger.«
Die Frage nach dem Namen der Dame sparte er sich, den hatte Susi sicher schon ermittelt. Die entscheidende Frage war allerdings noch nicht beantwortet, und darum stellte er sie erneut.
»Herr Hofmann, wir versuchen die Identität eines ermordeten Menschen festzustellen. Sie kennen diesen Mann, er war etwa eine Woche vor seinem Tod zu einem Gespräch bei Ihnen. Sie sind nicht bereit, uns über seine Identität und die Art Ihrer Beziehung zu ihm Auskunft zu geben. Sie mögen ein Interesse haben, die Art dieser Beziehung nicht zu offenbaren. Möglicherweise hängt das mit der Firma Ihrer Schwiegermutter zusammen, und Sie fühlen sich nicht legitimiert, sich hierüber zu

äußern. Aber vergessen Sie nicht, auf der einen Seite steht Ihr möglicherweise berechtigtes Interesse an der Wahrung der Privatsphäre Ihrer Familie. Auf der anderen Seite steht aber das öffentliche Interesse an der Aufklärung eines Mordfalles, bei der Sie helfen könnten, wenn Sie das Geheimnis der Identität Ihres Besuchers lüften würden. Ich appelliere dringend an Sie, Ihre Haltung zu überdenken.«

»Ich werde mit meiner Schwiegermutter sprechen.« Es war sein einziger Ausweg in der Lage, in der er sich befand.

»Tun Sie das.« Wendl stand auf. »Aber überlegen Sie nicht zu lang.« Kommissar Wendl verabschiedete sich kurz und förmlich. Er wirkte gar nicht mehr verbindlich.

Als Wendl im Polizeipräsidium den Flur zu seinem Büro entlangging, kam ihm Susi mit einem triumphierenden Lächeln entgegen.

»Ich weiß, wer *Fiducia* ist.«

»Ich auch«, antwortete Wendl, und Susis Lächeln verwandelte sich in eine Enttäuschung.

»Aber Susi, das macht doch nichts. Wenn zwei die gleiche gute Idee haben, ist die Idee doch deswegen nicht schlechter. Vielleicht wissen Sie aber auch mehr als ich. Ich weiß, dass *Fiducia* der Schwiegermutter von Herrn Hofmann gehört. Das ist alles, mehr weiß ich nicht.« Der Kommissar wurde ganz leise. »Aber gehen wir doch in mein Büro, und ich sage Mauritz Bescheid, dass er gleich zu uns kommt.«

Sie setzten sich, und Susi legte los: »Also *Fiducia* gehört einer Frau Mayer-Erzthal. Das sagt uns natürlich wenig, aber ich habe gestern Abend Ihren Kollegen Ohmsen in Hamburg angerufen und ihn in Ihrem Namen gebeten, uns Näheres über die Dame zu berichten. Er meinte, er könne das ganz kurzfristig erledigen. Vielleicht ist das Mail schon da.«

Das Mail war da, und Mauritz kam auch herein. Susi machte Kopien, und dann begannen sie gemeinsam zu lesen. Helga

Mayer-Erzthal ist die Witwe des 2001 verstorbenen Kaufmanns Johann Heinrich Erzthal, der in Hamburg eine Import-Export-Firma betrieben hatte, die seit Generationen im Eigentum seiner Familie gestanden hatte. Nicht lange nach seinem Tod verkaufte die Witwe das Geschäft, das zwar zu diesem Zeitpunkt schon lange seinen Zenit überschritten hatte, für das sie aber immerhin noch eine stattliche Kaufpreissumme erzielen konnte. Auf den Rat des Steuerberaters der Firma gründete sie als Trägerin des Familienvermögens die Firma *Fiducia*, aus steuerlichen Gründen, wie es hieß. Das entsprach auch ganz der Familien-tradition, zu deren Grundprinzipien die steuerrechtliche Optimierung der Geschäfte seit jeher gehört hatte. Da sie durch die bisherigen kaufmännischen Angelegenheiten nun nicht mehr behelligt wurde, widmete sich Frau Helga ganz und gar gesellschaftlichen Aktivitäten, und zwar auf oberster Ebene. Sie führte alle Mitgliedschaften ihres Mannes weiter, wie Überseeclub, Atlantikbrücke und so weiter, pflegte aber auch ihre eigenen Hobbys, die eher im künstlerischen und Kunst fördernden Bereich lagen. In der Hamburger Gesellschaft bezeichnete man ihr persönliches Umfeld als stubenreine Boheme, was sie nicht ungern hörte. Die Heirat ihrer Tochter mit dem Exknacki fiel da wohl etwas aus dem Rahmen. Letzteres stand so nicht im Bericht, sondern entsprach einer spontanen Assoziation der aufmerksamen Leser.

So weit gab die Schilderung der hanseatischen Lebensumstände, in die Herr Hofmann eingeheiratet hatte, absolut nichts her, was Anstoß hätte erregen können. Vielmehr musste man zugeben, dass die hartnäckige Diskretion des Fitnessunternehmers durchaus im Einklang mit dem Lebensstil stand, mit dem ihn seine Heirat in Berührung gebracht hatte. Dass der unbekannte Besucher Hofmanns auf irgendeine Weise mit der Patrizierwitwe Mayer-Erzthal zu tun gehabt haben musste, bewies die Schlussbemerkung Hofmanns in dem Gespräch mit Wendl, dass er mit seiner Schwiegermutter reden wolle. Darüber waren sich Wendl, Mauritz und Susi einig.

»Auf irgendeine Weise«, sagte Wendl leise vor sich hin. Er griff zum Telefon. »Ich rufe jetzt gleich den Kollegen Ohmsen, den Leiter des Dezernats Wirtschaftskriminalität bei der Kripo in Hamburg an. Mir ist da gerade etwas eingefallen. Außerdem möchte ich ihm sagen, was der Hintergrund unserer Fragen ist.«

»Hallo, hier Wendl von der Mordkommission, Kripo München, spreche ich mit Herrn Ohmsen?«

»Ja, am Apparat. Guten Tag, Herr Wendl.«

»Grüß Gott. Darf ich auf Lautsprecher stellen, damit meine Kollegen mithören können?«

»Selbstverständlich.«

»Also, meine Kollegin Susi hatte Sie gestern angerufen, weil wir etwas über die Vermögensverwaltung *Fiducia* wissen wollten. Sie werden sich gewundert haben, dass diese Frage aus dem Bereich der Mordkommission gestellt wurde.«

»Stimmt, der Zusammenhang war mir nicht klar, aber ich habe Ihnen ja geschrieben, was ich in Erfahrung bringen konnte. Das war sicher nicht erschöpfend, aber Ihnen ging es wohl vor allem um eine rasche Antwort.«

»Ja, und dafür vielen Dank. Wenn die Sache nicht so traurig wäre, könnte man sich über Ihre anschauliche Gesellschaftskolumne, wenn ich so sagen darf, köstlich amüsieren. So stellt man sich als Münchner eine wirkliche Weltstadt vor.«

»Tun Sie man nicht so. Die Münchner Prominenz gibt doch auch Stoff zur Unterhaltung, oder?«

Wendl schaltete auf ernst: »Stimmt auch, aber nun zur Sache. Wir haben vor zwei Wochen einen Mord serviert bekommen, bei dessen Aufklärung wir noch ziemlich im Dunkeln tappen. Das Hauptproblem ist vorerst, dass wir die Leiche bislang nicht identifizieren konnten. Wir haben zurzeit nur eine einzige Spur, von der wir aber auch nicht wissen, ob sie zum Ziel führt. Aber dieser Spur müssen wir nachgehen und deswegen sind wir bei Ihnen. Durch einen Zufall konnten wir feststellen, dass der Tote etwa eine Woche vor seiner Ermordung bei dem Inhaber eines Münchner

Fitnessstudios zu Besuch war, in geschäftlicher Absicht – darauf deutet alles hin –, und dieser Inhaber ist der Schwiegersohn von Frau Mayer-Erzthal. Wir konnten auch durch die Prüfung der Telefonliste herausbekommen, dass besagter Hofmann unmittelbar nach dem Besuch mehrfach mit seiner Schwiegermutter telefoniert hat. Obwohl er weiß, dass es um Mord geht, weigert er sich hartnäckig zu sagen, wer sein Besucher war. Daraus kann man meines Erachtens nur den Schluss ziehen, dass der Unbekannte für ihn und seine Schwiegermutter wichtig war und dass seine Identifizierung Probleme für die Familie Mayer-Erzthal mit sich bringen könnte. Das ist der Hintergrund unserer Fragen nach den geschäftlichen Verhältnissen der Genannten.«

Wendl machte eine Pause, und Ohmsen schaltete sich ein: »Ich verstehe Sie gut, aber was Frau Mayer-Erzthal betrifft, ist mir, jedenfalls nach meinem derzeitigen Kenntnisstand, nichts bekannt, was auf nennenswerte Probleme hinweisen würde. Wenn ein Zusammenhang zwischen den Vermögensangelegenheiten dieser Familie und Ihrem Mord bestünde, müssten diese eventuellen Probleme doch so existenziell sein, dass sie ein Motiv für einen Mord bilden könnten.«

Wendl nickte heftig. »Genau, darum geht es. Wenn zum Beispiel nur gewisse Reibereien bestünden, die vielleicht unangenehm wären, aber nicht mehr, und über die der Hofmann nicht sprechen will, weil er den geschilderten einwandfreien Ruf seiner Schwiegermutter nicht angetastet sehen will, würde uns das wenig nützen.«

Ohmsen nahm den Ball nochmals auf: »Also, im Augenblick kann ich wirklich mit keiner belastbaren Sensation dienen, aber selbstverständlich werde ich mich jetzt, nachdem ich von Ihnen die Hintergründe erfahren habe, die Sie beschäftigen, verstärkt um das Thema kümmern. Wissen Sie, von Zeit zu Zeit hört man immer wieder solche Geschichten von irgendwelchen undurchsichtigen Typen, die reichen Leuten das Geld aus der Tasche ziehen und dann veruntreuen. Wir hatten vor einer Reihe von Jahren einen spektakulären Fall dieser Art hier in Hamburg. Es gab sogar einen Fernsehfilm darüber. Auf so jemanden sind dann natürlich manche Leute sauer, aber ein Mord kam deswegen bisher nicht vor. Ein anderes Problem, das damit zusammenhängen könnte, wird derzeit – wie Sie wissen – in der Steuerfluchtdebatte diskutiert. Die Neigung, Einkünfte nicht in der vorgeschriebenen Weise zu versteuern, wird durch Kapitalanlagemöglichkeiten der angedeuteten Art gefördert. Hierzu kann ich Ihnen sagen, dass ebenso wie in anderen Bundesländern vor einigen Wochen auch dem Hamburger Finanzsenator eine CD mit Daten von Steuersündern angeboten worden ist. Es gab auch hier Diskussionen darüber, ob man den Datenträger kaufen solle oder nicht, und ich weiß nicht, was daraus geworden ist. Ich habe es nicht weiterverfolgt. Jedenfalls kenne ich jetzt Ihren Fall, und wenn ich irgendetwas zu seiner Lösung beitragen kann, werde ich das natürlich gern tun. Ich melde mich dann bei Ihnen.«

Wendl fasste noch einmal nach: »Aus all dem, was Sie mir berichtet haben, entnehme ich, dass bei Ihnen in Hamburg keine Vermisstenmeldung vorliegt, die mit unserem Toten in Zusammenhang stehen könnte?«

»Korrekt, alle Mann an Deck, es sei denn, nachts ist jemand über Bord gegangen, ohne dass es bemerkt wurde. Es könnte natürlich auch sein, dass jemand heimlich über Bord geworfen wurde. Dann merkt man erst bei der Landung, wenn jemand auf der Passagierliste fehlt.«

»Diese maritimen Bilder sind ausgesprochen nett. Sie werden es nicht glauben, aber ich habe eine ausgesprochene Schwäche für die See. Nur schade, dass man nicht weiß, in welchem Gewässer sich das Schiff gerade befindet.«

»Wir müssen es noch anders formulieren. Wir kennen das Schiff noch nicht einmal, Kollege Wendl, aber sobald es auftaucht, sind Sie der Erste, der es erfährt.«

»Das ist beruhigend zu wissen, danke. Und dann wünsche ich noch einen schönen Abend. Auf Wiederhören.«

»Ich wünsche das Gleiche.«

Wendl ließ, nachdem er den Hörer aufgelegt hatte, die Hand noch auf ihm liegen und sagte: »Ein Geisterschiff. Aber ich habe das Gefühl, es schwimmt gar nicht so weit weg von uns. Manchmal höre ich sogar ein Nebelhorn. Übrigens, die Telefonüberwachung bei Hofmann setzen wir fort, obwohl ich mir im Augenblick kaum neue Erkenntnisse davon verspreche. Er kennt uns ja nun und ist gewarnt. So, und für heute ist Schluss.«

Am Mittwoch passierte nichts, außer dass sich ganz überraschend der Schorschi telefonisch bei der Susi meldete.

»Habt ihr was herausgefunden mit dem Schuh?«

Der Grund für diese Frage war klar. Schorschi hatte die Hoffnung noch nicht aufgegeben, dass etwas für ihn herausspringen könnte, wenn für die Aufklärung des Mordes eine Prämie ausgesetzt werden würde. Susi erkannte mit weiblicher Intuition, worauf Schorschi hinaus wollte, konnte ihm aber leider keine Hoffnung machen, was er ergeben hinnahm, denn er hatte in seinem Leben gelernt, mit Enttäuschungen aller Art fertig zu werden.

»Ist klar, aber vielleicht finde ich einmal eine CD mit Steuersünderdaten. Allerdings werde ich auch dann keine Chance haben, wenn ich sie nicht gestohlen habe.«

»Schorschi, du tust mir schon leid«, sagte Susi und meinte es sogar ein bisschen ernst. Schorschi war aber noch nicht fertig.

»Ich wollte dir noch etwas sagen. Vor ein paar Tagen war ich im P1. Da ist dauernd eine Lady um mich rumgeschlichen, die ich noch nie gesehen hatte. Nach einiger Zeit hat sie mich angesprochen. Mir war es gar nicht recht, weil ich an dem Abend nicht gut drauf war und nur in Ruhe ein paar Drinks schlürfen wollte. Sie wollte aber nichts von mir persönlich und fragte nur: ›Sie sind doch der mit dem gelben Schuh, oder?‹ Ich habe gesagt ›Ja, warum?‹ Darauf schaute sie sehr neugierig und fragte, ob man sonst noch etwas gefunden hätte. Ich habe mich dumm gestellt und gesagt, dass ich gar nichts wüsste, und warum sie fragte. Darauf hat sie mit der Hand abgewinkt und gemeint: ›Ach nichts, ich meine bloß, man interessiert sich halt, wenn solche Geschichten passieren.‹«

Susi fand das interessant und fragte: »Du hast sie nicht gekannt? War sie älter oder jünger?«

Schorschi überlegte kurz und antwortete: »Nein, ich habe ja schon gesagt, dass ich sie noch nie gesehen hatte, und sie war eher jünger, und sie hat hochdeutsch gesprochen.«

Susi kam plötzlich ein Gedanke: »Schorschi, pass auf! Wenn du einmal in der Nähe bist, komm doch kurz bei mir vorbei, wir haben da ein Phantombild von einer Dame, die in dem Fall vielleicht eine Rolle spielen könnte. Schau sie dir einmal an.« Während sie sprach fiel ihr ein, dass es am besten sei, wenn Schorschi gleich käme. Sie sagte es ihm. Zufällig war Schorschi in der Gegend und betrat kurz darauf den ihm schon vertrauten Bau des Münchner Polizeipräsidiums. Er ging zu Susi und schaute sich das Foto genau an. Er zögerte, doch dann schüttelte er den Kopf und antwortete ganz entschieden: »Das war sie nicht, aber in zwanzig Jahren könnte sie es vielleicht sein.«

»Wie meinst du denn das?« Susi war gespannt.

»Ich meine nur, dass eine gewisse Ähnlichkeit vorhanden ist. Sie haben beide irgendwie preußisch ausgeschaut.«

An diesem Punkt löste Susi ihre Gedanken von dem Fall und war nur noch neugierig. »Wie schaut denn eine Frau aus, wenn sie preußisch ausschaut?«

»Sie schaut so direkt, dass man zuerst ein schlechtes Gewissen kriegt, aber dann denkt man, vielleicht tut sie bloß so, und es geht doch was.«

Susi war von der Treffsicherheit der psychologischen Analyse ihres bayerischen Landsmannes nicht befriedigt und gab dem Gespräch eine weniger anspruchsvolle Wendung: »Gut, wenn sie noch einmal auftaucht, bleib am Ball.«

Jetzt fühlte sich Schorschi wieder in vertrauten Gefilden und sagte strahlend: »Logisch, ein alter Sechziger bleibt immer am Ball.«

»Brav, Schorschi, aber sag mir noch, wie hat denn euer Rendezvous geendet?«

»Ganz schnell, sie ist plötzlich gegangen, wie wenn ihr die Situation unangenehm gewesen wäre. Ich war schon neugierig geworden und bin ihr bis zum Ausgang nachgegangen. Sie hat die Prinzregentenstraße überquert und ist bei der Obersten Baubehörde in den nächsten 100er-Bus eingestiegen. Mit dem ist sie Richtung Friedensengel gefahren.«

Susi bedankte sich und sagte: »Schorschi, das war nicht schlecht, gar nicht schlecht. Vielleicht wird das ja doch noch etwas mit der Prämie. Ich bleibe auch am Ball, obwohl ich bloß Bayernfan bin. Gib mir doch für alle Fälle deine Handynummer.«

Beide grinsten und gaben sich die Hand, wie es unter guten Sportlern sein soll. Dann ging Schorschi hinaus in den Abend, der seine Zeit war. Susi machte noch ein paar Notizen für ihren Chef.

IX.

Dem Leiter der Wirtschaftsredaktion fiel auf, dass sich der Finanzsenator seit über drei Wochen nicht mehr zu dem Thema des Ankaufs einer CD mit Daten von Steuersündern geäußert hatte. Da er plante, in der Wochenendausgabe seiner Zeitung einen Bericht über den Stand der Angelegenheit zu veröffentlichen, fragte er nach, ob der Senator für ein Interview zur Verfügung stünde. Dieser ließ ausrichten, dass er für ein Interview derzeit keine Veranlassung sehe, dass er aber bereit sei, ein Hintergrundgespräch mit dem Redakteur zu führen. Dieser nahm die Einladung an und begab sich unverzüglich zum vereinbarten Treffen.

Der Senator erschien in Begleitung des für Steuerstrafsachen zuständigen Referenten. Einleitend wies er darauf hin, dass sich die Erwartungen seiner Behörde insofern voll und ganz erfüllt hätten, als seit der ersten Ankündigung des geplanten Ankaufs eine so große Anzahl von Selbstanzeigen erfolgt sei, dass der Steuerfiskus mit einem Millionenbetrag an Nachzahlungen rechnen könne.

Der Redakteur entgegnete, dass ihn diese Mitteilung nicht überrasche, weil eine solche Entwicklung bereits Anfang des Monats vorhergesagt worden sei. Er würde aber gern erfahren, was seither geschehen sei. Der Senator bedauerte einräumen zu müssen, dass eine Entscheidung über den Ankauf förmlich noch nicht getroffen werden konnte. Der Grund läge darin, dass zunächst einige Abklärungen mit dem Bundesfinanzminister hinsichtlich gewisser rechtsstaatlicher Bedenken nötig gewesen seien. Diese Abklärungen seien jetzt zwar erfolgt, aber man stehe nun vor einem anderen Problem. Der Anrufer, der ursprünglich auf einen raschen Ankauf gedrängt hatte, habe sich seither nicht mehr gemeldet. Er sei, wie der Senator mit einem leichten Schmunzeln und im Behördendeutsch hinzufügte, gewissermaßen in Verstoß geraten.

Auf die Frage des Reporters, ob es Hinweise auf die Identität des Mannes und auf seine Herkunft gebe, meinte der Senator, dass manches auf einen Schweizer Hintergrund deute, dass aber letztlich keine sicheren Erkenntnisse vorlägen. Dies auch deshalb, weil die Schweizer Behörden nicht bereit seien, in irgendeiner Form Amtshilfe zu leisten oder auch nur Auskünfte zu geben. Man habe also keine andere Möglichkeit als abzuwarten. Er, der Finanzsenator, stehe allerdings einer Erörterung des Themas in der Presse keineswegs ablehnend gegenüber, weil sie geeignet sein könnte, die in allerletzter Zeit abgeflaute Welle von Selbstanzeigen neu zu beleben.

Der Redakteur verabschiedete sich und beschloss während der Heimfahrt, über dieses Hintergrundgespräch nicht zu berichten, weil er keine Lust hatte, sich von einer Behörde, die anscheinend nicht mehr weiterwusste, instrumentalisieren zu lassen.

Am Nachmittag des folgenden Tages, einem Freitag, ging beim Bundeskriminalamt in Wiesbaden per E-Mail ein umfangreiches Schreiben der Kriminalpolizei Neapel – Mordkommission – ein, in dem die deutschen Polizeibehörden gebeten wurden, die Fahndung nach einem Herrn Stucken einzuleiten. Der Genannte wurde als Geschäftsführer eines Anlagefonds mit dem Firmennamen *Life Mezzogiorno* mit Sitz in Hamburg bezeichnet. Nähere Angaben zur Person seien nicht bekannt. Dann folgte eine ausführliche Schilderung der Zusammenhänge, die den bezeichneten Fonds und insbesondere seinen Geschäftsführer möglicherweise mit einem aktuellen in Neapel behandelten Mordfall verbinden könnten. Die dort bisher ermittelten Beziehungen zwischen bestimmten Versicherungsgeschäften, Vermögensanlagen und einer Beratungsgesellschaft, deren Tätigkeit zweifelhafter Natur sei, sowie die Geschichte eines in dieses Geflecht verwickelten und ermordeten italienischen Unternehmers wurden ausführlich dargestellt. Für die weiteren Ermittlungen wäre es, so hieß es, sehr förderlich, wenn der bezeichnete Herr Stucken schnellstmöglich befragt werden könnte. Da seine italienischen Geschäftspartner übereinstimmend behaupteten, mit ihm keinen Kontakt mehr zu haben und seinen Aufenthaltsort nicht zu kennen, wurden die deutschen Behören um entsprechende Amtshilfe gebeten.

Das Schreiben war von Commissario di Luca unterzeichnet und landete auf dem Schreibtisch des für die internationalen Angelegenheiten in der polizeilichen Ermittlungsarbeit zuständigen Sachbearbeiters. Leider, aber auch verständlicherweise, war der Beamte zu diesem Zeitpunkt – es war fast 16 Uhr – nicht mehr an seinem Platz. In Hessen begannen an diesem Wochenende nämlich die Osterferien, und wer es einrichten konnte, fuhr mit dem Auto so zeitig wie möglich los, um der Hauptreisewelle nach Süden zu entgehen. So lag das inhaltsschwere Schreiben über das Wochenende einsam und verlassen auf einem Schreibtisch des deutschen Bundeskriminalamts. Natürlich griff am Montagmorgen die Vertretungsregelung, sodass noch vor der Mittagpause das Dokument dem Leiter der Fahndungsabteilung im Hamburger Polizeipräsidium übermittelt werden konnte.

Die persönlichen Daten waren schnell ermittelt: Gesucht wurde Hans-Peter Stucken, 43 Jahre alt, geschieden, Kaufmann, eine Büroadresse in Eppendorf. Diese Daten wurden prompt der italienischen Dienststelle, von der das Amtshilfeersuchen stammte, übermittelt. Die Einleitung der Fahndung wurde angekündigt.

Noch am gleichen Nachmittag fuhren zwei Beamte zu der Eppendorfer Adresse. Sie trafen dort die allein anwesende Sekretärin Heike Jakobs an und stellten sich in ihrer amtlichen Eigenschaft vor. Noch bevor sie den Grund ihres Besuches erklären konnten, fiel ihnen das Mädchen ins Wort und beteuerte, wie froh sie sei, dass nunmehr die Polizei die Sache in die Hand genommen habe.

»Welche Sache meinen Sie, Frau ...?«

»Jakobs. Aber Sie können auch Heike sagen, egal.« Sie überlegte kurz. »Ach so, welche Sache? Also das ist eine lange Geschichte, aber das Wichtigste ist, dass ich meinen Chef, Herrn Stucken, seit über drei Wochen nicht mehr gesehen und dass ich auch nichts mehr von ihm gehört habe. Entschuldigen Sie, ich habe ja noch gar nicht gesagt, um welche Firma es sich bei uns handelt, deren Geschäftsführer Herr Stucken ist.«

»Das brauchen Sie auch nicht, wir sind über *Life Mezzogiorno* im Allgemeinen orientiert. Es geht uns wirklich darum, mit Herrn Stucken persönlich zu sprechen.«

»Wie ich Ihnen schon sagte, bin ich daran selbst dringend interessiert, aber ich weiß, was ihn betrifft, nicht mehr als Sie. Übrigens sind wir drei nicht die Einzigen, die Stucken suchen.«

»So, wer ist denn noch hinter ihm her?«

»Hinter ihm her, das ist sehr treffend ausgedrückt. Heute Morgen waren nämlich zwei Herren hier, die sehr darauf drängten, Herrn Stucken zu treffen. Mir war der Besuch gar nicht geheuer, und darum sagte ich vorhin, dass ich froh sei, Sie hier zu sehen.«

Die beiden Polizisten dachten sofort daran, ob irgendjemand von der Post aus Neapel erfahren haben könnte. Ihre Frage kam daher wie aus der Pistole geschossen: »Wissen Sie, wer die zwei Männer waren?«

»Ich kannte sie nicht, aber es waren Italiener. Der eine war mir völlig fremd. Er sprach auch nicht Deutsch. Der andere könnte hier aus Hamburg sein. Ich habe den ganzen Tag überlegt, und ich glaube, ich weiß jetzt, wo ich ihn einsortieren muss. Er hat ein bekanntes Lokal, so einen Gourmettempel, und gibt manchmal in der Zeitung Feinschmeckertipps.«

Die Beamten schauten sich an.

»Könnte es das ›Tre Frecce‹ sein?«, fragte der eine. »Aber schildern Sie doch bitte den Verlauf des Gesprächs.«

»Also, wie gesagt, die beiden machten viel Druck, das Treffen mit Stucken schien ihnen sehr wichtig zu sein, aber sie sahen bald ein, dass ich ihnen nicht weiterhelfen konnte. Aus reiner Verlegenheit und um die Spannung etwas rauszunehmen, sagte ich noch, dass ich ihn in den nächsten Tagen zurück erwartete. Sie hörten sich das an, sagten aber nichts darauf. Wahrscheinlich durchschauten sie meine Ausrede. Der eine, der Deutsch sprach, bat mich dann um Stuckens Privatadresse. Ich überlegte, ob ich sie ihnen geben sollte, aber dann dachte ich, dass sie sie sowieso herauskriegen würden, und gab sie ihnen. Ich wollte sie nicht reizen. Ehrlich gesagt, ich hatte sogar ein bisschen Angst und war froh, als sie gingen.«

Heike schaute ihre Besucher fragend an, aber die nickten freundlich und sagten: »Sie hatten ganz recht, aber wir möchten nochmals auf die Situation zurückkommen, als Sie Ihren Chef zuletzt gesehen und gesprochen haben. Hat er denn nicht gesagt, was er vorhatte? Gab es irgendwelche Terminabsprachen, die Sie notiert haben? Hatte er Pläne zu verreisen? Versuchen Sie sich an alle Einzelheiten zu erinnern.«

Heike zögerte mit der Antwort keinen Augenblick: »Es hat jetzt keinen Zweck mehr, darum herumzureden. Die Sache verhält sich folgendermaßen. Bei dem Fonds, den Sie ja kennen, gibt es massive Probleme. Die Anleger sind sehr aufgebracht, weil die Ausschüttungen nicht – wie versprochen – fließen, und vor allem, weil sie von Stucken keine plausiblen Erklärungen hierfür erhalten haben. Wenn ich in dieser Situation öffentlich erklärt hätte, dass er seit drei Wochen weg ist, wäre der Teufel los gewesen.«

»Und Sie haben keine Idee, wohin er gefahren sei könnte?«

»Er hatte den Plan, sich mit unserem italienischen Mitarbeiter in Florenz zu treffen, zu der Begegnung kam es aber nicht. Dann hörte ich von einem anderen Herrn, der mit Stucken zusammenarbeitet, er könnte nach Neapel geflogen sein. Aber für drei Wochen und ohne ein einziges Mal etwas hören zu lassen?

Übrigens gab es auf dem üblichen Weg bei uns keine Buchung von irgendwelchen Flügen. Für mich bleibt nur die Erklärung, dass sich Stucken heimlich abgesetzt hat. Ich bin froh, dass ich das jetzt losgeworden bin.«

Ihre Erklärung hatte ein zweifaches deutliches Kopfnicken zur Folge.

»Das mit Neapel würde Sinn machen, denn die Schwierigkeiten des Fonds sind anscheinend dort begründet. Andererseits würden ihn die Italiener nicht hier suchen, wenn er in Neapel wäre, es sei denn sie versuchten auf besonders raffinierte Weise, eine falsche Spur zu legen. Aber der Verlauf des Gesprächs mit Ihnen, wie Sie es geschildert haben, spricht dagegen. Nach allem, was wir jetzt wissen, empfehlen wir Ihnen: Halten Sie noch einige Tage still. Lange kann es nicht mehr dauern, bis der Deckel vom Topf fliegt. Wir dürfen uns für heute verabschieden. Sie wissen, wo Sie uns erreichen können, falls etwas passiert.«

»Auf Wiedersehen. Ich bin froh, dass Sie da waren.«

Heike beschloss, einige Tage Urlaub zu machen.

Zur gleichen Stunde, in der dieses Gespräch stattfand, erhielt Dott. de la Torre einen Anruf seines Consigliere aus Hamburg, der ihn davon in Kenntnis setzte, dass von Stucken keine Spur zu finden sei. Alle Einzelheiten der Unterredung mit Heike wurden berichtet.

Die Antwort kam sofort und präzise: »Veranlassen Sie die Überwachung des Büros und die Präparierung der Wohnung noch heute Nacht, damit wir es erfahren, wenn er dort auftaucht. In diesem Fall sofortiger Zugriff und Transport hierher auf dem üblichen Weg, ›Transporto di Latte‹.« Der Präsident lachte lauter als sonst, was dem erfahrenen und engen Mitarbeiter die große Nervosität seines Chefs verriet.

»Und noch etwas. Guglielmo soll in seinem Schuppen die Augen besonders weit offen halten. Jeder aus dem Umkreis Stucken kann wichtig sein.«

Vor dem Haus, in dem sich Stuckens Wohnung befand, hielt ein Audi A3. Die beiden Insassen blätterten in Unterlagen, als ob sie etwas Bestimmtes suchten. In Wirklichkeit beachteten sie die Papiere gar nicht, sondern versuchten einfach auf unauffällige Weise die Zeit zu überbrücken. Sie beobachteten das Haus. Nachdem eine Viertelstunde vergangen war, in der sich nichts ereignet hatte, stiegen sie aus, gingen zur Haustür und suchten das Namensschild Stucken. Sie klingelten, aber, wie nicht anders zu erwarten war, blieb es still. Daraufhin drückten sie den Klingelknopf daneben, und ein Summton zeigte an, dass die Haustür sich öffnen ließ. Die beiden Männer stiegen in den zweiten Stock hinauf. Die Wohnungstür neben Stuckens Wohnung stand einen Spalt offen, durch ihn blickte eine Dame mittleren Alters auf die Besucher. Der eine sagte: »Guten Tag, wir kommen von den Stadtwerken und möchten gern zu Herrn Stucken.«

»Herr Stucken ist nicht da«, lautete die erwartete Antwort, »aber wenden Sie sich doch an den Hausmeister, der weiß am besten Bescheid. Er wohnt im vierten Stock.«

»Vielen Dank, und entschuldigen Sie die Störung.«

Die Tür schloss sich wieder.

»Hätten wir uns einen richterlichen Beschluss für eine Durchsuchung der Wohnung besorgt, könnten wir uns die nächsten beiden Stockwerke sparen«, meinte der Korpulentere der beiden.

»Fauler Sack«, sagte der andere, »vielleicht bringt es so mehr, eine Unterhaltung mit Hausmeistern hat noch nie geschadet.«

Also stiegen sie weiter und klingelten oben. Hinter der Wohnungstür bewegte sich etwas, dann war es einen Augenblick still, und schließlich wurde die Tür geöffnet. Ein grauhaariger Mann mit einem grauen Dreitagebart und einem grauen Monteurmantel, also ein im Ganzen grauer Mann, wurde sichtbar. Er betrachtete die Besucher mit prüfendem Blick und sagte nichts. Die wechselten ihr persönliches Szenario und bezeichneten sich nunmehr, der Wahrheit näher rückend, als Angehörige des Verfassungsschutzes.

»Wir müssen in der Wohnung von Herrn Stucken die Telefonleitung überprüfen. Seine Nachbarin sagte uns, dass Herr Stucken nicht da sei und dass wir uns an Sie wenden sollten, um in die Wohnung zu kommen.«

»Kann ich Ihren Ausweis sehen?«, kam die erwartete Frage. Der Polizeiausweis tat seine Wirkung. Die Unschärferelation zwischen der Bundeseinrichtung Verfassungsschutz und der Kriminalpolizei der Freien und Hansestadt Hamburg wurde nicht thematisiert. Zu dritt ging man nach unten.

Langsam taute der Graue auf: »Herr Stucken ist seit ein paar Wochen nicht mehr da gewesen. Zuletzt habe ich ihn mit einer jüngeren Frau gesehen, die ihn hier besucht hat. Sie sind zusammen weggegangen. Sie hat sehr verliebt getan, aber das ist das Letzte, was ich weiß.«

Sie waren vor der Wohnung angekommen, und der Hausmeister sperrte auf.

»Sie müssen nicht warten, wir bringen den Schlüssel zurück.« Der Wink wurde verstanden. Die beiden Fahnder gingen durch die Zimmer, in denen nichts Auffälliges zu bemerken war. Einige Bücher und Schreibutensilien lagen offen auf dem Schreibtisch, was dafür sprach, dass der Bewohner nicht die Absicht gehabt hatte, für längere Zeit zu verreisen. Routinemäßig untersuchten sie die Lampenschirme und wurden sogleich fündig. In der Deckenleuchte im Schlafzimmer und in der Lampe auf dem Schreibtisch waren Wanzen angebracht. Die kleinen Dinger glänzten wie neu, kein Staub lag auf ihnen.

Der eine hob warnend die Hand und flüsterte: »Da war wohl jemand kurz vor uns hier.«

Der andere fügte ebenso leise hinzu: »Und man muss nicht lange raten, wer es war. Aber das gibt uns eine Chance. Wir zapfen die Wanzen an, dann sind wir immer auf dem Laufenden. Und weil wir gerade dabei sind, den Laptop nehmen wir mit, vielleicht finden unsere EDV-Fuzzies etwas. Und ein Abdruck vom Schlüssel ist Pflicht.« Er lachte.

»Du bist ja nicht zu bremsen. Ich glaube, wir besorgen uns doch noch einen Durchsuchungsbefehl. Wir werden, wie ich das sehe, nicht das letzte Mal hier gewesen sein.« Der andere lachte auch.

»Bringst du den Schlüssel zurück, ich gehe schon mal mit dem Laptop nach unten.«

Später im Auto sagte keiner etwas, jeder dachte darüber nach, wie die Geschichte weitergehen könnte. Dann sagte der auf dem Beifahrersitz: »Was wir da gesehen haben, spricht dafür, dass Stucken für die andere Seite kein kleiner Fisch ist. Und wenn man den Inhalt des Schreibens aus Neapel und die Aussagen von Heike Jakobs nebeneinanderlegt, ist er wohl nicht nur für die, sondern überhaupt kein kleiner Fisch. Wir müssen uns mit Ohmsen von der Wirtschaftskriminalität kurzschließen.«

»Machen wir gleich«, sagte der Mann am Steuer. Sie hielten vor ihrer Behörde und schnallten die Sitzgurte ab. Der Beifahrer öffnete schon die Wagentür, als der andere plötzlich fortfuhr: »Moment mal, da kommt mir ein Gedanke. Wenn wir schon Stucken nicht finden können, jedenfalls nicht auf die Schnelle, halten wir uns doch an die anderen. Wir stellen ihnen eine Falle. Wir platzieren ein bewaffnetes Kommando in der Wohnung und fingieren ein Gespräch Stuckens mit einem Geschäftspartner. Ich möchte wetten, dass die kommen und ihn greifen wollen. Der Hinweis Heikes auf die erwartete Rückkehr Stuckens war ganz hilfreich. Wenn sie kommen, schnappen wir sie uns.«

»Klingt fair«, meinte der andere. »Da wollen wir doch mal gleich die förmlichen rechtsstaatlichen Voraussetzungen schaffen. Übernimmst du die Vereinbarung des Gesprächs mit Ohmsen? Und bringst die Festplatte zur Untersuchung?«

Jetzt stiegen sie aus und gingen, weil es inzwischen Mittag geworden war, in die Kantine. Zufrieden mit sich, genehmigten sie sich jeder ein kleines Pils.

Die Dienstbesprechung wurde für 16 Uhr angesetzt, und schon vorher meldeten sich die EDV-Spezialisten. Der Laptop enthielt ein E-Mail, das nur von demjenigen geöffnet werden konnte, der mit einem besonderen Passwort den Schlüssel zum Schloss besaß. Der Schlüsselinhaber konnte nur Stucken sein. Die Spezialisten waren zuversichtlich, den Code knacken zu können.

Als Senatsrat Ohmsen nach der Mittagpause von der angesetzten Besprechung und ihrem Gegenstand erfahren hatte, bat er seinen Kollegen, dass ihm zur Vorbereitung die dem BKA von di Luca übersandte Unterlage zur Verfügung gestellt wurde, was unverzüglich geschah. Der Leiter der Fahndungsabteilung, Senatsrat Kesselschläger, eröffnete das Meeting mit der Frage an seinen Kollegen Ohmsen, ob er Gelegenheit gehabt habe, trotz der kurzen Zeit von dem Schreiben der italienischen Polizei Kenntnis zu nehmen.

Ohmsen bejahte das und fügte hinzu, dass er zu dem gegenständlichen Sachverhalt neue Tatsachen hinzufügen könne, die den Fall möglicherweise in einem neuen Licht erscheinen ließen. Zunächst sei er aber daran interessiert zu erfahren, was die Recherchen erbracht hätten, die seit dem Empfang des vom BKA übermittelten Schreibens durchgeführt worden seien.

Nachdem alle Beteiligten ihre jeweiligen Erkenntnisse dargelegt hatten, ergab sich ein Puzzle, das zwar noch nicht vollständig war, das aber schon Bildteile erkennen ließ, die einen Eindruck davon vermittelten, wie das ganze Gemälde aussehen könnte. Das Protokoll über die Besprechung hielt Folgendes fest:
- Der Geschäftsführer des Anlagefonds *Life Mezzogiorno* mit Firmensitz in Hamburg, Hans Peter Stucken, ist seit über drei Wochen verschwunden.
- Der Fonds, in den vor allem Personen aus dem Raum Hamburg investierten, konnte im laufenden Jahr seine Ausschüttungen an die Anleger nicht mehr in der prognostizierten Weise leisten.
- Der Fonds verwendet seine eingeworbenen Mittel, indem er Policen von Lebensversicherungen aufkauft, deren Inhaber die Versicherungsverträge nicht mehr fortführen konnten, weil sie

aufgrund eigener wirtschaftlicher Schwierigkeiten nicht mehr in der Lage waren, die fälligen Prämien zu bezahlen.
- Der Fonds legt seine Mittel ausschließlich in Süditalien an. Er unterhält für seine Geschäftszwecke ein Büro in Rom. Es gibt Hinweise darauf, dass Stucken wegen der Schwierigkeiten des von ihm verwalteten Fonds eine Geschäftsreise nach Italien geplant hatte. Eine Bestätigung hierfür gibt es nicht.
- In Italien hat der Fonds *Life Mezzogiorno* mit einer in Neapel ansässigen Beratungsfirma *Ognissanti* zusammegearbeitet. Der genaue Zweck dieser wahrscheinlich immer noch bestehenden Zusammenarbeit ist nicht bekannt.
- Die Kriminalpolizei in Neapel ermittelt zurzeit in einem Mordfall, der sich, wie die zeitliche Rekonstruktion zeigt, kurze Zeit nach dem Verschwinden Stuckens ereignet hat. Opfer ist ein Signore Maldini, der nicht sehr lange vor seinem Tod seine Lebensversicherung an den Fonds *Life Mezzogiorno* verkauft hatte.
- Das Unternehmen dieses Signore Maldini entwickelte sich über viele Jahre gut und kam plötzlich und unerwartet in existenzgefährdende Schwierigkeiten, die Maldini zum Verkauf seiner Versicherungspolice zwangen. Der Niedergang von Maldinis Unternehmen wurde durch die Beratungsfirma *Ognissanti* beeinflusst, deren Zusammenarbeit mit Stuckens Fonds im Zuge der Ermittlungen der Kriminalpolizei Neapel bekannt wurde. Der Wunsch der italienischen Polizei, hierzu Näheres durch eine Aussage Stuckens zu erfahren, war der Grund für das Schreiben an das BKA.
- Die Sekretärin Stuckens, Frau Heike Jakobs, gab bei einer Befragung an, dass vor wenigen Tagen zwei männliche Personen italienischer Herkunft, von denen einer in Hamburg ansässig ist und hier ein Restaurant führt, nach Stucken gefragt haben. Durch Fahndungsmaßnahmen der Hamburger Polizei konnte festgestellt werden, dass in Stuckens Privatwohnung vor Kurzem Abhöreinrichtungen installiert wurden.

- Wie Herr Ohmsen sagte, wurde er von der Kriminalpolizei in München davon in Kenntnis gesetzt, dass dort vor exakt drei Wochen eine männliche Leiche gefunden wurde, deren Identität bis jetzt nicht festgestellt werden konnte. Immerhin ergab sich bei den Ermittlungen, dass der Ermordete kurz vor seinem Tod Kontakt mit dem Inhaber eines Münchner Fitnessstudios namens Hofmann hatte. Dieser Hofmann ist der Schwiegersohn einer Frau Mayer-Erzthal, der die Hamburger Vermögensverwaltungsfirma *Fiducia* gehört. Hofmann ist nicht bereit, über seinen Besucher Auskunft zu geben, weil es sich hier um rein geschäftliche Beziehungen handelt und weil er seine Schwiegermutter nicht in die Sache hineinziehen wolle.
- Schließlich teilte Senatsrat Kesselschläger noch mit, dass er durch verwaltungsinterne Gespräche Kenntnis davon erlangt habe, dass dem Finanzsenator vor etwa einem Monat durch einen anonymen Anrufer eine CD mit den Daten von Steuersündern zum Kauf angeboten worden sei. Wegen der Prüfung der bekanntlich rechtlichen Bedenken sei mit dem Anrufer vereinbart worden, dass nach Klärung aller Probleme das Gespräch weitergeführt werden solle. Der Anrufer habe sich aber entgegen dieser Absprache seitdem nicht mehr gemeldet.

Die einzelnen Teile des Puzzles lagen nun auf dem Tisch. Einige passten zusammen, andere schienen nichts miteinander zu tun zu haben. Nachdenkliches Schweigen in der Runde war die Folge, bis sich als erster Senatsrat Ohmsen zu Wort meldete.

»In Ergänzung zu dem im Protokoll dargestellten Sachverhalt, über den mich der erwähnte Münchner Kollege Wendl informiert hatte, möchte ich noch mitteilen, dass mich dieser gebeten hatte, ihm Bescheid zu geben, wenn uns etwas bekannt würde, was ihm bei der Aufklärung seines Falles nützen könnte. Ganz gezielt hatte er gefragt, ob bei uns eine Vermisstenmeldung vorläge, die mit seinem Problem in Zusammenhang stehen könnte. Na ja, den Vermissten haben wir jetzt, aber ob es sein Toter ist?«

»Ein DNA-Abgleich, das ist doch das Wenigste.« Kesselschläger schaute sich fragend um. Alle nickten. Ein Blick zu den Fahndern genügte. Der eine sagte: »Wir fahren zu seiner Wohnung. Irgendwelches verwertbares Material wird es sicher geben.«
»Ob ich mal mit Frau Mayer-Erzthal wegen der Andeutungen ihres Schwiegersohns spreche?«, meinte Ohmsen.
»Warten wir erst das Ergebnis der Analyse ab. Außerdem würde ich gern wissen, ob unsere Spezialisten verwertbare Informationen auf Stuckens Laptop gefunden haben. Für den Augenblick danke ich Ihnen, meine Herren. Wir werden uns bald wiedersehen, denke ich.«
Kesselschläger gab allen die Hand. Dann stutzte er noch einmal. »Wer übernimmt es, unserem Kollegen in Neapel einen Zwischenbescheid zu geben?«
»Ich schlage vor, dass wir das weitere Vorgehen erst abstimmen, wenn wir die offenen Fragen, die wir definiert haben, geklärt haben. Ich meine, vor allem den DNA-Test und die Auswertung der Festplatte«, gab Ohmsen zu bedenken. Kesselschläger nickte zustimmend. Man ging auseinander. Es war Viertel vor sechs.

Die EDV-Spezialisten sind wirklich erstaunliche Leute. Es hatte keine 24 Stunden gedauert, bis sich einer von ihnen bei Kesselschläger meldete und ihm ein Schreiben vom 17. März präsentierte, das an Herrn Hans Peter Stucken gerichtet war. Es war in italienischer Sprache abgefasst, die die EDVler nicht verstanden. Dieser Teil der Entzifferung bereitete im Hamburger Polizeipräsidium allerdings weniger Mühe, sodass in kurzer Zeit eine verständliche Textfassung vorlag. Da Kesselschläger durch das Schreiben des Commissario di Luca vorbereitet war, konnte ihn der Inhalt nicht überraschen. Auffällig war allenfalls der knappe, geschäftsmäßige Stil, der zu dem brisanten Gegenstand nicht passte. Es hieß da: »Sehr geehrter Herr Stucken, unter Bezugnahme auf unsere Grundsatzvereinbarung teilen wir Ihnen mit, dass wir den Fall Maldini in der üblichen Art und Weise erledigen konnten. Der Auszahlung der Versicherungssumme stehen nach unserer Überzeugung keine Hindernisse mehr im Weg. Da wir Sie derzeit auf telefonischem Weg nicht erreichen können, ersuchen wir Sie hiermit, uns Ihre Abrechnung ehest möglich zu übersenden und uns das daraus ermittelte Honorar für unsere Leistungen zu überweisen. Mit freundlichen Grüßen.«

Das Schreiben nannte weder einen Absender, noch war es unterzeichnet.

Der Senatsrat lehnte sich in seinem Stuhl zurück und holte tief Luft. Er war kein Neuling in seinem Beruf und nicht so leicht aus der Fassung zu bringen, aber ab und zu ereigneten sich Dinge, die auch ihn sprachlos machten. Dies schien so ein Fall zu sein. Auch wenn er nicht alle Einzelheiten des von seinem italienischen Kollegen mitgeteilten Sachverhaltes kannte, so glaubte er doch im Wesentlichen zu wissen, worum es ging. Ein Mann wird erst ruiniert und dann ermordet, damit andere aufgrund dieser Tat Geld verdienen. Bei den anderen handelte es sich einerseits um die Mörder, die ihre Killerprämie einforderten, und andererseits um Leute, die aus diesem doppelten Verbrechen Nutzen zogen. Zunächst ergaunerten sie sich Ansprüche, die einem anderen zustanden, dadurch, dass dieser ruiniert wurde, und dann machten sie durch einen Mord diese Ansprüche zu Geld. Es war jetzt klar, dass dieser Stucken die zentrale Figur in diesem Netz von Verbrechen war. Die notwendigen Mittel musste er sich bei Leuten besorgen, die bereit waren, Vermögen in seinen Fonds zu investieren. Dabei blieb offen, ob sie die Hintergründe kannten. Es musste nicht sein. Es gibt manches Konzept der Vermögensanlage, das der Anleger nicht versteht und das ihn nicht interessiert, solange die versprochenen Erträge fließen. Es war auch selbstverständlich, dass Stucken seinen Ertrag, soweit er über die Ausschüttungen an seine Anleger hinausging, mit seinen italienischen Partnern, die die Handarbeit machten, teilen musste, und genau darum ging es in dem vorliegenden Schreiben. Offensichtlich hatte Stucken beim letzten Mal nicht gezahlt und auf das Mahnschreiben nicht reagiert und auch nicht reagieren können, weil es erst nach seinem Verschwinden eingegangen war. Das hatte die Italiener veranlasst, nun den direkten persönlichen Kontakt zu suchen. Wie ihre Maßnahmen in Stuckens Wohnung zeigten, waren sie auch nicht gewillt, ihren Versuch, an Stucken heranzukommen, aufzugeben. Das bedeutete aber, dass man sie dabei fassen konnte.

Kesselschläger beschloss, zweigleisig zu fahren. Zunächst veranlasste er, dass der Inhalt des aus Italien an Stucken gerichteten Schreibens umgehend Commissario di Luca in Neapel übermittelt wurde. Zweifellos diente es als wertvolles Detail in seiner Ermittlungsarbeit. Wegen der Person Stucken ließ Kesselschläger mitteilen, dass dieser zurzeit nicht auffindbar sei, dass aber wichtige Ermittlungsschritte eingeleitet seien, über deren Ergebnisse er schnellstmöglich berichten würde. Dann bat er seine beiden Kollegen zu sich, die sich schon recht gut auskannten. Er teilte ihnen das Ergebnis der EDV-Recherche mit, welches sie nicht sonderlich überraschte, denn es erklärte, warum die italienische Seite so eifrig nach Stucken suchte. Sie berichteten ihrem Vorgesetzten von ihrer Idee, die sie nach der Untersuchung von Stuckens Wohnung gehabt hatten, nämlich den Italienern eine Falle zu stellen. Nachdem nunmehr klar geworden war, dass es sich bei dem ganzen Komplex um einen Fall von schwerer Kriminalität handelte, erschien es nur noch mehr angebracht, einen Versuch in dieser Richtung zu starten.

Kesselschläger war der gleichen Meinung. »Ich glaube, unser Kollege di Luca wird sich freuen, wenn wir ihm seine Landsleute liefern können. Haben Sie schon eine konkrete Idee, wie wir die Sache anpacken? Vorher sollten Sie sich noch einmal mit Stuckens Sekretärin in Verbindung setzen und sehen, ob sie irgendwelche für eine DNA-Analyse verwertbaren Spuren liefern kann.«

»Okay, machen wir gleich. Aber halt, Heike Jakobs sagte doch vorgestern, sie wolle für ein paar Tage wegfahren. Sie wird noch nicht zurück sein. Dann fahren wir eben in die Wohnung und schauen da nach, und zwar noch heute.«

Sie warteten im Auto vor dem Gebäude, in dem Stuckens Wohnung lag, bis sich jemand der Haustür näherte. Einen Schlüssel hierfür hatten sie nämlich nicht, und die Nachbarin wollten sie nicht wieder aufmerksam machen. Sie schlüpften mit einem Bewohner in den Hausgang, wechselten betont unbefangen einige Worte miteinander und verzögerten ihre Schritte, damit der Mann, der weiter nach oben ging, außer Sichtweite kam. Lautlos öffneten sie die Wohnungstür und traten in den Flur. Alles schien gegenüber ihrem letzten Besuch unverändert zu sein, nur die Anzahl der toten Fliegen auf den Fensterbrettern hatte zugenommen. Sie machten kein Licht, obwohl die Dämmerung schon angebrochen war. Die Luft war stickig, aber sie öffneten kein Fenster, um jedes Aufsehen zu vermeiden. Sie sahen sich an.

»Ich schlage vor, wir sehen zuerst im Bad nach«, meinte der eine.

Der andere nickte. Toilettensachen fanden sie nicht, was sie nicht überraschte. Wenn man länger verreist, packt man die immer ein. Aber auf der Ablage, neben der Badewanne, lag eine einsame Haarbürste. Sie hielten sie gegen das Fenster, durch das nur noch kärgliches Licht drang.

»Das müsste reichen.«

»Glaube ich auch.«

Zwischen den Borsten hingen etliche Haare. Sie packten die Bürste in einen Plastikbeutel und verließen die Wohnung ebenso leise, wie sie gekommen waren. Die Tür war schon ins Schloss gefallen, als in der Wohnung das Telefon läutete. In wenigen Sekunden hatten sie die Tür wieder geöffnet, und der erste von ihnen nahm den Hörer ab, sagte aber nichts. Eine männliche Stimme am anderen Ende der Leitung fragte: »Was machen Sie in meiner Wohnung?«

Der Fahnder sagte immer noch nichts, aber jetzt schwieg er

deshalb, weil es ihm die Sprache verschlagen hatte. Am anderen Ende der Leitung hörte man ein hämisches Lachen. Dann wurde aufgelegt.
»Das gibt es nicht«, sagte der mit dem Hörer in der Hand.
»Was war denn?«, fragte ihn sein Kollege.
»Jemand fragte, was wir in seiner Wohnung machten?«
»Stucken?«
»Weiß ich nicht. Ich kenne doch seine Stimme nicht.«
»Jedenfalls wurden wir beobachtet. Lass uns gehen.«
Sie traten auf die Straße, die jetzt schon von den Straßenlampen erleuchtet war, und blicken sich um. Passanten liefen auf und ab, aber nichts Auffälliges war zu bemerken. Schräg gegenüber vom Haus, aus dem sie gekommen waren, an einer Ecke, lag eine Café-Bar. Sie gingen rasch hinüber. Außer dem Kellner an der Theke befand sich niemand in dem schlecht beleuchteten Raum. Sie setzten sich so, dass sie das Haus im Blick hatten, und bestellten zwei Pils. Sie saßen etwa eine Viertelstunde da, aber außer dass einige Berufstätige nach Hause kamen, passierte nichts.
»Ich glaube, für heute reicht es«, meinte derjenige, der den rätselhaften Anruf entgegengenommen hatte.
»Es geht auf neun Uhr.«
Sie zahlten und gingen.

X.

»Haben Sie verwertbare Spuren sicherstellen können?«

Kesselschläger schaute seinen Kollegen erwartungsvoll an, als der am anderen Morgen sein Büro betrat. Er legte seine Beute auf den Schreibtisch und sagte: »Ob es etwas nützt, weiß ich nicht, aber mehr konnten wir nicht finden. Stucken verreiste ja wohl für längere Zeit!«

»Wieso soll das nicht reichen? Mit Haaren kann man eigentlich immer etwas machen.«

»Schon, aber ich meine es anders, denn wenn der Analysierte am Telefon spricht, macht es eigentlich keinen Sinn, seine DNA mit der eines Toten zu vergleichen.«

Dann erzählte er seinem Chef die Geschichte mit dem mysteriösen Anruf.

»Klingt wie ein schlechter Witz, den sich da jemand gemacht hat. Das sollte uns nicht ablenken. Geben Sie Ihren Fund gleich ins Labor.«

Noch am Vormittag wurde der Vergleich durchgeführt. Das Resultat wurde umgehend an Kommissar Wendl in München weitergegeben. Kesselschläger unterrichtete auch seinen Kollegen Ohmsen, der bisher als Einziger aus der Hamburger Truppe mit Wendl in Kontakt gestanden hatte, und vereinbarte mit ihm, dass er direkt mit München sprechen würde. Er rief also Wendl an, schilderte ihm, was sich bisher in der Angelegenheit Stucken ergeben hatte, und bat ihn, sich nach dem Vergleich mit dem DNA-Material des Ermordeten gleich zu melden.

Um 13.28 Uhr lag das Ergebnis in München auf dem Tisch: hundertprozentige Übereinstimmung. Der Tote vom Hofgarten war Stucken. Um 14 Uhr stand die Telefonkonferenz zwischen Hamburg und München. Zunächst wurde strengstes Stillschweigen auf beiden Seiten vereinbart. Weder die Familie Mayer-Erztahl/Hofmann noch die italienische Seite sollten etwas erfahren. Die weiteren entscheidenden Ermittlungen in der Frage der Täterschaft durften unter keinen Umständen gefährdet werden. Jeder Schritt sollte mit der jeweils anderen Seite genau abgestimmt werden. Zunächst waren die Hamburger am Zug. Kesselschläger erläuterte den Plan, wie die Italiener, die Stucken suchten, ihrerseits gefasst werden sollten. Man wollte durch ein fingiertes Gespräch in der Wohnung Stuckens, das, wie man wusste, von den Italienern abgehört wurde, diese in die Wohnung locken und dort festnehmen. Das lag auch im Interesse der Polizei in Neapel. Dann wollte man mit Frau Mayer-Erzthal sprechen, denn die Beziehungen zwischen deren Vermögensverwaltung *Fiducia* und Stuckens Fond waren überhaupt noch nicht geklärt. Erst wenn man hier klarer sah, war es sinnvoll, sich mit Hofmann zu befassen. Wendl war in allem der gleichen Meinung.

Die Rückseite des Hauses war so dicht mit wildem Wein bewachsen, dass man die darunter auf der ganzen Höhe der Fassade laufende Feuerleiter kaum erkennen konnte. Die drei Männer in ihren TÜV-Overalls prüften jede einzelne Sprosse. Das war notwendig, denn wenn man stürzt, passiert das, weil eine Sprosse nachgibt. Es nützt gar nichts, dass die anderen 39 Stufen fest sind. Man tritt ja immer nur auf eine. Als sie im zweiten Stock angekommen waren, kletterte einer von ihnen auf den Balkon. Die anderen machten weiter, aber ihre Konzentration ließ nach. Der auf dem Balkon stellte seine Werkzeugtasche ab und holte ein Instrument heraus, mit dem man ganz schnell Türen öffnen konnte. Was es war, konnte man nicht erkennen, aber jedenfalls war die Tür im Nu auf. Er glitt ins Zimmer und befand sich im Schlafzimmer des Wohnungsinhabers. Die Tür ließ er angelehnt. Sofort stellten die anderen ihre Kontrolltätigkeit ein und folgten ihm. Sie schlossen die Tür und zogen die Gardine zu. Dabei hatten sie nicht das Gefühl, dass sie von den Fenstern der anderen Häuser, die auf den Innenhof gingen, beobachtet worden waren.

»Wann soll die Party starten?«, fragte der Jüngste der Truppe.

»Kesselschläger hat festgelegt, dass Stuckens Double nicht vor Einbruch der Dunkelheit auftauchen sollte. Dann soll allerdings gleich anschließend der Lockruf erfolgen«, antwortete der Oberklempner, und fügte hinzu: »Tut mir leid, meine Herren, dass wir uns ein paar Stunden um die Ohren schlagen müssen, aber es ging nicht anders. Unsere Aktion musste natürlich während der normalen Arbeitszeit gestartet werden.«

»Für Freizeitvergnügen habe ich gesorgt«, meinte der Dritte. Er packte ein Steckschach und Skatkarten sowie ein Heft mit Sudokus aus. »Für jeden Geschmack etwas.«

Sie lachten, aber ihr Lachen klang etwas gequält.

Die Stunden vergingen, und die drei Besucher vermieden es, die vorderen, der Straße zugewandten Zimmer zu betreten. Man konnte ja nicht wissen, welche Beobachtungsmöglichkeiten der Gegenseite zur Verfügung standen. Zum Spieltisch hatten sie ein Nachtkästchen umfunktioniert.

Gegen 19 Uhr meldete sich das Handy des Chefs der Operation.

»In den nächsten 20 Minuten kommt er«, verkündete Kesselschlägers Stimme.

Sie räumten die Spielsachen beiseite und holten die Pistolen aus der Werkzeugtasche hervor. Einer trat in einem der vorderen Zimmer hinter den Vorhang und beobachtete die Straße.

Der Mann, der bei der Café-Bar um die Ecke bog, trug einen hellbraunen Cashmeremantel und einen Panamahut, der mehr als bei dieser Kopfbedeckung üblich in die Stirn gezogen war. Als er die Straße überquert hatte und sich dem Haus näherte, ging der Beobachter zur Wohnungstür und drückte den Knopf, mit dem man die Haustür öffnete. Er wollte die Aufmerksamkeit, die das Klingeln hätte verursachen können, vermeiden. Der Mann auf der Straße trat trotzdem nicht gleich in den Hausgang, sondern tat so, als ob er die Haustür mit seinem Schlüssel öffnete. Er stieg rasch die Treppen in den zweiten Stock hinauf und huschte in die Wohnung.

»Gut, dass du kommst, Harry, das Warten wurde langsam nervig.«

»Kann ich mir vorstellen, hilft aber nichts. Dafür fangen wir jetzt gleich an.«

Harry wählte die Nummer von Stuckens Büro und wartete, bis sich der Anrufbeantworter einschaltete.

»Hallo Heike, du wirst es nicht glauben, aber hier ist dein Chef, der dich so sehr vermisst hat. Ich kann mir denken, dass du um diese Zeit nicht da bist, hoffe aber, dass du diesen Anruf so rechtzeitig abhörst, dass wir uns morgen Vormittag im Büro treffen können. Es gibt viel zu erzählen und noch mehr zu tun. Bis dann.«

Harry sprach absichtlich mit etwas gepresster Stimme, als ob er erkältet wäre, obwohl er nicht glaubte, dass jemand, der mit Stucken nicht bekannt war, den Bluff erkennen würde. Nun warteten sie zu viert. Sie hätten also Doppelkopf spielen können, aber keiner kam auf die Idee, das vorzuschlagen. In einem der Zimmer, die zur Straße hin gelegen waren, hatten sie Licht gemacht. Stucken würde nach seiner langen Reise zu arbeiten haben. Es war vereinbart, dass nach Einbruch der Dunkelheit ein Lieferwagen mit der Aufschrift ›Pizza Service‹ ein paar Häuser entfernt auf der anderen Straßenseite parken sollte, von dem aus alles abgehört werden konnte, was in Stuckens Wohnung vor sich ging. Der Wagen stand pünktlich an Ort und Stelle.

Um 22.13 Uhr bog ein 5er-BMW um die Ecke. Er fuhr langsam an dem Haus vorbei und hielt genau vor dem Lieferwagen, so als wollte er von dem Zielobjekt nicht gesehen werden. Die Fahnder auf ihren Beobachtungsposten hatten trotzdem gesehen, wie er vorbeifuhr.

»Wird ja wohl kein Selbstmordattentäter mit Autobombe sein«, flüsterte einer der Pizzabäcker, vor deren Nase das Auto hielt. Die Sorge war unberechtigt, denn in diesem Augenblick stiegen drei Männer aus dem BMW, überquerten die Straße und gingen schnell auf das Haus zu.

»Es geht los«, funkte der Oberbäcker zu seinen Kollegen hinauf. Die hatten aber selbst alles beobachtet und verteilten sich auf ihre Posten, wie sie es geplant hatten. Die Ankömmlinge klingelten nicht, sondern verschwanden innerhalb weniger Sekunden hinter der Haustür. Schließanlagen existierten für sie offensichtlich nicht. Sie stiegen, ohne ein Geräusch zu machen, in den zweiten Stock hinauf und standen vor Stuckens Wohnung. Die Wohnungstür wurde ebenso lautlos geöffnet wie die Haustür. Derjenige, der die Tür geöffnet hatte, deutete im Flur auf die letzte Tür rechts, hinter der sie von der Straße aus die brennende Lampe gesehen hatten. Er stieß die Tür auf und nacheinander drängten sich alle drei ins Zimmer. Die Lampe brannte, aber das Zimmer war leer. Sie blickten sich erstaunt an und drehten sich sofort um. Der starke Schein einer Taschenlampe blendete sie und eine Stimme dröhnte: »Hände hoch und mit dem Gesicht zur Wand!«

Drei Pistolenmündungen unterstützten die Aufforderung. Es lief alles ab wie im Film. Die Handschellen klickten, und der reibungslose Ablauf der Aktion wurde per Funk an das wartende Kommando gemeldet.

»Wir kommen jetzt runter, macht schon mal Platz in eurem Ofen.«

In diesem Augenblick musste Harry laut lachen. »Pizza-Service ist wirklich eine stilvolle Wortfindung für diese Ladung.«

Die Fahrt ins Polizeipräsidium verlief in aller Stille. Die Beamten wollten keinerlei Hinweise auf die Umstände der Aktion geben, und auf der anderen Seite galt das Gesetz der Omertá, eben ein Gesetz, das eisern beachtet wurde. Übrigens war keinem der deutschen Beteiligten aufgefallen, dass der BMW in dem Augenblick, als die Gruppe das Haus verließ und die allgemeine Aufmerksamkeit in Anspruch nahm, startete und wegfuhr. Niemand hatte bemerkt, dass ein vierter Mann in dem Fahrzeug gesessen hatte.

Im Präsidium erwartete Kesselschläger die Gesellschaft. Einen Dolmetscher hatte er mitgebracht. Darauf, aus linguistischen Gründen nicht zu verstehen, warum es sich handelte, konnten sich die Verhafteten also nicht hinausreden. Die Vorsorge half aber nicht, denn bereits Angaben zur Person wurden verweigert. Lediglich der Wunsch, einen bestimmten Anwalt benachrichtigen zu dürfen, wurde geäußert. Der Wunsch wurde selbstverständlich erfüllt. Der Anwalt kündigte seinen Besuch für den nächsten Vormittag an. Die Verhafteten blieben in polizeilichem Gewahrsam.

Die Verschiebung seines Kommens auf den nächsten Tag bedeutete nicht, dass der Rechtsanwalt nicht in seiner abendlichen Ruhe gestört werden wollte, er blieb für den Rest der Nacht keineswegs untätig. Zunächst bekam er, kurz nachdem er die Nachricht erhalten hatte, dass es im Kreis seiner vertrauten Klienten etwas zu tun gab, einen Anruf aus dem ›Tre freccé‹. Der Luxusgastronom, der den BMW gefahren hatte, berichtete ausführlich was sich ereignet hatte. Seine Schlussfolgerung lautete: »Die Bullen müssen unsere Wanzen entdeckt haben und lockten uns dann damit in die Falle, die wir für Stucken aufgebaut hatten. Wahrscheinlich hat der sogar mit ihnen gemeinsame Sache gemacht, denn der Anruf, den wir abgehört hatten, kam von ihm. Ich war selbst dabei.«

Der Kommentar des Anwalts war gnadenlos: »Alter Gestapotrick. Man nimmt das Instrument des Gegners und dreht es einfach um. Und das passiert euch! Ich möchte nicht in der Haut dessen stecken, der das dem Chef berichten muss.«

»Wenn du das übernehmen würdest, käme es von einem Unbeteiligten. Dann wäre es keine Beichte. Ich wäre dir sehr dankbar, wenn du das tätest. Ein fünfgängiges Menü mit den passenden Weinen zu den einzelnen Gängen würde ich stiften.«

»Sagen wir sechs Gänge. Aber Spaß beiseite. Ich rufe ihn noch heute Nacht an. Morgen sehen wir weiter. Ciao.« Er legte auf, ohne auf Antwort zu warten. Das Gespräch mit dem Hauptquartier in Neapel dauerte nicht sehr lange. Nachdem der Anwalt so unterkühlt wie möglich das, was er erfahren hatte, berichtet hatte, schwieg der große Meister Antonio de la Torre eine Zeit lang bedeutungsschwer. Dann sagte er mit der würdevollen Resignation in der Stimme, die nur ein mit allen Fasern in stilvoller Illegalität gelebtes Leben hervorbringen kann: »Queste teste di cazzo no possono piu fare niente per me.«

Signore de la Torre war nicht der Einzige, der eine Nachricht aus Hamburg empfing. Kesselschläger setzte am Morgen nach dem ereignisreichen Tag ein weiteres E-Mail an di Luca in Gang, in dem er zunächst als Ergebnis der weiteren Ermittlungen mitteilte, dass Hans Peter Stucken für eine Befragung leider nicht zur Verfügung stehe, weil er nicht mehr lebe. Eine DNA-Analyse habe zweifelsfrei ergeben, dass es sich bei dem in München gefundenen Ermordeten um Stucken handele. Da man in der Täterfrage noch nicht weitergekommen sei, bat der Hamburger seinen italienischen Kollegen um strengstes Stillschweigen. Dann kam der Knüller mit den Italienern, die allem Anschein nach mit dem Tod Stuckens nichts zu tun hatten, die sich aber ganz offensichtlich aus den Gründen, die er di Luca in seinem vor drei Tagen übersandten E-Mail dargelegt hatte, der Person Stuckens bemächtigen wollten. Gegen sie könne in Deutschland wegen Straftaten gegen die persönliche Freiheit und wegen Bildung einer kriminellen Vereinigung, aber nicht wegen eines Tötungsdelikts ermittelt werden. Kesselschläger kündigte an, über Ergebnisse aus den Vernehmungen der Verhafteten laufend zu berichten, insbesondere auch über Erkenntnisse, die den Mordfall Maldini beträfen.

Der Termin mit dem Anwalt der drei Verhafteten verlief wie die meisten Begegnungen dieser Art. Der Anwalt verlangte die sofortige Freilassung seiner Mandanten, die Kriminalpolizei begründete die Notwendigkeit der Untersuchungshaft mit dringendem Tatverdacht sowie mit Flucht- und Verdunklungsgefahr. Der Anwalt erklärte, dass ein Hausfriedensbruch seitens seiner Mandanten unstreitig sei, dass aber wegen der verhältnismäßigen Geringfügigkeit dieses Delikts trotz der Ausländereigenschaft der Täter weder Flucht- noch Verdunklungsgefahr bestehe. Kesselschläger erwiderte, dass man keineswegs nur wegen Hausfriedensbruch ermittle, sondern wegen wesentlich schwererer Straftaten, die als Verbrechen zu qualifizieren seien. Der Anwalt bestritt alle Anschuldigungen, da ihm keine Beweise vorlägen. Man vertagte sich auf den Haftprüfungstermin.

Kesselschläger war gerade in sein Büro zurückgekehrt, als das Telefon läutete. Am Apparat war Kommissar Wendl.

»Herr Kollege, ich habe hier ein Problem. Seit zwei Tagen erhalte ich Anrufe von einer Frau, anonym und aus wechselnden Telefonzellen, die wir nicht orten können. Sie erklärt, dass sie die Identität unseres Toten und auch alle Hintergründe kenne. Sie erhebt schwere Vorwürfe gegen die Polizei, die sie beschuldigt, die Umstände der Tat vertuschen zu wollen, und sie droht an die Presse zu gehen. Ich fürchte, wir können nicht mehr warten. Was planen Sie?«

»Herr Wendl, bei uns überschlagen sich die Ereignisse. Wir haben gestern Abend eine Gruppe Italiener fassen können, die offensichtlich Stucken entführen wollten. Sie sitzen in Untersuchungshaft. Den Kollegen di Luca in Neapel habe ich bereits unterrichtet. Es sind übrigens drei Verdächtige. Da der BMW, mit dem sie zu Stuckens Haus kamen, aber nicht mehr da war, muss es in dem Auto noch einen Vierten gegeben haben, der wegfuhr und den wir nicht erwischt haben. Er wird inzwischen seine Freunde unterrichtet haben. Für heute Nachmittag habe ich mir vorgenommen, mit Frau Mayer-Erzthal ein erstes Gespräch zu führen. Das würde ich gern noch erledigen, bevor die Sache mit Stucken publik wird. Aber das passt ja ganz gut, wenn wir die Veröffentlichung morgen in den Wochenendausgaben der

Zeitungen veranlassen. Ich werde Sie nach meinem Gespräch mit der Dame noch einmal anrufen. Einverstanden?«
»In Ordnung. Bis später.«

Frau Helga Mayer-Erzthal hatte eine schlechte Woche hinter sich. Ihr Schwiegersohn hatte sie nach dem Besuch von Kommissar Wendl angerufen und ihr den Verlauf der Unterredung geschildert. Als er die Geschichte von dem rätselhaften Besucher erzählte, dessen einen Schuh die Münchner Polizei gefunden haben wollte, erwähnte er nicht, dass Wendl seine Fragen gestellt hatte, weil er die Identität des Ermordeten klären wollte, vielmehr erläuterte er ihr, dass er mit dem Kommissar nur über einen geschäftlichen Kontakt gesprochen habe, über den er keine nähere Auskunft geben wolle, weil hier auch Interessen seiner Schwiegermutter zu berücksichtigen seien. Frau Mayer-Erzthal hatte sofort energisch eingehakt und ihren Schwiegersohn gefragt, warum er sie ins Spiel gebracht habe. Er aber wies ganz kühl darauf hin, dass der Polizei die Existenz der Vermögensgesellschaft *Fiducia* bekannt sei und dass sie auch wüssten, dass diese Gesellschaft Eigentümerin seines Fitnessstudios sei. Weiter war Hofmann in diesem Gespräch nicht gegangen, aber es hatte ausgereicht, die gnädige Frau in große Unruhe zu versetzen. Sie malte sich aus, wie die weiteren Ermittlungen der Polizei vor sich gehen würden. Sie würde ohne Schwierigkeiten herausfinden, dass die *Fiducia* bei dem Fond *Life Mezzogiorno* Mittel angelegt hatte. Bei dem Fond, bei dem es zu Unregelmäßigkeiten gekommen war und dessen Geschäftsführer Stucken seit mehreren Wochen unter rätselhaften Umständen verschwunden war. Für alle Anleger wäre es äußerst unangenehm, mit diesem Sachverhalt in Verbindung gebracht zu werden, vor allem dann, wenn sich herausstellte, dass Stucken eine Reihe seriöser und erfolgreicher Hamburger Geschäftsleute hereingelegt hatte. Die Blamage würde gewaltig sein, und man konnte sich gut vorstellen, wie die Presse über diese Story herfallen würde. Frau Mayer-

Erzthal hatte in den folgenden Tagen viele Gespräche mit Freunden und Bekannten geführt, aber letztendlich waren alle ratlos. Niemand hatte etwas von oder über Stucken gehört, bei keinem waren hinsichtlich der Beteiligung an dem Fonds irgendwelche Nachforschungen angestellt worden. Und doch empfanden alle ein gewisses Unbehagen. Es war, als säßen ein paar Dutzend Kaninchen vor einer unsichtbaren Schlange. Ein Kunsthändler erwähnte einem Freund gegenüber, er fühle sich wie in einem Bild des surrealistischen Malers Richard Oelze mit dem Titel »Erwartung«, in dem eine Menschenmenge dem Betrachter die Rückseite zukehrt und auf eine graue Wolke starrt. Man fand seinen Vergleich sehr gut. Alle Gespräche, die unter den Beteiligten geführt wurden, endeten mit der Feststellung, dass man sich demnächst unbedingt wieder einmal treffen müsse. In dieser Stimmung nahm Frau Mayer-Erzthal den Anruf von Senatsrat Kesselschläger entgegen. Sie meldete sich mit »Hallo«.

»Hier Kesselschläger, Kripo Hamburg. Spreche ich mit Frau Helga Mayer-Erzthal?«

»Ja, ich bin am Apparat. Sie wünschen?«

»Gnädige Frau, ich möchte Sie nicht lange stören, ich habe nur einige Fragen an Sie in Ihrer Eigenschaft als Gesellschafterin der Vermögensgesellschaft *Fiducia*. Sie sind doch die Inhaberin dieser Firma?«

»Ja, aber ich bin über Einzelheiten des Anlagengeschäfts nicht informiert. Das erledigt im Allgemeinen meine Depotbank.«

»Ja, das verstehe ich, aber vielleicht können Sie mir trotzdem helfen. Zunächst würde mich interessieren, ob Sie in den letzten Wochen mit irgendwelchen speziellen Problemen in Berührung gekommen sind, vor allem, ob Sie Schwierigkeiten mit einem Geschäftspartner hatten oder ob Sie Unregelmäßigkeiten im Ablauf der Geschäfte registriert haben.«

»Auch wenn ich den Hintergrund Ihrer Fragen nicht verstehe, kann ich Ihnen versichern, dass mir nichts Auffälliges bekannt geworden ist. Das wäre auch gar nicht möglich gewesen, weil ich, wie ich schon erwähnt habe, nicht direkt mit den Partnern von Anlagegeschäften in Verbindung trete. Ich will mich aber gern nächste Woche bei meiner Bank erkundigen.«

»Ich wäre Ihnen sehr verbunden, aber ich habe doch noch eine spezielle Frage. Hat *Fiducia* Mittel bei dem Fonds *Life Mezzogiorno* angelegt? Es würde sich hier um ein Geschäft ganz besonderer Art handeln, das nach der üblichen Geschäftspraxis Banken, auch wenn sie ein Mandat für die Vermögensverwaltung haben, vorweg mit ihren Kunden besprechen.«

»Nein, auch dazu kann ich Ihnen nichts sagen. Meine Bank hat mit mir darüber nicht gesprochen. Sie hat auch bei grundsätzlichen Entscheidungen plein pouvoir.«

»Sie haben also auch nichts davon gehört, dass der Geschäftsführer des genannten Fonds, ein Herr Stucken, allem Anschein nach in erhebliche Schwierigkeiten geraten ist, die sich sehr negativ auf die Anleger auswirken könnten. Sie müssen mich bitte verstehen. Auch wenn Sie selbst, wie Sie sagen, bisher nichts bemerkt haben, möchten wir doch einen Überblick darüber gewinnen, wer mit dem Fonds und seinem Geschäftsführer in Kontakt stand oder steht.«

Die Leitung war wie tot.

»Hallo, sind Sie noch da?«

Dann hörte Kesselschläger eine Stimme, die klang, als ob die Kehle der Sprechenden von einer unsichtbaren Hand zugedrückt würde. »Nein, ich sagte Ihnen doch schon, dass ich über die Vermögensanlagen meiner Gesellschaft nicht Bescheid weiß. Und jetzt entschuldigen Sie mich bitte.« Sie legte auf, bevor eine weitere Frage möglich war.

Senatsrat Kesselschläger lächelte, und wenn jemand dieses Lächeln gesehen und als diabolisch bezeichnet hätte, so wäre das nicht ganz falsch gewesen. Dann rief er seinen Kollegen in München an und schilderte ihm Inhalt und Verlauf des Gesprächs, das er mit Frau Mayer-Erzthal geführt hatte. Die beiden Herren vereinbarten, nunmehr die Presse über die Enthüllung der Identität des Toten von München zu unterrichten, sowie auch darüber, dass damit das Verschwinden des Hamburger Geschäftsmanns Stucken eine überraschende Aufklärung gefunden habe. Zur Vorbereitung der Presseerklärung bat Kesselschläger seinen Kollegen Ohmsen und den Pressereferenten zu sich. Sie kamen überein, in die Erklärung einen Hinweis aufzunehmen, dass die Ermittlungen wegen der Täterschaft noch zu keinem Ergebnis geführt hätten und weitergeführt werden müssten. Ohmsen brachte ein Foto Stuckens mit, das er am Nachmittag bei Heike Jakobs besorgt hatte und das der Meldung beigefügt werden sollte. Heike, die von ihrem Kurzurlaub zurückgekehrt war und von den Ermittlungsergebnissen nichts wusste, hatte ihm bei dieser Gelegenheit von dem ominösen Anruf am Mittwochabend berichtet. Der Anrufer, der sich als Stucken gemeldet hatte, sei aber nicht Stucken gewesen. Obwohl die Stimme nicht eindeutig zu erkennen war, sei ihr das gleich klar gewesen. Der Anrufer habe sie geduzt, während Stucken sie immer mit Vornamen, aber per Sie angeredet hätte. Ohmsen fügte seinem Bericht hinzu, dass er ihr daraufhin kurz von der Verhaftungsaktion berichtet habe, um sie zu beruhigen, dass sie nun keine Schwierigkeiten mehr von den italienischen Besuchern befürchten müsse. Er hatte sie gebeten, hierüber strenges Stillschweigen zu bewahren.

Der Text der Presseerklärung war schnell niedergeschrieben und an die Redaktionen geschickt worden.

Das Gleiche passierte zeitgleich in München, wo Wendl mit seinem Kollegen Mauritz zusammensaß. Dort hatte man zwar noch kein Foto des Herrn Stucken, aber dafür hatte Mauritz eine andere Bildidee. Nachdem der Pressetext formuliert war, sagte er zu seinem Chef: »Herr Wendl, erinnern Sie sich an unseren Besuch im Schumanns? Ich finde, wir sollten ihn wiederholen, diesmal nicht bewaffnet mit Phantombildern, sondern mit den Fotos von Frau Mayer-Erzthal und ihrem Schwiegersohn. Ich könnte mir vorstellen, dass wir dabei etwas erfahren könnten,

was sich aus Gesprächen mit den Herrschaften nicht herausholen ließe. Damit wären wir dann unseren Hamburger Kollegen einen Schritt voraus.«
»Das könnte ich mir auch vorstellen.« Wendl nickte heftig. »Ich rufe am Montag Ohmsen an, damit er ein Bild der Dame besorgt. Es muss ja nicht gleich eine erkennungsdienstliche Behandlung stattfinden. Bei ihrer gesellschaftlichen Stellung wird sich im Archiv doch ein Pressefoto finden lassen. Wegen dem Hofmann fahren Sie am besten ins Studio. Die werden doch irgendeinen Prospekt des stolzen Chefs haben. So, und jetzt warten wir, was morgen passiert. Die Telefonüberwachung Hofmanns steht doch noch?«

In der folgenden Nacht fand Frau Mayer-Erzthal schwer Schlaf. Immer wieder tanzten in Versicherungspolicen, Fondszertifikate und Steuererklärungen gehüllte schemenhafte Gestalten über ihr Bett, und zwischen ihnen tauchte ab und zu eine bleiche Gestalt auf, die aber nur von hinten zu sehen war, bis sie sich umdrehte. Da grinste sie eine Teufelsmaske an. So ging es bis in die frühen Morgenstunden. Sie fiel endlich in einen tiefen Erschöpfungsschlaf, aus dem sie gegen neun Uhr das Klingeln des Telefons riss.
Am Apparat war ihre Freundin Karin. »Was ist mit dir? Habe ich dich geweckt? Du schläfst doch sonst nicht so lange. Na egal, hast du schon die Zeitung gelesen?«
»Nein, ich bin ja noch gar nicht richtig wach. Was gibt es denn?«
»Stucken ist tot. Er ist in München ermordet worden. Man hat jetzt die Identität der Leiche geklärt. Es ist einwandfrei Stucken. Über die Täter wissen sie noch nichts, aber jedenfalls ist es keiner von hier, sondern es ist da unten passiert. Na ja, die groben Bayern übertreiben eben immer, obwohl der alte Halunke eine tüchtige Abreibung verdient gehabt hätte.«
Ihr glockenhaftes helles Lachen, das immer so sympathisch

klang, gefiel der lieben Freundin diesmal gar nicht. Karin war aber noch nicht fertig.

»Ich finde, wir müssen uns so schnell wie möglich treffen. Sonst arrangierst du das ja immer, aber heute musst du erst in die Gänge kommen, vermute ich mal. Ich werde mich diesmal darum kümmern.«

Frau Meyer-Erzthal lieferte keinen Gesprächsbeitrag mehr. Sie stand auf, duschte, machte sich eine Tasse Kaffee und überlegte. Sie versuchte sich zu erinnern, wann das war, als ihr Schwiegersohn angerufen und sie über die Nachforschungen der Münchner Polizei unterrichtet hatte. Es musste vor ungefähr einer Woche gewesen sein, aber den genauen Termin hatte sie nicht mehr im Gedächtnis. Jedenfalls wusste sie noch, dass von einem Ermordeten die Rede gewesen war, der Hofmann kurz vor seinem Tod besucht hatte. Das hatte die Kripo herausgefunden und auch, dass es eine Verbindung zu ihrer Firma gab. Sie sprachen damals nicht über den Toten, aber jetzt stand in der Zeitung, dass es jemand war, den sie sehr gut kannten. Sie musste mit ihrem Schwiegersohn sprechen, aber sie konnte nicht, sie war wie gelähmt. Wie ein Kind glaubte sie, dass sie, wenn sie nicht hinschaute, auch nicht gesehen würde. Sie wartete auf seinen Anruf aus München, aber auch der kam nicht. Gegen Mittag hielt sie es nicht mehr aus. Sie verließ das Haus und machte einen Spaziergang an der Alster entlang. Auf der Höhe der Kunsthalle krähte ihr Handy. Sie hatte sich vor Kurzem einen Hahnenschrei als Meldezeichen zugelegt.

Karin war dran. »Wo bist du? Ich habe dich unter deinem Festanschluss nicht erreicht.«

»Ich gehe etwas spazieren.« Sie bemühte sich, locker zu klingen.

»Ich wollte dir nur sagen, dass wir uns morgen treffen. Arnold hat die Sache in die Hand genommen.«

»Aber morgen ist Sonntag!«

»Eben, da haben alle Zeit. Außerdem muss es so schnell wie

möglich sein. Wir müssen zu verhindern versuchen, dass irgendjemand an das Fondvermögen kommt. Die Sekretärin Stuckens wird übrigens auch da sein.«
»Gut, ich komme. Wann und wo?«
»Um elf Uhr im *Vier Jahreszeiten*. Ist sonst alles gut?«
»Ja, danke. Die Brise an der Alster tut mir immer gut.«
Als das Gespräch beendet war, fühlte sich Frau Mayer-Erzthal erleichtert. Sie hatte nicht mehr das Gefühl, isoliert zu sein, sondern sie empfand sich als Teil einer Gruppe. Es war wie immer. Man gehörte dazu. Das tat gut.

Als Heike Jakobs von dem Termin gehört hatte, rief sie gleich Senatsrat Ohmsen an, um ihm die Neuigkeit mitzuteilen. Sie erreichte ihn in seinem Büro, obwohl Samstag war. Der Inhalt von Stuckens Festplatte interessierte ihn zu sehr. Er bedankte sich und sagte, dass man einen Weg finden würde, unauffällig präsent zu sein.

Ohmsen empfing im Laufe des Tages noch einen Anruf, nämlich aus München. Wendl fragte ihn, ob er ihm kurzfristig ein Foto von Frau Mayer-Erzthal besorgen könne, da er es jemandem wegen eines Personenvergleichs vorlegen wolle. Ohmsen erwiderte, dass er wahrscheinlich mit sehr aktuellem Material dienen würde, und erzählte dann, was er gerade erfahren hatte. Er war zuversichtlich, dass bei der ohnehin geplanten Beobachtung eine verdeckte Kamera das Gewünschte sicher liefern könne.

Der Blick von der Hotelterrasse auf die Binnenalster an einem sonnigen Sonntagvormittag, wenn der Autoverkehr nur spärlich fließt, ist nicht nur reizvoll, sondern hat auch eine sehr beruhigende Wirkung. Die Welt erscheint sozusagen wie eine ebene Wasserfläche. Die Damen und Herren, die ihr Frühstück mit einer letzten Tasse Kaffee beschlossen hatten oder die mit einem frühen Aperitif weitere kulinarische Genüsse des Tages vorbereiteten, waren nicht sehr zahlreich. Alles in allem mochte es sich um ein knappes Dutzend handeln. Einige hatten sich in den bequemen Sesseln in der Hotelhalle niedergelassen und vertieften sich in das Studium der Sonntagszeitungen. Ergebnisse der Bundesliga, deren Spielbetrieb sich dem Saisonende näherte, widersprüchliche Erklärungen aus Bundesministerien und Parteigremien unterschiedlicher Färbung, neueste Kostenschätzungen bei der Elbphilharmonie wurden überflogen, aber der Fall Stucken war natürlich das Thema Nummer Eins. Im Grunde genommen wusste man außer der Tatsache, dass ein in München aufgefundenes Mordopfer ein namentlich bekannter Hamburger Geschäftsmann war, nichts, aber das hinderte nicht eine ausgiebige Erörterung.

Eine Meldung erregte allgemeine Aufmerksamkeit. Ein Journalist mit Insiderkenntnissen äußerte die Vermutung, dass nunmehr ein Vorgang eine Erklärung gefunden haben könnte, über den er vor einiger Zeit berichtet hatte. Damals war die Rede von einem Unbekannten, der den Finanzbehörden eine CD mit Steuersünderdaten zum Kauf angeboten hatte. Dieser Mann hatte sich dann aber nicht mehr gemeldet. Aus den Andeutungen des Anrufers hatte man entnehmen können, dass es sich bei den Sündern um wohlhabende Hamburger handele, die Mittel bei einem bestimmten Fond angelegt hätten. Der Verdacht hatte nahegelegen, dass es einem Hacker gelungen war, in das Rechenwerk des Fonds, der damals nicht genannt worden war, einzudringen. Nach dem Verschwinden Stuckens hatte es natürlich keine Bewegungen auf den Konten des Fonds mehr gegeben, sodass die Informationsquelle des Hackers versiegt war. Der Journalist sah darin eine Erklärung, dass sich der Anrufer nicht mehr gemeldet habe.

Diese Meldung war auch Gesprächsstoff unter den Herrschaften, die gegen elf Uhr nach und nach die Hotelhalle betraten und sich in den hinteren Teil der Lounge begaben. Dort war man unter sich, da der Raum durch zwei Stichwände optisch etwas abgeteilt wurde. Einer der Ankommenden bemerkte zu seinem

Nachbarn, der Kommentar zu der Steuergeschichte sei bisher das einzig Erfreuliche in dem ganzen Desaster, was dieser mit einem säuerlichen Lächeln quittierte.

Ungefähr dreißig Personen waren es, die sich versammelt hatten, als Rechtsanwalt Arnold Grotkamp die Anwesenden begrüßte und sich dafür bedankte, dass diese Begegnung so schnell und so formlos ermöglicht worden sei. Er wolle auch gleich in medias res einsteigen. Man erinnere sich sicher an die letzte Veranstaltung mit Stucken, die wohl bei allen einen zwiespältigen Eindruck hinterlassen habe, wenn damals auch niemand mit dem Eintritt einer derartigen Katastrophe gerechnet habe. Eine Katastrophe sei es nun wirklich, und zwar in einem doppelten Sinn. Einmal natürlich im Hinblick auf das persönliche Schicksal Stuckens, das wohl, so glaube er annehmen zu dürfen, trotz allem niemand gewünscht habe. Zum anderen sei es aber für sie alle ein wahres Cannae, ein dies ater – Grotkamp liebte, seit er das humanistische Gymnasium Christianeum absolviert hatte, Latinismen und Anspielungen auf die römische Geschichte. Er stellte dann, um einen gleichartigen Kenntnisstand sicherzustellen, die Frage, ob irgendeiner aus dieser Runde Kenntnis von Vorgängen habe, die über die Berichterstattung in der Presse hinausgingen. Allgemeines Kopfschütteln war die Antwort. Auch Heike Jakobs, die inzwischen eingetroffen und von Herrn Grotkamp freundlich begrüßt worden war, schwieg. Ihre Zusicherung strikten Stillschweigens gegenüber Kesselschläger hinderte sie, die italienische Komponente zu erwähnen, mit der sie konfrontiert worden war. Allerdings berichtete sie von den seinerzeitigen Andeutungen Stuckens über eine geplante Reise nach Italien, die er in den Tagen vor seinem Verschwinden gemacht hatte.

Frau Mayer-Erzthal bestätigte diese Hinweise und ergänzte sie, indem sie ihr Gespräch mit Dr. Godeau schilderte. Grotkamp meinte, das sei angesichts der Materie, mit der man es zu tun habe, nicht weiter verwunderlich. Er persönlich rechne ohnehin damit, dass sich die polizeilichen Ermittlungen in diese südliche

Richtung – bei diesen zwei Worten hob er bedeutungsvoll die Augenbrauen – entwickeln und letztendlich dort ihr Ergebnis finden würden. Das alles sei zwar gut und schön, helfe aber bei der Verfolgung der eigenen Interessen gar nichts. Für sie – dabei machte er mit beiden Armen eine allumfassende Bewegung – sei der nervus rerum oder allgemeinverständlich gesagt, der casus knaxus die Wahrung der eigenen Vermögensinteressen. Hier müsse er nun allerdings als Jurist eingestehen, dass die Situation ziemlich beschissen sei. Er entschuldigte sich sogleich für die verbale Entgleisung und bat um Verständnis, weil seine innere Erregung einfach sehr groß sei. In der Tat müsse man nämlich eingestehen, dass man gar nichts in der Hand habe. Es sei ja noch nicht einmal bewiesen, dass man nachhaltig geschädigt sei. Daher sei auch gar nicht daran zu denken, dass man einen vollstreckbaren Titel erreichen könne, und ohne einen solchen seien auch irgendwelche vorsorglichen, auf Vermögenssicherung gerichtete Maßnahmen illusorisch. Auch strafrechtlich komme man nicht weiter. Man könne nach Lage der Dinge zwar an eine Anzeige gegen Unbekannt wegen des Verdachts auf Betrug oder Untreue denken, aber das helfe auch nichts, denn der einzige Verdächtige sei erstens bekannt und zweitens tot, jedenfalls nach amtlicher Verlautbarung. Er könne sich daher in der Sache nicht mehr äußern.

Grotkamp hatte sich, was in seinen Plädoyers häufig vorkam, in eine wahre Begeisterung hineingesteigert, was zwar seiner Stimmungslage überhaupt nicht entsprach, aber ein schönes Beispiel dafür bot, wie mächtig in ihm in allen Lebenslagen sein berufliches Engagement wirkte. Er machte eine Pause und blickte mit bedeutungsschwer gesenkten Lidern vor sich hin. Sein Publikum war beeindruckt. Ein Herr murmelte mit zusammengebissenen Zähnen: »Da müsste man doch …«, aber weiter kam er nicht. Schließlich gab sich Grotkamp einen Ruck und frage der Vollständigkeit halber, wie er meinte, an Heike Jakobs gerichtet: »Wie ist eigentlich die Verfügungsmacht über die Konten geregelt?«

Die Angesprochene antwortete: »Herr Stucken hatte nach der Satzung, wie Sie wohl wissen, Alleinvertretungsmacht. Ob er für den Fall seiner Verhinderung an irgendjemand eine Vollmacht gegeben hat, weiß ich nicht. Der Einzige, der dazu vielleicht etwas sagen könnte, ist Dr. Godeau als Treuhänder. Ich will mich gern mit ihm in Verbindung setzen.«

Grotkamp nickte. »Tun Sie das. Ja, und es tut mir leid, meine Damen und Herren, dass ich Ihnen nichts Angenehmeres berichten kann. Aber so ist es nun einmal. Wir werden wohl alle unser Lehrgeld bezahlen müssen.«

Damit war er am Ende seiner Vorstellung angelangt, und er machte sich daran, die Bühne zu verlassen, das heißt, er suchte achselzuckend den Weg zum Ausgang. Die anderen Teilnehmer folgten mit etwas Abstand einzeln oder in Gruppen. Karin sagte zu ihrer Freundin Helga: »Hornberger Schieße, zweiter Teil.«

Diese reagierte nicht.

Die Halle war fast leer. Mittagsgäste, die das Restaurant mit seiner ausgezeichneten Küche zu besuchen pflegten, waren noch nicht unterwegs. So beachtete niemand den einzelnen Herrn, der vor der einen Stirnwand in der Ecke in einem Sessel saß und durch die große Panoramascheibe auf die Straße blickte. Er hatte den Kopf in seine rechte Hand gelegt und seinem rechten Arm eine Stütze gegeben, indem er dessen Ellbogen mit seiner linken Hand umfasste. Dadurch vermittelte er einen Eindruck ruhiger Konzentration. Während des Vortrags von Rechtsanwalt Grotkamp, der wegen seiner Intensität auch in dem vorderen Teil der Lounge verstanden werden konnte, schien er eingenickt zu sein. Als sich aber die Versammlung in Bewegung setzte und an ihm vorbei zum Ausgang strebte, hatte er sich abgewandt und die beschriebene Körperhaltung eingenommen. Er blieb noch eine Weile so sitzen, aber nachdem die letzten Besucher die Hotelhalle verlassen hatten, stand auch er auf und ging ebenfalls.

XI.

Wendl hatte das gewünschte Foto von Frau Mayer-Erzthal am Montagmorgen in der Hand. Die Hamburger Kollegen hatten nach Beendigung des Anlegertreffens die Filme der Überwachungskameras, die die Hotelhalle erfassten, von der Hoteldirektion erhalten und konnten daher ein entsprechendes Bild auswählen unverzüglich nach München schicken. Der Kommissar rief seinen Kollegen Mauritz zu sich, zeigte ihm den Gegenstand der prompten Hamburger Lieferung und bat ihn, das Bild dem Kellner Mike zu zeigen, sobald das Schumanns öffnete. Ob der darauf die Dame, die an dem ominösen Abend in der Bar war, wiedererkennen würde, obwohl ihr Outfit sicher verändert war, darauf durfte man gespannt sein.

Mauritz meinte: »Das ist sicher nicht ganz leicht. Sie erinnern sich an Mikes Vermutung wegen der Perücke?«

»Ja, ich erinnere mich. Nehmen Sie auf jeden Fall die Susi mit. Die kann seine Gedächtnisleistung vielleicht mit einigen anregenden Fragen steigern.«

»Logisch, Schumanns ohne Susi, das geht gar nicht.«

Als Mauritz und Susi oder, besser gesagt, Susi mit Mauritz im Schlepptau die Bar betraten, war noch nicht viel los. Es war noch viel zu früh für Publikumsverkehr. Hinter der Theke hantierte ein Kellner mit Gläsern, den selbst Susi nicht kannte.

»Hallo, ist der Mike schon da?«

Der Angesprochene hob den Blick kaum, als er sagte: »Nein, der Mike ist nicht mehr bei uns. Ich bin gewissermaßen sein Nachfolger. Ich heiße übrigens Kevin. Kann ich helfen?«

»Wahrscheinlich nicht. Das heißt ... wo ist der Mike denn?«

»Das wissen wir auch nicht. Zuerst hat er gesagt, er brauche ein Sabbatical, aber das war nicht ernst gemeint, und er hat selbst darüber gelacht. Doch dann kam er zur Sache. Er sagte, er habe einen Tipp bekommen für Thailand, für so eine Touristenhochburg. Ich weiß den Namen nicht mehr, aber es ist da, wo der Tsunami war. Da geht jetzt angeblich wieder die Post ab. Er meinte, das würde der Ballermann des Ostens. Aber noch mal: Kann ich Ihnen weiterhelfen?«

Susi schaute Mauritz an und der schaltete sich in das Gespräch ein: »Wir waren vor ungefähr einem Monat hier, weil wir uns nach einer bestimmten Person erkundigen wollten, die bei Ihnen Gast gewesen war. Wir sind übrigens von der Polizei, das hatte ich noch gar nicht gesagt.«

Er griff in die Tasche nach seinem Dienstausweis, aber Kevin winkte lässig ab.

»Also Mike hatte uns eine Beschreibung gegeben und da wollten wir noch mal nachfassen. Wir haben jetzt nämlich ein Bild von der Dame.«

»Zeigen Sie mir es trotzdem.« Kevin griff nach dem Bild, schaute es an und schüttelte den Kopf. »Ich bin mir sicher, die habe ich noch nie gesehen.«

»Na ja, da haben wir eben Pech gehabt.«

Susi nahm das Bild, bedankte sich für die bereitwillige Auskunft und wandte sich zum Gehen. Mauritz folgte ihr. Auf dem Rückweg ins Präsidium sprachen sie kaum. Die Enttäuschung war zu groß. Susi stoppte nicht einmal beim Lodenfrey, um einen Blick in die Auslagen zu werfen.

Kommissar Wendl blieb eigentlich immer gelassen, aber die Nachricht brachte auch ihn aus der Fassung.

»So ein Mist«, zischte er mehr als er sprach. »Jetzt hatte ich wirklich geglaubt, wir hätten sie.« Dann trat er ans Fenster und überlegte. »Wissen Sie was, jetzt machen wir es anders. It's pokertime!«

Mauritz und Susi sahen erst sich und dann ihren Chef fragend an. Aber der hielt schon den Telefonhörer in der Hand und wählte eine Nummer. Dreimal summte es, dann wurde am anderen Ende abgehoben.

»Hallo, hier Hauptkommissar Wendl, Kripo München, kann ich mit Herrn Hofmann sprechen?« Die Frage schien bejaht worden zu sein, denn nach einer kurzen Pause fuhr Wendl fort: »Herr Hofmann, ich mache es kurz. Ich muss unbedingt unser kürzlich geführtes Gespräch mit Ihnen fortsetzen, und zwar noch heute Vormittag.«

Hofmann schien Einwände zu erheben, aber Wendl machte kurzen Prozess: »Herr Hofmann, ich glaube, es ist im Interesse aller Beteiligten, vor allem aber in Ihrem, wenn Sie freiwillig kommen. Ich erwarte Sie in einer Stunde.«

Er legte auf und sagte zu den beiden: »Mit dem Bürschel werde ich andere Saiten aufziehen. Mauritz, Sie kommen bitte dazu.«

Hofmann erschien pünktlich und Wendl kam sofort zur Sache: »Herr Hofmann, ich komme auf das Gespräch zurück, welches wir vor knapp zwei Wochen geführt haben. Damals ging es um die Identität eines Ermordeten, der Sie kurz vor seinem Tod besucht hatte. Sie waren nicht bereit, uns etwas über die Person dieses Mannes zu sagen. Aber Sie deuteten an, dass er etwas mit der Vermögensverwaltung Ihrer Schwiegermutter zu tun haben könnte, und Sie meinten, dass Sie sich nicht berechtigt hielten, hierüber zu sprechen. Ist das insoweit richtig?«

Hofmann nickte zustimmend, bemerkte aber: »Ja, das stimmt, was Sie sagen, aber ich möchte festhalten, dass nicht ich meine Schwiegermutter ins Spiel gebracht habe, sondern dass Sie den Zusammenhang zur Firma *Fiducia* hergestellt haben.«

»Gut, geschenkt. Aber nun zum Wesentlichen. Sie wissen, dass die Identität des Toten inzwischen geklärt ist?«

»Ja, ich habe es gelesen. Das ist schon eine tolle Geschichte. Der Fondsverwalter, bei dem zahlreiche wohlhabende Hamburger Geld angelegt haben, die *Fiducia* auch.«

»Und dieser Fondsverwalter besucht kurz vor seinem gewaltsamen Tod Sie, der Sie doch selbst mit seinen Geschäften gar nichts zu tun hatten. Das müssen Sie mir jetzt schon erklären. Wie ist der denn überhaupt auf Sie gekommen?«

Hofmann nickte wieder und sagte mit einer etwas künstlich wirkenden Verzögerung: »Das muss ich wohl. Zunächst, wie er auf meine verwandtschaftliche Beziehung zu der Familie Mayer-Erzthal gekommen ist, weiß ich nicht. Spielt auch keine Rolle. Jedenfalls kam er eines Tages zu mir und erzählte mir eine lange Geschichte über die Probleme, die er mit seinem Fonds hätte, in Umrissen auch, dass er die Mittel in Süditalien investiert habe und so weiter. Ich hörte mir dies eine Weile an und fragte ihn dann, warum er mir das erzähle. Er rückte damit heraus, dass er von den Anlegern in Hamburg bedrängt würde. Ihm sei mit Strafanzeigen gedroht worden. Besonders heftige Vorwürfe seien ihm von meiner Schwiegermutter gemacht worden. Er betonte, dass er seine Verpflichtungen den Anlegern gegenüber gar nicht infrage stelle, er brauche einfach etwas Zeit. Ob ich als Geschäftsmann, der doch Verständnis haben müsste, nicht beruhigend auf meine Schwiegermutter einwirken könnte, hat er gemeint. Wenn man die Dinge auf die Spitze treiben würde, wäre doch niemandem gedient, den Anlegern auch nicht. In diesem Sinne hat er geredet.«

»Und, was haben Sie geantwortet?«

»Na, was man halt so sagt in der Situation. Ich würde mit ihr mal reden. Im Grunde wollte ich ihn nur loswerden. Es war ja nicht mein Problem.«

Wendl war der aalglatte Typ äußerst unsympathisch, aber er beherrschte sich.

»Das klingt ja alles sehr harmlos, aber so harmlos ging es, wie Sie wissen, nicht weiter. Kurz darauf war der Mann tot. Das Eigenartige ist nur, dass Stucken an dem Abend, als er ermordet wurde, mit Frau Mayer-Erzthal in einem Lokal in unmittelbarer Nähe des Tatortes gesehen wurde. Haben Sie dafür eine Erklärung? War sie an diesem Tag, es war der 9. März, bei Ihnen?«

Hofmann tat so, als überlege er angestrengt.

»Meine Schwiegermutter ist öfter bei uns, sie hat ein sehr gutes Verhältnis zu ihrer Tochter, aber sie besucht uns nicht jedes Mal, wenn sie nach München kommt. Manchmal trifft sie sich hier mit Freunden. Sie mag die Stadt, Theater, Konzert, Museen und so. Ob sie an dem von Ihnen genannten Datum bei uns war, kann ich Ihnen beim besten Willen nicht sagen. Ich weiß nicht einmal, ob ich selbst zu diesem Zeitpunkt in der Stadt war, das müsste ich in meinem Büro überprüfen. Eines kann ich mit Bestimmtheit sagen. Als ich ihr von dem Besuch Stuckens und seiner Bitte um meine Vermittlung erzählte, meinte sie, sie müsse sich mit ihm mal hier treffen.«

Wendl hakte nach: »Warum in München, wo doch beide in Hamburg wohnen?«

»Weiß ich nicht. Sie können sie ja selbst fragen. Ich könnte mir vorstellen, dass sie dabei nicht gesehen werden wollte, was natürlich in München viel leichter zu machen war als in Hamburg. Außerdem hatte Stucken in unserem Gespräch mir gegenüber erwähnt, dass er nicht selten in München sei, wenn er sich nämlich mit seinen italienischen Geschäftspartnern traf. München liegt ja gewissermaßen auf halbem Weg.«

Wendl unterbrach seinen Redefluss: »Das ist insofern interessant, als wir wissen, dass Frau Mayer-Erzthal nicht allein war, als sie sich mit Stucken traf, jedenfalls nicht an dem besagten Abend.«

»Sehen Sie, da haben Sie es doch. Wahrscheinlich hat ein deutsch-italienisches Gipfeltreffen stattgefunden.«

Hofmann lehnte sich zurück und lachte über seine Pointe, aber Wendl war gar nicht amüsiert.

»Ein Gipfeltreffen mit tödlichem Ausgang!«

Sein Gegenüber gab sich wieder ernst, was nicht sehr überzeugend wirkte.

»Entschuldigen Sie, das hatte ich ganz vergessen.«

Er ließ einen Augenblick nachdenklichen Schweigens folgen

und sagte dann: »Ich will Ihnen nicht ins Handwerk pfuschen, aber ist es nicht richtig, was ich einmal gelesen habe, dass nämlich Mafiakiller ihre Opfer oft unkenntlich machen, um die Aufklärung zu erschweren?«

Wendl ging über diese Bemerkung hinweg und fragte langsam und nachdrücklich: »Sie haben Ihre Schwiegermutter am Abend des 9. März nicht in der Stadt getroffen? Können Sie das ausschließen? Und Sie waren auch nicht allein in der Stadt?«

Hofmann zuckte etwas zurück, als er antwortete: »Ich sagte eben, dass ich nicht wüsste, ob ich zu diesem Zeitpunkt in der Stadt war. Damit meinte ich in München. Sicher weiß ich, dass ich mich an diesem Abend nicht mit Helga getroffen habe.«

»Und Sie können beweisen, wo Sie an diesem Abend waren?«

»Was soll das? Brauche ich jetzt ein Alibi?«

»Alibis sind nie schlecht. Also können Sie?«

»Wahrscheinlich war ich mit meiner Frau zusammen. Ich muss mit ihr sprechen und, wie gesagt, meinen Terminkalender durchsehen.«

Wendl stand auf.

»Herr Hofmann, für heute habe ich keine Fragen mehr an Sie. An Ihre Frau schon. Bis zum nächsten Mal.«

Hofmann stand auch auf und ging auf die Wand zu.

»Da, auf der anderen Seite ist die Tür«, rief Wendl, und Hofmann drehte sich um.

»Danke, ich war im Moment …«, murmelte er. Dann war er draußen.

Wendl wandte sich an Mauritz. »Der Kerl ist eiskalt, aber als die Rede auf seine Frau kam, wurden seine Ohren etwas rot.«

Mauritz nickte.

»Dunkelrot. Ich glaube, unsere nächste Gesprächspartnerin kennen wir.«

»Unsere übernächste«, korrigierte Wendl. »Die nächste ist Frau Mayer-Erzthal. Ich fliege noch heute nach Hamburg. Ich

bin doch neugierig, was sie zu der italienischen Variante sagt. Dass der Herr Hofmann die sogenannte Mafiamethode einführte, war doch ein bisschen zu kooperativ, finden Sie nicht?«
»Ja, er hat eindeutig versucht, eine bestimmte Spur zu legen, auf der seine Schwiegermutter wandelt.«
Wendl schmunzelte.
»Ein fast poetisches Bild, aber stimmig. So, und jetzt muss ich mich um den Flug kümmern und mit Kesselschläger sprechen, dass er alles arrangiert.«
»Soll ich inzwischen mit Frau Hofmann …?«
»Nein, warten Sie, bis ich wieder da hin. Ich möchte zuerst wissen, was Frau Mayer-Erzthal zu dem Abend zu sagen hat.«
Mauritz hätte eigentlich gehen können, aber er hatte das Gefühl, seinen Chef bewege noch etwas. Er täuschte sich nicht, zu lange waren die beiden aufeinander eingespielt. Wendl sagte plötzlich: »Erinnern Sie sich, wie wir nach unserem ersten Besuch im Schumanns die Galeriestraße entlangliefen und glaubten, den Tathergang rekonstruiert zu haben, und wie wir dann erkannten, dass alles nur eine Hypothese war? Jetzt geht es mir wieder so, es ist mir alles zu glatt. Aber ich muss trotzdem nach Hamburg. Ich muss das Gespräch dort führen.«

»Herr Direktor Mahlström lässt bitten.« Die junge Dame lächelte den Besucher freundlich an und machte mit ihrer Hand eine einladende Bewegung in Richtung der hinter ihr liegenden Tür. Der Besucher erhob sich, faltete die Zeitung, in der er gelesen hatte, zusammen und legte sie auf den Tisch der Sitzgruppe, die den Gästen der Bank das Warten so angenehm wie möglich machte. Er folgte der jungen Dame und betrat das Zimmer des Leiters der Abteilung Investors Relations. Die Tür schloss sich.
Der Besucher verneigte sich leicht und sagte: »Gestatten Sie, dass ich mich vorstelle, Salvatore Pasqua. Ich leite das Italienbüro des Fonds *Life Mezzogiorno*.«

Er nahm eine Visitenkarte aus seiner Brusttasche und reichte sie seinem Gegenüber. Der hatte bei der Nennung des Firmennamens erschrocken in seiner Bewegung innegehalten, gab sich dann aber einen Ruck und antwortete: »Angenehm. Bitte nehmen Sie doch Platz.«

Man saß sich gegenüber, es gab einen Augenblick der Stille, dann murmelte Mahlström: »*Life Mezzogiorno*. Eine furchtbare Geschichte, nicht wahr?«

»Ja, allerdings, das kann man wohl sagen.«

Pasqua ließ ebenfalls ein der Situation angemessenes Schweigen folgen.

»Darf ich Ihnen etwas anbieten?«, nahm der Banker das Gespräch wieder auf.

»Nein, danke, sehr freundlich, aber ich komme gerade vom Frühstück.«

Damit waren die Präliminarien abgeschlossen.

»Haben Sie schon eine Idee, was hinter dieser furchtbaren Tat stecken könnte?«

Mahlström kam vorsichtig zur Sache.

»Nein, definitiv nein. Ich kenne weder einen geschäftlichen noch einen persönlichen Grund, nichts. Haben Sie Herrn Stucken persönlich gekannt?«

»Nein, ich bin erst seit Kurzem wieder in Hamburg. Ich war einige Jahre für unser Haus in den Staaten. Aber ich habe natürlich einiges gehört. Die Geschäftsbeziehungen zwischen uns waren ja immer erfreulich reibungslos.«

»Das ist auch mein Eindruck nach den vielen Gesprächen, die ich mit Herrn Stucken geführt habe. Ich hoffe sehr, dass das auch so bleibt.«

»Warum sollte es nicht? Aber hören Sie, woher haben Sie Ihr ausgezeichnetes Deutsch?«

Pasqua lächelte geschmeichelt. »Meine Mutter war Schweizerin, Deutschschweizerin, und meine Eltern haben mich zweisprachig erzogen. Ich liebe es, für deutsche Unternehmen zu arbeiten. Und jetzt muss ich es allein tun, bis wieder ein neuer Geschäftsführer bestellt worden ist.«

Mahlström schwenkte auf den Pfad Business as usual ein: »Ich nehme an, dass Herr Stucken für alle Eventualitäten vorgesorgt hat?«

»Hat er, und darüber bin ich sehr froh, denn es sind natürlich laufend Verfügungen nötig, vor allem jetzt, wo sich doch einiges aufgestaut hat. Ich habe eine Generalvollmacht, die ich Ihnen übergeben darf.«

Mahlström las: »Ich, Hans Peter Stucken (Geburtsdatum, Adresse) ernenne hiermit Signore Salvatore Pasqua – im Nachstehenden kurz ›Vollmachtnehmer‹ genannt – zu meinem Generalbevollmächtigten und ermächtige ihn zur Besorgung aller Angelegenheiten den Fonds *Life Mezzogiorno* betreffend, mit der Befugnis, insoweit alle Rechtsangelegenheiten vorzunehmen, bei welchen eine Stellvertretung gesetzlich zulässig ist. Von den Beschränkungen des § 181 BGB ist der Vollmachtnehmer befreit. Diese Vollmacht und das ihr zugrunde liegende Auftragsverhältnis bleiben in Kraft, auch wenn ich geschäftsunfähig geworden oder verstorben sein sollte. Hamburg, 16.12.2007, Unterschrift.«

Dann sagte er: »Das ist einwandfrei der Standardtext einer Generalvollmacht.«

Sein Gegenüber lächelte verbindlich und schob noch ein Blatt Papier über den Tisch. »Es ist zwar meines Wissens nach deutschem Recht nicht zwingend, aber Stucken war immer überkorrekt. Er hat seine Unterschrift notariell beglaubigen lassen.«

Mahlström warf auch auf dieses Dokument einen prüfenden Blick und sagte dann: »Herr Pasqua, Sie haben sicher Verständnis, wenn ich Sie bitte, sich persönlich auszuweisen.«

Der neigte zustimmend seinen Kopf, zog seinen Pass aus der Innentasche seines Jacketts und reichte ihn über den Tisch. Als er merkte, dass Mahlström prüfend das Passfoto mit ihm verglich, diskret natürlich, aber bemerkbar, nahm er seine Brille ab.

»Verzeihen Sie, ich hätte gleich daran denken sollen, aber mein Augenarzt hat mir empfohlen, wegen einer Bindehautentzündung vorübergehend eine dunkel getönte Brille zu tragen.«

Der Angesprochene hob leicht die rechte Hand und gab mit der anderen den Pass zurück.

»Selbstverständlich, aber jetzt müssen Sie mir sagen, welche Verfügungen veranlasst sind, damit alles normal weiterlaufen kann?«

Pasqua schob seinen Körper etwas nach hinten, als wolle er Anlauf nehmen und sagte: »Es gibt dringenden Handlungsbedarf, nachdem einige Wochen nichts passiert ist. Wir hatten während einer gewissen Phase eine Flaute in unserem Geschäft. Wir konnten nicht in dem Umfang, wie wir es geplant hatten, neue Versicherungspolicen erwerben, aber das ist überwunden. Das Geschäft zieht wieder deutlich an. Das hat natürlich zur Folge, dass ich Liquidität benötige.«

»An welchen Betrag hatten Sie gedacht?«

»Das aktuelle Ankaufsvolumen beläuft sich auf sieben Millionen Euro.«

Der Banker holte sich das Kontoblatt auf den Bildschirm. »Die Deckung ist vorhanden. Aber ich muss Sie darauf aufmerksam machen, dass hier in Hamburg unter Ihren Anlegern eine starke Verstimmung darüber herrscht, dass es bei den Ausschüttungen klemmt.«

»Das ist mir bekannt. Es kommt natürlich daher, dass die Leute wochenlang nichts gehört haben. Mir ging es ja genauso. Aber das wird sich jetzt ändern. Sobald ich wieder in Rom bin, werde ich einen Rundbrief versenden, in dem ich die Lage ausführlich darlege. Dafür, dass die Liquidität vorrangig für das Neugeschäft eingesetzt wird, haben sicher alle Verständnis, auch wenn sich dadurch die Ausschüttungen weiter verzögern.«

»Das ist sicher richtig. Sie sind wohl an einer schnellen Abwicklung interessiert?«

»Ja, ich wäre sehr dankbar, wenn das noch heute geschehen könnte.«

»Für Auslandsüberweisungen ist es schon spät, aber ich will sehen, was ich tun kann. Fliegen Sie noch heute zurück?«

»Leider nein, es gibt ja noch immer keinen direkten Flug von Hamburg nach Rom. Ich fliege morgen über Frankfurt und gehe vorher noch in unser Büro, um einige Dinge mit Signorina Jakobs zu besprechen. Ich bedanke mich für das angenehme Gespräch.«

Damit verabschiedete er sich. Mahlström blickte ihm nach und dachte: Sein Deutsch ist wirklich erstaunlich. Aber es ist alles einwandfrei.

Zur gleichen Zeit, als dieses Gespräch in Hamburg stattfand, hatte Kommissar Wendl in München am Gate auf seinen Abflug nach Hamburg gewartet. Er konnte zwar erst am späten Nachmittag eintreffen, aber er wollte die Begegnung mit Frau Mayer-Erzthal keinesfalls mehr aufschieben. Kesselschläger hatte das Treffen arrangiert. Neben ihm, der Dame und Wendl, nahm auch Ohmsen daran teil. Er hatte eigentlich geplant, mit Heike Jakobs die Videobänder der Überwachungskameras durchzusehen, weil er einen Überblick gewinnen wollte, wer zu dem Kreis der Fondsanleger gehört. Auf Bitten von Heike hatten sie den Termin aber auf den nächsten Vormittag verschoben. So ergab sich für ihn die Gelegenheit, dabei zu sein, wenn der Kollege aus München, den er bisher nur vom Telefon kannte, auftrat. Er war sehr gespannt.

Kesselschläger wollte gerade zu einer Begrüßung sowie zu einer Erklärung ansetzen, warum man diese Besprechung so kurzfristig und verhältnismäßig spät angesetzt habe, aber er kam gar nicht zu Wort. Er traute seinen Augen und Ohren nicht, denn die Dame, die vor ihm und seinen Kollegen saß, hatte mit seiner Gesprächspartnerin, mit der er vor drei Tagen telefoniert hatte, nicht mehr das Geringste zu tun. Sie sprühte vor Temperament und legte los wie die Feuerwehr, wobei sie sich gleich an Wendl wandte: »Mein Schwiegersohn hat mich angerufen und mir von dem Gespräch berichtet, dass Sie heute Vormittag mit ihm geführt haben. Ich muss sagen, ich bin außer mir. Ihre Verdächtigungen, die Sie gegen mich gerichtet haben, sind ungeheuerlich. Wie kommen Sie dazu zu behaupten, ich sei am 9. März mit Stucken in der Nähe des Tatorts gesehen worden?«

Es war nicht zu leugnen, dass ihr Auftritt die anwesenden Herren beeindruckte.

Wendl fing sich als Erster: »Genauer gesagt, am Abend des 9. März, kurz vor Stuckens Ermordung. Sie waren doch in München?«

»Ich fuhr am Donnerstag, den 11. März nach München, weil ich mich an diesem Tag mit Stucken und Dr. Godeau verabredet hatte, um endlich Klarheit zu gewinnen, was bei dem Fonds los sei. Ich traf aber nur Dr. Godeau. Bei der Vereinbarung des Treffpunkts hatte es eine Unklarheit gegeben.«

Wendl ließ nicht locker. »Mag sein, dass dieses Treffen für Donnerstag verabredet war, aber Sie waren schon zwei Tage vorher in München.«

»Eben nicht. Hat Ihnen denn das mein Schwiegersohn nicht gesagt? Ich hatte doch mit ihm telefoniert und ihm gesagt, dass mir etwas dazwischengekommen sei. Er meinte, dass meine Tochter darüber sehr traurig sein würde, sie hätte sich so auf ein paar Tage mit mir gefreut. Ich sagte, ich käme ja nur zwei Tage später, das sei nicht schlimm, denn ich könnte die zwei Tage ja dranhängen.«

»Was war Ihnen denn dazwischengekommen?«

»Eine Freundin hatte mich angerufen und gefragt, ob ich Interesse an einer Karte für die Staatsoper hätte. Sie könne an dem Abend nicht.«

»An welchem Abend?«

»Na am 9., am Dienstag. Wovon rede ich denn die ganze Zeit?«

Wendl überhörte den gereizten Ton und fragte: »Was wurde denn gegeben?«

»›Le nozze di Figaro‹, in der Originalsprache.«

Ohmsen hakte nach: »Das ist die Inszenierung von Claus Guth, nicht wahr?«

»Nein, Claus Guth macht in Hamburg zurzeit den ›Ring‹, den ›Figaro‹ hat Johannes Schaaf inszeniert. Dirigiert hat Peter Schneider.«

Die Überraschung nahm zu, doch Wendl machte ungerührt weiter: »Sie haben an dem Abend sicher Bekannte in der Oper getroffen?«

»Natürlich, mindestens ein halbes Dutzend. Übrigens, den ›Figaro‹ hat ein Landsmann von Ihnen gesungen, Herr Wendl. Schwinghammer hat er geheißen, gar nicht übel.«

Nun wollte auch Kesselschläger noch einen Beitrag leisten. »Schreiben Sie uns doch bitte die Namen derjenigen, die Sie getroffen haben, mit Telefonnummern auf und auch die entsprechenden Angaben der Freundin, von der Sie die Karte bekommen haben.«

Frau Mayer-Erzthal lächelte nachsichtig. »Selbstverständlich gern, wenn es der Wahrheitsfindung dient.«

Der Spott hatte die Empörung verdrängt.

»Ich nehme an, dass ich Ihren Wissensdurst befriedigt habe.«

Stummes Kopfnicken. Sie ging nicht, sie rauschte davon.

»Stark.« Wendl war beeindruckt und seine beiden Kollegen auch.

»Die Dame ist entweder extrem raffiniert, wenn sie sich das alles zurechtgelegt hat, oder wir sind wieder einen Verdächtigen los.«

Kesselschläger stimmte ihm zu und meinte: »Wir werden die Angaben natürlich überprüfen, aber, wenn Sie mich fragen, das Alibi ist wasserdicht. Sie scheinen die Reise umsonst gemacht zu haben, Herr Kollege.«

»Vielleicht doch nicht ganz«, wandte Wendl ein. »Die Bemerkungen über ihr Gespräch mit dem Herrn Schwiegersohn bieten interessante Anknüpfungspunkte. Da muss einiges hinterfragt werden.«

»Aber nicht mehr heute. Für heute hängen Sie in Hamburg fest«, Ohmsen lenkte ab.

»Mit der Staatsoper kann ich zwar nicht dienen, die ist ausverkauft, aber wie wäre es mit einem Besuch im Ohnesorgtheater? Die spielen zurzeit ›Die Kaktusblüte‹, zwar nicht mit Ingrid Bergmann, aber auf plattdeutsch.«

Wendl verzog schmerzlich sein Gesicht. »Ich schaue morgen noch einmal vorbei, vielleicht gibt es weitere Überraschungen!«

Senatsrat Ohmsen schaute auf seine Uhr. Es war zehn nach zehn, und Heike Jakobs war noch nicht da. Sie hatten sich verabredet, um die Filme der Videokameras aus der Hotelhalle durchzusehen. Ohmsen wollte sich einen Überblick über die Anleger bei Stuckens Fond verschaffen. Nach weiteren zwanzig Minuten kam sie schließlich, außer Atem und ziemlich aufgeregt.

»Entschuldigen Sie bitte, Herr Ohmsen, ich wurde aufgehalten.«

»Kein Grund zur Aufregung«, erwiderte der immerhin schon etwas ältere Herr, der sich die Gelegenheit zu einer Geste der Höflichkeit gegenüber der jungen Dame nicht entgehen lassen wollte.

Sie hatte aber kein Ohr dafür und fuhr fort: »Hören Sie einmal, wodurch ich aufgehalten wurde.«

»Ich höre gern.« Ohmsen bemühte sich weiter um einen kavaliersmäßigen Ton.

»Also, heute Morgen, ich war gerade ins Büro gekommen, erhielt ich einen Anruf von Direktor Mahlström von unserer Bank. Die Zuständigkeit hat da gewechselt, ich kenne ihn also persönlich noch gar nicht. Es klang zunächst ganz harmlos. Er wollte sich nur vergewissern, ob unsere IBAN-Nummer noch stimmt, wegen einer Auslandsüberweisung, meinte er. Ich war erstaunt, denn ich hatte keine Überweisung veranlasst, und ich sagte ihm das. Da war nun er wiederum erstaunt. Er fragte, ob Signore Pasqua mir nicht Bescheid gesagt hätte. Jetzt war ich wieder platt. Ich antwortete ihm, dass er wohl über unsere Verhältnisse noch nicht so richtig Bescheid wisse. Herr Pasqua sei unser Repräsentant in Rom und seit Monaten nicht mehr in Hamburg gewesen. Mahlström war völlig verblüfft und sagte mir dann, dass Pasqua gestern bei ihm gewesen sei und eine Überweisung von sieben Millionen Euro auf unser Konto in Rom veranlasst habe. Er fügte noch hinzu, dass Pasqua gesagte habe, er wolle heute noch einmal bei mir vorbeikommen und anschließend nach Rom zurückfliegen. Bis ich eben wegging, war er nicht erschienen. Was sagen Sie dazu?«

Der Senatsrat sagte erst mal gar nichts. Dann rief er seine Sekretärin herein und bat sie, bei der Lufthansa überprüfen zu lassen, ob auf den heutigen Passagierlisten der Flüge nach Rom über München oder Frankfurt ein Salvatore Pasqua stehe. Dann ließ er sich mit Direktor Mahlström verbinden. Heike Jakobs bat er inzwischen um eine Beschreibung der Erscheinung des Herrn Pasqua. Wie sich anschließend herausstellte, ergaben sich keine auffälligen Unterschiede zwischen dieser Beschreibung und der Schilderung Mahlströms. Trotzdem legte Ohmsen dem Banker nahe, die Überweisung um einen Tag zu verzögern, weil eben doch einige Ungereimtheiten zu konstatieren wären. Mahlström glaubte, das angesichts der Situation verantworten zu können. Die Lufthansa bestätigte, dass ein Salvatore Pasqua mit der ersten Maschine nach München gestartet war und den nächsten Flug von dort nach Rom gebucht hatte. Nach dem Flugplan hatte er den Flug LH 385 genommen, der um 12:25 Uhr in Rom landen sollte.

Ohmsen schaute auf seine Uhr. »Er muss gerade über den Alpen sein. Nun gut, lassen wir das einmal dahingestellt. Ich werde die Geschichte dem Kollegen Kesselschläger mitteilen, aber wir sind ja aus einem anderen Grund zusammengekommen. Mich würde nämlich wirklich interessieren, wer da alles an diesem Fond beteiligt ist. Sie können mir dabei sicher helfen?«

»Schauen wir mal«, Heike lachte. »Ich verrate ja keine Geheimnisse.«

Auf dem Bildschirm sah man, wie sich die Besucher versammelten, in Gruppen zusammenstanden und sich unterhielten. Heike gab auf Ohmsens Fragen ihre Kommentare ab. Den größten Teil des Films füllte der Vortrag des humanistischen Rechtsanwalts aus, aber der interessierte Ohmsen am wenigsten. Mit mehr Aufmerksamkeit verfolgten die beiden das Ende der Veranstaltung. Auf dem Film erschien nun der vordere Teil der Hotelhalle, durch den sich die Besucher zum Ausgang bewegten. Plötzlich legte Heike ihre Hand auf den Arm Ohmsens.

»Halten Sie mal an«, sie starrte auf das Bild.

»Fällt Ihnen etwas Besonderes auf?«, fragte Ohmsen.

»Sehen Sie den einzelnen Herrn auf dem Sessel in der Ecke?«

»Ja, er gehört wohl nicht zu der Anlegerschar.«

»Das glaube ich auch nicht. Betrachten Sie einmal seine Körperhaltung.«

»Ist daran etwas Auffälliges? Er scheint nachzudenken, wirkt aber ziemlich entspannt.«

»Ja, das ist es gerade. Genau so sah Stucken aus, wenn er jemandem zuhörte. Er legte den Kopf in die rechte Hand und stützte den rechten Arm mit seiner linken Hand, indem er sie unter den rechten Ellenbogen schob.«

Heike machte die Körperhaltung nach. Ohmsen versuchte, die junge Dame zu beruhigen, aber die ließ sich nicht von der Spur, der sie folgte, abbringen.

»Können Sie das Bild näher heranholen, ich meine vergrößern?«

»Selbstverständlich. Reicht es so?«

Heike fuhr auf und rief: »Sehen Sie die Narbe am Hals unter dem linken Ohr? Stucken hat mir einmal erzählt, dass er als Kind operiert worden sei, Schiefhals nannte sich das, glaube ich. Er hatte genau diese Narbe. Herr Ohmsen, dieser Mann ist Stucken.«

Jetzt war es auch mit Ohmsens Ruhe vorbei. Er versuchte, Ordnung in seine Gedanken zu bringen. Ein Mann, der als Signore Pasqua auftritt, der er vielleicht ist, vielleicht auch nicht, veranlasst mit einer Vollmacht seines Chefs Stucken eine größere Geldüberweisung ins Ausland und verschwindet auffallend schnell eben dorthin. Ein Mann, der gelassen in einer Hamburger Hotelhalle sitzt, wird plötzlich von seiner engsten Mitarbeiterin als derjenige erkannt, dessen Tod vor Kurzem nach allen Regeln naturwissenschaftlich begründeter kriminologischer Kunst nachgewiesen wurde. Ohmsen erinnerte sich an Gespenstergeschichten aus seiner Kindheit, in denen die Geister Verstorbener als Wiedergänger in der Welt erschienen.

Er sprang auf und rief Heike zu: »Kommen Sie bitte mit.«

Sie liefen in Kesselschlägers Büro. Bei dem saß gerade noch der Kollege Wendl aus München, um sich zu verabschieden. In seiner Heimatstadt wartete das Gespräch mit Bernd Hofmann, das er kaum erwarten konnte.

Was Ohmsen und Heike Jakobsen abwechselnd berichteten, das verschlug den beiden erfahrenen Kriminalisten die Sprache.

Kesselschläger fand sie als Erster wieder. »Also, jetzt mal eins nach dem anderen. Der geheimnisvolle Mann in der Hotelhalle ist für uns derzeit nicht fassbar. Aber über den wirklichen oder angeblichen Herrn Pasqua werden wir ganz schnell Klarheit schaffen.«

Nach einem Blick auf seine Uhr fuhr er fort: »Die Maschine landet in einer guten Stunde in Rom. Wir müssen sofort di Luca verständigen, dass er den Mann am Flughafen abfängt, um seine Identität zu klären. Möglicherweise hatte er schon mit Pasqua zu tun. Dann geht es ganz schnell.«

Glücklicherweise funktionierte der Übersetzungsdienst in Hamburg ebenso reibungslos wie in München, sodass Commissario di Luca in zehn Minuten vollkommen ins Bild gesetzt worden war. Bevor er das Gespräch mit seinen deutschen Kollegen fortsetzte, veranlasste er, dass ein Wagen mit zwei Beamten zum Flughafen fuhr, um Signore Pasqua in Empfang zu nehmen und zu einer Befragung in das Polizeipräsidium zu bringen. Dann ging die Telefonkonferenz weiter. Di Luca bedauerte, dass er bisher in der Angelegenheit zwar mit allen möglichen Beteiligten gesprochen hatte, mit Pasqua aber noch nicht, sodass er aus eigener Anschauung das Rätsel des Mannes nicht würde lösen können. Er machte aber einen Vorschlag, der allen Gesprächsteilnehmern ebenso einfach wie wirkungsvoll erschien. Di Luca wollte versuchen, Pasqua in seinem römischen Domizil zu erreichen. Wenn dies gelingen sollte, würde feststehen, dass der Ankömmling nicht Pasqua sein konnte. Aus einer von di Luca arrangierten Gegenüberstellung würde sich dann ergeben, um wen es sich wirklich handelte. Man verabschiedete sich, denn Zeit war nicht zu verlieren. Di Luca wollte sich wieder melden, sobald die Vorstellung beendet war. Wendl erreichte gerade noch seine Maschine nach München. Im Übrigen blieb das große Rätsel, wen Heike Jakobs im Filmmaterial von der Hotelhalle gesehen hatte.

»Signore Pasqua wird gebeten, sich am Informationsschalter zu melden. Für ihn ist eine dringende Nachricht hinterlegt!«

Der Angesprochene, der unter den ersten Passagieren war, die zum Ausgang strebten, weil er auf kein Gepäck warten musste, zögerte kurz, folgte dann aber dem Aufruf durch die Lautsprecher und stand kurz darauf vor dem Schalter.

»Gestatten Pasqua, Sie haben eine Nachricht für mich?«

»Ah, Signore Pasqua«, antwortete die Dame mit einer Stimme, die etwas lauter war, als sie trotz des Lärms in der Halle zur Verständigung hätte sein müssen. Sie tat aber ihre Wirkung. Aus dem Hintergrund traten zwei Herren und wiederholten: »Signore Pasqua?«

Der Angesprochene nickte. Die beiden zückten ihre Dienstausweise.

»Wir müssen Sie bitten, uns in das Polizeipräsidium zu begleiten. Es handelt sich um eine Gegenüberstellung und wird wohl nicht sehr lange dauern.«

Pasqua wandte sich an die Dame am Schalter: »Und meine Nachricht?«

»Das war die Nachricht.«

Pasqua starrte regungslos vor sich hin. Als sie gingen, sah er aus wie ein mechanisch bewegtes Blechspielzeug.

Commissario di Luca erhob sich hinter seinem Schreibtisch und ging auf den Herrn, der in das Zimmer getreten war, zu.

»Signore Pasqua, Sie werden überrascht sein, dass ich Sie unmittelbar nach Ihrer Ankunft in Rom hierher gebeten habe, aber die Sache eilt. Bitte nehmen Sie Platz. Ich erhielt heute Morgen einen Anruf von meinen Kollegen in Hamburg. Es gibt offensichtlich eine kleine Irritation wegen einer größeren Geldüberweisung, die Sie veranlasst haben. Im Zusammenhang hiermit hat es sich als notwendig erwiesen, eine Identitätsprüfung durchzuführen. Der Herr, um den es geht, wartet schon.«

Er ging zum Schreibtisch zurück, drückte auf einen Knopf und sagte in die Sprechanlage: »Würden Sie bitte …!«

Kurz darauf öffnete sich die Tür und ein Herr trat ins Zimmer. Der Kommissar schaute den Eintretenden an und fragte: »Sie wünschen?«

Der antwortete: »Sie haben mich hierher gebeten. Mein Name ist Salvatore Pasqua.«

Dann fasste er den dritten Mann ins Auge und sagte nahezu tonlos: »Herr Stucken, wo kommen Sie denn her?«

Der beugte sich in seinem Sessel nach vorn und schlug die Hände vor sein Gesicht.

Di Luca wandte sich an ihn: »Habe ich richtig gehört? Sie sind Hans Peter Stucken? Ich bemühe mich seit Wochen, Sie zu kontaktieren, weil ich in einem Mordfall ermittle, der in engem Zusammenhang mit der Tätigkeit des von Ihnen geführten Fonds *Life Mezzogiorno* steht. Übrigens bin ich nicht der Einzige, der in dieser Sache Kontakt mit Ihnen sucht. Ihre Partner von der Gesellschaft *Ognissanti* haben sich deswegen sogar nach Hamburg begeben und sehr interessante Aktivitäten entfaltet. Ich muss Sie darauf hinweisen, dass es jetzt nicht mehr um eine Gegenüberstellung zum Zweck der Klärung Ihrer Identität geht, die übrigens noch weitere Fragen aufwirft. Denn nach den Feststellungen der deutschen Kollegen sind Sie ja tot. Aber davon später. Ich muss Sie festnehmen, weil der dringende Verdacht besteht, dass Sie Tatbeteiligter in dem Mordfall Maldini sind.«

Stucken hob die Hände.

»Herr Kommissar, ich bin bereit, alles über meine Tätigkeit als Geschäftsführer des *Life Mezzogiorno* zu sagen. Ich weiß, dass dieses Spiel aus ist. Aber mit der Mordsache habe ich nichts zu tun. Ich wusste, welcher Methoden sich unsere Partner von *Ognissanti*« – dabei blickte er Pasqua an – »bedienten, um Versicherungsnehmer zum Verkauf ihrer Policen zu bewegen, aber ich hatte keine Ahnung, dass sie die Fälligkeiten von Versicherungsansprüchen durch die Tötung von Menschen herbeigeführt haben.«

Pasqua schaltete sich ein: »In diesem Punkt muss ich die Aussagen von Herrn Stucken bestätigen. Obwohl ich hier in Rom viel näher am Ort des Geschehens war, hatte ich nicht den geringsten Hinweis darauf, welcher Mittel sich *Ognissanti* bediente, um schneller an ihre Provisionen zu kommen. Dieses Bestreben war offensichtlich das Motiv. Erst nachdem der Mord an Maldini bekannt geworden war und als ich selbst sehr unliebsame Bekanntschaft mit dieser Gesellschaft gemacht hatte, kam mir der Verdacht, dass hier etwas ganz Entsetzliches passiert war. Ich habe darüber auch mit Signore Borghetti gesprochen, den Sie, glaube ich, kennen.«

Di Luca unterbrach die zweifache Verteidigungsrede: »Der Fall Maldini ist eine Sache für sich. Ob Ihre Darstellung stimmt«, er wies mit der Hand auf beide Herren, »wird untersucht werden. Verdächtig sind Sie jedenfalls, Herr Stucken, sodass ich gegen Sie Untersuchungshaft beantragen werde. Aber nun muss ich auf die andere Geschichte zu sprechen kommen. Es gibt ja noch einen zweiten Mordfall in München, um dem sich meine deutschen Kollegen kümmern. Bei denen galten Sie bis jetzt nicht als Täter, sondern als Opfer. Das schien durch eine DNA-Analyse zweifelsfrei bestätigt zu sein. Welche Erklärung können Sie denn für Ihre rätselhafte Wiederauferstehung geben?«

Stucken atmete ein paar Mal tief durch, bevor er zu sprechen begann. Di Luca schaltete das Aufnahmegerät ein.

»Es hat keinen Sinn mehr, weiter Versteck zu spielen. Ich will jetzt reinen Tisch machen. Schon seit Monaten hatte ich Schwierigkeiten, weil die Entwicklung nicht wie prognostiziert verlief. Die Ausschüttungen konnten nicht in der geplanten Weise geleistet werden. Ich musste mir immer mehr unangenehme Fragen der Anleger anhören. Als Anfang des Jahres die Berichte über die gestohlenen CDs mit den Steuersünderdaten in der Presse erschienen, kam ich auf den Gedanken, auf den Zug aufzuspringen. Ich rief anonym beim Finanzsenator an und kündigte Daten über Steuersünder an. Diese Tatsache ließ ich dann gerüchteweise verbreiten. Damit wollte ich unter den Anlegern Verunsicherung schaffen und sie ruhigstellen. Das war reiner Bluff, denn ich hatte ja keine Ahnung, ob die Anleger bei *Mezzogiorno* Steuerprobleme hatten. Aber es funktionierte. Nach der Ankündigung der Behörde trat etwas Ruhe ein. Natürlich meldete ich mich danach nicht mehr. Ich hatte ja nichts in der Hand. Vor über einem Monat gab es dann eine Investorenversammlung, bei der ich wieder gewaltig unter Druck geriet. Nun wurde mir klar, dass ich die Sache nicht mehr unter Kontrolle halten konnte. Ich beschloss daher, für einige Zeit unterzutauchen, und hoffte, dass irgendwann dem Fond wieder Mittel aus fälligen Verträgen zufließen würden. Ich legte falsche Spuren, eine geplante Reise nach Italien und ein geplantes Treffen mit Frau Mayer-Erzthal in München. Ich versteckte mich in einem kleinen Gasthof auf Hiddensee. Vorige Woche kamen dann die Meldungen über meinen angeblichen Tod. Ich erkannte sofort meine Chance. Es passte alles wunderbar zusammen. Mein plötzliches Verschwinden, die nicht zustande gekommenen Treffen hier und in Italien, einfach alles. Niemand würde mehr nach mir suchen, niemand rechnete damit, dass ich irgendetwas unternehmen könnte. Ich musste nur noch an die Kasse von *Mezzogiorno* kommen. So inszenierte ich den Besuch in der Bank bei jemandem, der mich nicht kennen konnte. Ich wollte mit meiner eigenen Vollmacht nach meinem vermeintlichen Tod als für diesen Fall Bevollmächtigter über das Geld verfügen. Dann wäre ich endgültig verschwunden. Da ich in der Maske von Signore Pasqua auftrat, weil er der Bevollmächtigte war, musste ich den Weg über Rom gehen. Aber dann ist irgendetwas schiefgelaufen. Wie sind Sie mir eigentlich auf die Schliche gekommen?«

Di Luca war sehr kühl, als er antwortete: »Das steht nicht zur Debatte. Ich ziehe es vor, selbst die Fragen zu stellen. Sie haben mir noch nicht erklärt, wie sich die einwandfreie DNA-Analyse zu der Tatsache verhält, dass Sie hier lebend vor mir stehen?«

Das Gesicht Stuckens verdüsterte sich. »Das habe ich mich auch gefragt. Es gibt nur eine Erklärung. Ich habe, oder ich muss vielleicht sagen, ich hatte einen Zwillingsbruder. Eineiige Zwillinge haben eine identische DNA-Struktur. Ich muss also annehmen, dass der in München gefundene Tote mein Bruder ist. Wie und warum mein Bruder zu Tode gekommen ist, weiß ich allerdings nicht. Er lebte in München das Leben eines nicht ganz stubenreinen Bohemiens.«

»Zu Ihren Geschäften hatte er keine Verbindung?«, hakte der Kommissar nach.

»Nein, gar nicht. Wir hatten überhaupt wenig Verbindung. Das letzte Mal sah ich ihn in Hamburg. Da war im letzten Winter. Wir hatten eine Party mit unseren Kunden. Ich erinnere mich, dass ich ihn Frau Mayer-Erzthal vorstellte, die mit ihrer Tochter da war. Die Tochter war aus München zu Besuch bei ihrer Mutter. Damit hatten die drei natürlich reichlich Gesprächsstoff. Sie schienen sich gut zu verstehen.«

Di Luca fand, dass für ihn das Gespräch keine relevanten Erkenntnisse mehr brachte und dass er seinen deutschen Kollegen genügend interessanten Stoff zu lesen bieten konnte. Er bedankte sich bei Signore Pasqua für seine Mitwirkung und begleitete ihn zur Tür. Der drehte sich nicht mehr um.

Stucken wirkte erleichtert, nachdem er alles gesagt hatte, was er wusste. Die Aussicht auf Untersuchungshaft störte ihn weniger als die Vorstellung, in Rom unverwahrt den Nachstellungen der ehrenwerten Gesellschaft *Ognissanti* ausgesetzt zu sein. Er war auch überzeugt, dass dieser Aufenthalt nicht sehr lange dauern würde, weil er mit der Angelegenheit Maldini nichts zu tun hatte. Seine Beziehung zur deutschen Strafjustiz würde wesentlich intensiver sein. Als ihn der Commissario abführen ließ, nickte er ihm freundlich zu.

Noch am gleichen Nachmittag lag das inhaltsschwere Protokoll im Büro Kesselschlägers, der es sogleich an seinen Kollegen Ohmsen mailte. Auf dem gleichen Weg ging es nach München.

Für die Hamburger Kripo blieb im Augenblick wenig zu tun, solange Stucken in Rom war. Der Ball lag jetzt im Münchner Garten. Dort musste die Untersuchung des Mordfalls eine dramatische Wendung nehmen.

XII.

Als Kommissar Wendl das Mail aus Hamburg gelesen hatte, war ihm klar, dass keine Zeit verloren werden durfte. Er war froh, dass Mauritz noch im Hause war, und bat ihn zu sich. Als der die Lektüre des Berichtes beendet hatte, schüttelte er den Kopf.

»Also, die Dame, die sich an dem fraglichen Abend im Schumanns mit einem Herrn traf, war jedenfalls nicht Frau Mayer-Erzthal.« Mauritz war froh, dass auch nach den neuesten Erkenntnissen noch irgendetwas als richtig unterstellt werden konnte. »Und Stucken, das heißt unser bisher als Stucken vermuteter Stucken, war nicht in München und damit auch nicht im Schumanns.«

»Stimmt.« Wendl nickte und wartete auf weitere Schlussfolgerungen seines Kollegen. Der stockte aber.

Wendl übernahm den gedanklichen Staffelstab: »Jetzt kommt unser Herr Hofmann ins Spiel. Dass der Ermordete bei ihm war, daran ändert sich nichts. Denken wir an den gelben Schuh. Das hat Hofmann nicht bestritten. Was hat er aber weiter getan? Er hat mit allen Mitteln den falschen Eindruck zu vermitteln versucht, sein Besucher sei Hans Peter Stucken gewesen, der, was für sich betrachtet nun wieder stimmt, Schwierigkeiten mit seinen Anlegern und besonders mit seiner Schwiegermutter hatte. Was diese betrifft, hat er besonders dreist gelogen. Obwohl Frau Mayer-Erzthal ihren geplanten Besuch in München in einem Telefongespräch mit ihm verschoben hatte, mutmaßte er, sie sei in München gewesen, um sich mit Stucken zu treffen. Das alles geschah, kurz nachdem bekannt gemacht worden war, dass der Ermordete als der Hamburger Geschäftsmann Hans Peter Stucken identifiziert werden konnte. Hofmann hat also die

Situation ausgenutzt, um eine Fantasiegeschichte um den Tod des vermeintlichen Stucken herumzubauen, die sehr plausibel erscheinen musste. Alles deutete darauf hin, dass Stucken einem Anschlag aus dem Kreis der Anleger mit seiner Schwiegermutter an der Spitze zum Opfer gefallen war. Die Vermögensschädigung und die Drohung mit der Steueranzeige wären ja verständliche Motive gewesen. Wirklich raffiniert gedacht und alles gelogen.«

Mauritz fand, dass es wieder Zeit war, auf das hinzuweisen, was nicht gelogen war: »Gut, fest steht nun, dass der Zwillingsbruder Stucken der Tote ist.«

»Es sei denn, es gibt noch einen Drillingsbruder. Entschuldigen Sie, das war nicht so ernst gemeint. Ich will Sie nicht unterbrechen.«

»Na ja, in dem Fall kann man mit allem rechnen. Aber bleiben wir bei zweien. Weiter können wir wegen der Probe des Mageninhalts bei der Annahme bleiben, dass der Ermordete kurz vor seinem Tod in der genannten Bar Gin getrunken hatte. Und er war dort im Gespräch mit einer Dame, die nicht Frau Mayer-Erzthal war.«

»Geben Sie mir noch einmal das Protokoll. Stucken hat in Rom doch gesagt, dass er seinen Bruder mit Mutter und Tochter bekannt gemacht hatte.«

»Ja und noch was, Herr Wendl. Sie erinnern sich, die Susi hat neulich doch die letzte Geschichte vom Schorschi erzählt, über seine Begegnung mit der Frau im P1, die sich so lebhaft für unsere Ermittlungen interessiert hat. Die Susi hat ihm das Bild der Mayer-Erzthal gezeigt, und er meinte, seine Gesprächspartnerin sei jünger gewesen, aber in zwanzig Jahren könnte sie es sein.«

Wendl lachte. »Mauritz, ein italienisches Sprichwort sagt: ›Willst du die Tochter erkennen, schau dir die Mutter an‹. Was schließen wir daraus?«

»In das geplante Gespräch mit Herrn Hofmann beziehen wir die Frau Gemahlin ein.«

»Genau, aber doch besser einen nach dem anderen. Ihn rufe ich jetzt gleich an.«

»Herr Hofmann, es ist wieder einmal so weit. Ich muss Sie dringend sprechen. Bitte morgen um neun Uhr in meinem Büro.« Hofmann machte keinen Versuch mehr, dem Rad in die Speichen zu greifen. Seine Schwiegermutter hatte ihn bereits angerufen und ihm vom Verlauf ihrer Vernehmung berichtet. Er wusste also, dass sehr unangenehme Fragen auf ihn warteten. Umso mehr war er überrascht, als er am folgenden Tag im Münchner Polizeipräsidium den Herren Wendl und Mauritz gegenübersaß. Es begann nämlich ganz anders, als er befürchtet hatte. Der Kommissar strahlte, als wollte er sagen: Ich verkünde euch eine große Freude. Da er aber gut katholisch war, vermied er es, das biblische Zitat in die profane Welt eines Polizeipräsidiums herabzuzerren, sondern sagte stattdessen: »Ob Sie es glauben oder nicht, Hans Peter Stucken lebt und erfreut sich bester Gesundheit, zurzeit in der Obhut eines Gefängnisses in der ewigen Stadt Rom. Was sagen Sie dazu?«

Hofmann starrte ihn an wie einen Geist und sagte nichts.

»Da schauen Sie, gell? Ging mir genauso. Jetzt ist unser ganzes schönes Gedankengebäude zusammengebrochen, dass nämlich der Herr Stucken wegen seiner geschäftlichen Schwierigkeiten sterben musste. Das bedeutet nicht, dass er nicht in Schwierigkeiten war, und es ist auch nicht ausgeschlossen, dass er bei Ihnen war und versucht hat, Sie für seine Interessen einzuspannen. Nur, wie gesagt, gestorben ist er deswegen nicht. Es kann aber auch sein, dass ein ganz anderer Mann bei Ihnen war, der dann ermordet wurde und von dem wir den ominösen gelben Schuh gefunden haben. Der hatte vielleicht einen ganz anderen Grund für seinen Besuch bei Ihnen. Erinnern Sie sich hieran?«

Hofmann stützte seine Ellenbogen auf den Tisch und bedeckte sein Gesicht mit beiden Händen.

»Nein, ich erinnere mich nicht an den Besuch eines anderen Mannes. Ich weiß nur, dass Stucken bei mir war, und das habe ich Ihnen erzählt. Übrigens, wenn Stucken nicht getötet wurde, was ich wegen der angeblich einwandfreien DNA-Analyse nicht verstehe, wo liegt denn dann eigentlich das Problem? Dann hätten eben seine Schwierigkeiten mit den Anlegern nicht die katastrophalen Folgen gehabt, die wir bisher angenommen haben. Freuen wir uns doch.«

»Ja, das könnten wir, wenn es tatsächlich so war, wie Sie sagen. Aber daran zweifle ich eben. Die Sache mit dem gelben Schuh würde mich nicht stören. Stucken und der Ermordete könnten beide Schuhe gleicher Farbe getragen haben. Aber etwas anderes spricht gegen Ihre Darstellung. Stucken hat bei seiner ausführlichen Schilderung der Ereignisse, die er gestern in Rom gegeben hat, von einem Besuch bei Ihnen nichts gesagt. Er hat nicht einmal angedeutet, dass er Sie überhaupt kennt. Gut, diesen Punkt können wir leicht klären, wenn er demnächst wieder in München sein wird. Noch mehr zu denken gibt mir aber, dass Sie mir etwas Entscheidendes verschwiegen haben. Sie sprachen von einem Treffen zwischen Stucken und Ihrer Schwiegermutter in München. Es stimmt, dass so etwas von Stucken in die Welt gesetzt worden war. Aber dieses Treffen fand nie statt, und Sie wussten das. Sie sagten mir in unserem letzten Gespräch, Sie könnten beim besten Willen nicht sagen, ob Frau Mayer-Erzthal am 9. März in München war. Sie hätten es aber definitiv sagen können, denn sie hatte einen Tag vorher angerufen und Ihnen gesagt, dass sie nicht kommen könne, und sie hat auch gesagt, warum nicht. Sie war nämlich an diesem Abend in Hamburg in der Oper. Herr Hofmann, das sieht gar nicht gut für Sie aus. Entscheidend wird sein, was Stucken selbst zu seinem angeblichen Besuch bei Ihnen sagt. Das werde ich sehr bald wissen. Und dann werden wir unser letztes Gespräch führen, so oder so. Auf baldiges Wiedersehen.«

Als er draußen war, fragte Mauritz seinen Chef: »Hätten wir ihn nicht dabehalten sollen?«

Doch der sagte: »Es reicht noch nicht für einen Haftbefehl.

Er hat sich sehr verdächtig benommen, okay, aber einen Mord können wir ihm nicht nachweisen, solange wir nicht einmal wissen, ob eine Beziehung zwischen ihm und dem Bruder Stuckens bestand und welcher Art diese Beziehung gegebenenfalls war. Eines steht allerdings fest: Wenn er es war, ist er jetzt verunsichert und macht vielleicht Fehler. Ich werde veranlassen, dass er ab sofort überwacht wird. – Moment, ich wollte noch was! Ja, jetzt weiß ich es wieder. Von der anonymen Anruferin haben wir doch eine Tonbandaufzeichnung. Die besorgen Sie mir bitte einmal. Und dann war da noch diese Geschichte, von der der Schorschi der Susi erzählt hat. Sie wissen schon, im P1. Dazu brauche ich gleich noch einmal die Susi.«

Mauritz ging, Susi kam. Wendl vergaß die freundliche Begrüßung, die sonst selbstverständlich war, und kam sofort zur Sache. »Sie erinnern sich an die anonymen Anrufe der Dame in der vergangenen Woche, die wir nicht ernst nahmen? Es scheint, dass die Dame mehr wusste als wir. Mauritz besorgt gerade das Tonband, auf dem ihre Stimme festgehalten ist. Und dann war die andere Geschichte, die Ihnen der Schorschi erzählt hat, von der neugierigen Dame aus dem P1. Beide Damen sprachen über den Mann mit dem gelben Schuh, der bei Hofmann war und der dann ermordet wurde. Wir haben uns in dem ganzen Trubel der letzten Tage bisher nicht die Frage gestellt, ob es sich in den beiden Fällen vielleicht um die gleiche Dame handelt? Ob der Schorschi die Stimme vom Tonband erkennt? Haben Sie die Möglichkeit, mit ihm Verbindung aufzunehmen?«

Wie meistens, so verfügte Susi auch in diesem Fall über die gewünschte Möglichkeit. »Kein Problem, ich habe seine Handynummer. Festanschluss hat er naturgemäß keinen.«

»Gut, und wenn Sie mit ihm sprechen, fragen Sie ihn doch, ob die Dame inzwischen noch einmal aufgetaucht ist.«

Und weil er so in Fahrt war, erzählte Wendl seiner Mitarbeiterin von der ganzen neuen Wendung der Dinge, vor allem von dem Auftauchen des Stuckenbruders und seinem gewaltsamen

Abschied und natürlich von dem verdächtigen Benehmen Hofmanns, das er aber nicht in die verwickelte Handlung einordnen konnte.«

Susi hörte ihrem Chef aufmerksam zu und sagte dann: »Wenn es nicht eine Tat aus wirtschaftlichen Motiven war, was bleibt dann?«

»Das frage ich mich auch.«

»Na, was schon? Eine Beziehungstat. Stucken hat doch in seiner Vernehmung in Rom angegeben, er habe seinen Bruder mit Frau Mayer-Erzthal und ihrer Tochter bekannt gemacht. Die Mutter war nicht im P1, das hat der Schorschi ausgeschlossen, aber er hat gesagt, in zwanzig Jahren könnte sie es sein, das passt auf die Tochter. Und die Tochter ist Anke Hofmann. Bernd Hofmann, Anke Hofmann und Klaus Stucken, das ist ein klassisches Dreiecksverhältnis. Wir müssen dem Schorschi nicht nur das Tonband zum Hören, sondern ein Bild von Anke Hofmann oder noch besser sie selbst zum Sehen geben. Das wird sich wohl arrangieren lassen.«

Wendl war von der Zielstrebigkeit der weiblichen Tatdeutung beeindruckt.

»Wirklich schade, dass der Mike nicht mehr da ist. Mit dem hätten wir das Rätsel schnell gelöst. Aber der Test mit dem Schorschi ist jedenfalls besser als nichts. Da müssen wir halt die Frau Hofmann zu uns bitten und eine diskrete Gegenüberstellung organisieren.«

Es dauerte nur einen Tag, dann war die Geschichte des in Rom auferstandenen Stucken durch. Niemand wusste, wo das Loch war, in einer römischen, Hamburger oder Münchner Poststelle oder sonst wo. Jedenfalls konnte man in allen Zeitungen die Geschichte der »gemelli scambiati«, der »vertauschten Zwillinge« lesen. Dabei interessierte nicht so sehr die Person des Fondsmanagers, was für die hanseatische Geschäftswelt den Vorteil hatte, dass ihre Geheimnisse vorerst gewahrt blieben. Das Gleiche galt für die deutsch-italienischen Beziehungen im Rahmen der Geschäftstätigkeit des *Life Mezzogiorno*.

Umso mehr ließ in München der Besucher des Fitnessstudios mit den gelben Schuhen die Fantasien sprießen. Schorschi, mit dem Susi umgehend Kontakt aufgenommen hatte und der die Frauenstimme auf dem Tonband nach kurzem Hinhören als die Stimme seiner Gesprächspartnerin im P1 erkannt hatte, war für die Presse ein gefragter Mann. Er war es schließlich gewesen, der den gelben Schuh entdeckt hatte, was sich als entscheidend für den Brückenschlag zu dem Bogenhauser Fitnessstudio erwiesen hatte. So gab er Interviews, wann immer er darum gebeten wurde, und manchmal auch ungebeten, denn der Traum von der großen Prämie ließ ihn nicht los. Susi hatte ihm angekündigt, dass er in Kürze zu einer Gegenüberstellung in das Präsidium gebeten werden würde, bei der es um die Identifizierung der Dame aus dem P1 ginge. Schorschi ahnte, dass er damit auf dem Gipfel seiner Aufklärungsarbeit angelangt sein würde, aber seine daran geknüpften Hoffnungen erfüllten sich nicht. Wie so oft in seinem Leben geschah es, dass ihm etwas dazwischenkam.

Wendl saß am Freitag nach der Mittagspause in seinem Büro und überflog alle Zeitungsberichte über seinen Fall, die ihm vorlagen, als ihn der Beamte von der Pforte anrief und ihm mitteilte, dass ihn eine Dame zu sprechen wünsche. Ihren Namen wollte sie nicht sagen.

»Schicken Sie sie herauf, mir wird sie ihn schon sagen«, meinte der Kommissar. Kurz darauf klopfte es an seiner Tür und eine Dame trat ins Zimmer. Wendl erschrak, als er sie vor sich sah. Sie schien um die dreißig Jahre alt zu sein, attraktiv und gepflegt, aber in ihrem gegenwärtigen Zustand machte sie einen verzweifelten Eindruck. Sie wirkte übernächtigt und geradezu hilflos.

»Kann ich Ihnen irgendwie helfen?«, war seine spontane Reaktion, bevor er einen Gruß aussprach. Er schob ihr einen Stuhl hin. »Setzen Sie sich erst einmal.«

Sie sah ihn dankbar an, sagte aber nichts.

»Wollen Sie mir nicht sagen, wer Sie sind und was Sie zu mir geführt hat?«

Die Ruhe des Kommissars begann zu wirken. Ihr Schweigen löste sich.

»Ich bin Anke Hofmann, die Tochter von Helga Mayer-Erzthal, die Sie kennen.«

Wendl holte tief Luft und antwortete: »Ob Sie es glauben oder nicht, Frau Hofmann, seit gestern denke ich darüber nach, wie ich Sie treffen könnte, weil ich … Aber das ist jetzt vielleicht gar nicht mehr nötig. Ich will Sie nicht unterbrechen. Also, warum sind Sie zu mir gekommen?«

Sie deutete auf die Zeitungen, die auf Wendls Schreibtisch lagen.

»Sie haben es ja selbst gelesen.«

»Das müssen Sie mir erklären«, war seine Antwort.

»Der Tote, Klaus Stucken, ich habe ihn gut gekannt, sehr gut.«

Sie schwieg wieder, und Wendl drängte sie nicht.

Schließlich fragte er: »Wie lange kannten Sie ihn, und wusste Ihr Mann von der Beziehung, wenn es eine war?«

»Wir haben uns vor einigen Monaten in Hamburg bei einer gesellschaftlichen Veranstaltung kennengelernt, auf der ich mit meiner Mutter war. Wir kamen uns schnell näher. Wir trafen uns dann öfter in München, wo Klaus lebte. Es war eine schöne Zeit. Mein Mann wusste nichts, wir waren sehr vorsichtig. Nach einigen Monaten kamen mir aber Zweifel daran, ob es richtig war, was ich machte. Klaus war ein großer Charmeur, aber er stand sehr unsicher im Leben und war überhaupt nicht zuverlässig. Beruflich war bei ihm sowieso alles unklar. Mir wurde immer mehr bewusst, wie viel ich aufs Spiel setzte. Kurz und gut, ich beschloss die Sache zu beenden. Als ich Klaus erste Andeutungen machte, drehte er ziemlich durch. Er sagte mir, dass er mich ganz für sich gewinnen wollte und dass ich mich scheiden lassen sollte. Schließlich drohte er mir, dass er alles meinem Mann erzählen würde. Der würde mich dann rausschmeißen, und dann wäre ich froh, wenn er da wäre. Ich lachte ihn aus, weil ich es nicht für möglich hielt, dass er so verrückt sein könnte. Und außerdem so dumm, denn er wusste inzwischen, dass das Studio meiner Mutter gehörte, sodass mich mein Mann gar nicht hätte rausschmeißen können. Ich gab ihm den Rat, erst wieder zur Vernunft zu kommen, dann sollten wir weiterreden. Ich wollte Zeit gewinnen. So gingen wir auseinander.«

Wendl unterbrach ihren Redefluss, als sie eine Atempause machte. »Da haben Sie Herrn Stucken falsch eingeschätzt. Er ging nämlich wirklich zu ihrem Mann, haben Sie das mitbekommen?«

»Nein, ich war ein paar Tage bei meiner Mutter und in der Zeit hat es Stucken getan. Mein Mann sagte mir gar nichts davon. Erst als nach dem Mord das Gerede über den geheimnisvollen Besucher mit den gelben Schuhen losging und als ich nichts mehr von Klaus hörte, wurde ich unruhig. Ich fragte meinen Mann, wer der Mann gewesen sei, der bei ihm war, aber er tat das alles als eine geschäftliche Unterredung ab, die unwichtig war.«

»Das kommt mir sehr bekannt vor«, warf Wendl ein, aber Anke Hofmann ließ sich nicht stoppen.

»Ich glaubte ihm aber nicht und suchte den Kontakt zu diesem Stadtindianer, der in der Presse laufend Interviews gab. Die Ungewissheit machte mich ganz verrückt, und so rief ich bei Ihnen an, obwohl ich zu dem Zeitpunkt gar nichts Konkretes wusste.«

Jetzt war für den Kommissar die Zeit gekommen, den Gesprächsfaden in die Hand zu nehmen.

»Das ist alles sehr aufschlussreich, Frau Hofmann. Heißt das, dass Sie zwischen dem zuletzt erwähnten Besuch bei Ihrer Mutter und dem Bekanntwerden des Mordes Klaus Stucken nicht mehr gesehen haben?«

»Nein, das heißt es nicht. Ich habe Klaus noch einmal gesehen. Ein paar Tage, nachdem ich aus Hamburg zurück war, rief er mich an und sagte, dass wir uns sprechen müssten. Ich schlug als Termin Dienstag, den 9. März, vor und als Treffpunkt das Schumanns. Sie kennen das?«

»Ich weiß, ich weiß«, Wendl nickte. »Wann trafen Sie sich denn?«

»Erst ziemlich spät. Ich war nämlich an dem Abend mit einer Freundin im Nationaltheater, in der Staatsoper.«

»So, Sie auch. Was wurde denn gegeben?«

»›Die Tragödie des Teufels‹ von Peter Eötvös.«

»Das klingt nicht sehr erheiternd. Und danach sind Sie in die Bar gegangen?«

»Ja, es war nicht weit. Klaus war schon da.«

»Und wie verlief das Gespräch?«

»Ganz anders, als ich erwartet hatte. Klaus war sehr ruhig und meinte, er habe sich alles überlegt und ich hätte recht. Es habe wirklich keinen Sinn, unsere Beziehung fortzusetzen. Ich war vollkommen überrascht, aber auch froh. Wir haben uns gut unterhalten und Erinnerungen ausgetauscht.«

»Dann verlief der Abend ja ausgesprochen angenehm?«

»Nein, leider dann doch nicht. Plötzlich ging die Tür auf und mein Mann stand auf der Matte. Er muss mich belauscht haben, sonst hätte er von der Verabredung nichts gewusst. Ich erschrak fürchterlich, aber als er uns gesehen hatte, machte er kehrt und ging wieder. Klaus hat ihn Gott sei Dank nicht gesehen, er saß mit dem Rücken zur Tür.«

»Und was geschah dann?«

»Ich beherrschte mich, so gut es ging, aber eigentlich war alles gesagt. Wir gingen dann ziemlich bald.«

»Hat Sie Stucken noch begleitet?«

»Nein, ich nahm mir ein Taxi am Odeonsplatz und fuhr zu meiner Freundin. Ich brachte es nicht fertig, nach Hause zu gehen.«

»Und was machte Stucken?«

»Klaus ging zu seiner Wohnung im Lehel.«
Wendl hob den Kopf.
»Frau Hofmann, besitzt Ihr Mann Schusswaffen?«
»Ja, er ist Jäger.«
»Auch eine Schrotflinte?«
»Er hat etliche Gewehre, auch eine Schrotflinte für die Entenjagd.«
Wendl atmete tief durch und fragte dann: »Frau Hofmann, warum sind Sie heute zu mir gekommen?«
Anke Hofmann kämpfte mit den Tränen.
»Bisher war alles eine böse Ahnung, aber jetzt habe ich die Geschichte von Klaus' Bruder gelesen, zuerst die scheinbare Aufklärung durch die DNA-Analyse und dann sein Wiederauftauchen. Ich wusste, dass die beiden Zwillingsbrüder waren.«
Sie schwieg.
Wendl zögerte, fragte dann aber doch: »Und wissen Sie, was passiert ist, nachdem Sie sich von Klaus Stucken verabschiedet hatten?«
Anke Hofmann schlug die Hände vor das Gesicht.
»Da bleiben nicht viele Möglichkeiten.«
»Nein, wirklich nicht. Wenn ich Ihnen einen guten Rat geben darf, fahren Sie heute Abend nicht nach Hause, sondern zu Ihrer Freundin.«
Sie nickte, stand auf und gab Wendl die Hand. Der nahm sie und hielt sie ein bisschen länger, als bei einer Verabschiedung üblich ist.

Susi strahlte, als sie hörte, was geschehen war: »Habe ich es doch gesagt.«
Wendl nickte sehr ehrfürchtig. Mauritz schaute fragend von einem zum anderen und wurde ins Bild gesetzt.
»Eigentlich ist alles so, wie wir es uns von Anfang an gedacht haben«, meinte er cool. »Nur war es nicht der eine Stucken, sondern der andere. Und es war nicht die Mutter, sondern die

Tochter. Und es war nicht der unbekannte Dritte, sondern der bekannte, das heißt einer, mit dem wir inzwischen gut bekannt geworden sind.«

»Stimmt«, bemerkte sein Chef trocken. »Einmal Sie, dreimal ich. Und jetzt kommt es zur letzten Unterhaltung. Heute noch. Und diesmal ohne telefonische Vorankündigung. Wir fahren zu zweit, Mauritz, aber ein Einsatzwagen soll uns begleiten und in etwas Abstand von uns parken.«

Man brach auf, es war Viertel vor sechs.

In der Bogenhauser Seitenstraße war es ruhig. Wer hier lebte, war von der Rushhour weniger berührt. Ein alter Herr führte seinen Hund spazieren, sonst war niemand unterwegs. Wendl und Mauritz warteten, bis der Spaziergänger außer Sichtweite war, dann stiegen sie aus. Sie waren überrascht, dass das Haus mit dem Studio wie ausgestorben wirkte. An sich war Freitagabend eine beliebte Zeit für Fitnessanhänger, aber nichts rührte sich. Die beiden Beamten öffneten das große Tor, das den Vorgarten abschloss, und gingen an der Hausseite mit der Eingangstür vorbei in den Garten. Auch von der Rückseite bot sich das gleiche Bild. Kein Fenster war erleuchtet, alles war still. Sie gingen zurück zur Haustür und klingelten. Niemand antwortete. Wendl trat ein paar Schritte zurück und beobachtete die Fassade. Da schien es ihm plötzlich, als habe sich der Vorhang hinter einem Fenster neben der Eingangstür bewegt. Er war mit wenigen Schritten wieder an der Haustür und drückte den Klingelknopf erneut, diesmal länger. Sie warteten und überlegten. Die Haustür gewaltsam zu öffnen, wäre für die Kollegen aus dem Streifenwagen, die inzwischen herbeigekommen waren, kein großes Problem gewesen. Aber dafür gab es keinen Anlass und infolgedessen auch keine Befugnis. Wendl fiel ein, dass er von seinem Handy aus die Telefonnummer des Studios wählen könnte, aber bevor er die Nummer eingetippt hatte, fiel im Haus ein Schuss. Sie erschraken, nur einer der Polizisten bemerkte ungerührt und fachkundig: »Gewehr.«

In Sekunden war die Tür geöffnet, und sie stürmten in die Diele. Routinemäßig verteilten sie sich in den Räumen des Erdgeschosses und kurz darauf rief einer der Streifenbeamten: »Hier ist er!«

Die anderen folgten seinem Ruf und sahen ihn. Bernd Hofmann saß vornüber gebeugt auf einer Trainingsbank. Sein Oberkörper war auf den Lauf eines schräg vor ihm stehenden Jagdgewehrs gestützt, aus dem der Schuss in seine Brust gedrungen war.

Mauritz meinte: »Genauso muss es ausgesehen haben, wenn sich in der Antike ein Heros in sein Schwert gestürzt hat.«

»Bernd Hofmann war aber kein Heros«, knurrte Wendl und warf einen ungnädigen Blick auf den Kollegen, weil er den Vergleich deplaziert fand.

Der lenkte ein: »Die Heroen waren auch nicht immer heroisch.«

»Er lebt noch«, rief der eine Polizist, als er die Halsschlagader Hofmanns befühlte. Der andere reagierte sofort und rief den Notarzt. Sie befreiten den Schützen aus seiner Stellung und legten ihn auf eine Liege. Hofmann röchelte leise. In der Ferne konnte man die Sirene des Rettungswagens hören. Der Schall kam näher, und das Fahrzeug hielt vor dem Haus. Mit wenigen Griffen legten die Sanitäter den Verletzten auf ihre Bahre, aber da war der Verletzte nicht mehr verletzt. Der Notarzt schüttelte den Kopf, und sie trugen einen Toten hinaus.

Wendl fand als Erster die Sprache wieder: »Habe ich euch schon gesagt, wie die Oper hieß, in der Anke Hofmann am Tatabend vor ihrem Treffen mit Stucken war?«

Sie schüttelten die Köpfe.

»›Die Tragödie des Teufels‹.«

»Nein wirklich?« Mauritz war einen zweifelnden Blick auf seinen Chef.

»Wenn ich es Ihnen sage. Nur die letzte Szene hat er uns nicht mehr erzählen können. Nämlich wie er dem Stucken beim *Harm-*

los aufgelauert, wie er ihm den vergifteten Händedruck gegeben und wie er ihn anschließend in den Finanzgarten geschleppt hat, was für einen Fitnesstrainer ja keine allzu schwierige Aufgabe war. Übrigens, die Schrotflinte müsst ihr noch finden. Ich bin mir sicher, ihre Untersuchung wird ergeben, dass aus ihr lange nach Abschluss der letzten Entenjagdsaison geschossen wurde. Und das alles war völlig umsonst, denn Anke Hofmann hat an dem Abend mit Klaus Stucken endgültig Schluss gemacht, was ihr Mann aber nicht wusste.«

»Was er nicht wusste«, wiederholte Mauritz. »Eigentlich hat er Pech gehabt, der Hofmann, ganz zum Schluss, meine ich. Der andere, der Stucken natürlich auch. Beide hätten nicht sterben müssen. Es ist wirklich dumm gelaufen. Aber wenn der Teufel seine Hand im Spiel hat, endet es meistens tragisch.«

»So ist es, aber bevor wir jetzt ganz philosophisch werden, gehen wir.«

Weitere Hochspannung

Katelyn Edwards
Der Shakespearemörder. Kriminalroman
ISBN 978-3-86520-385-4, 220 S., € 16,90

Ein Mörder geht um, der seine Opfer wie weibliche Figuren aus Shakespeare-Dramen ums Leben kommen lässt. Ein Wettlauf mit der Zeit beginnt, denn Ophelia und Julia sind nicht die einzigen Frauen, die Shakespeare auf tragische Weise sterben ließ ...

Katelyn Edwards
Pfadfinderehrenwort. Kriminalroman
ISBN 978-3-86520-393-9, 200 S., € 14,90

Der Geschichtsprofessor Christopher Parson verfolgt rücksichtslos seine Karriere an der Universität von Canterbury, bis zu dem Tag, an dem er mit einem Brieföffner im Herz tot in seinem Büro aufgefunden wird. Chief Inspector Joseph Philips und Sergeant Brian O'Connor geraten bei der Aufklärung des Falls bald in ein scheinbar undurchdringbares Geflecht aus verletztem Stolz, falschem Ehrgeiz und abgrundtiefem Hass.

H.S. Laube
Aufruhr im Isartal. Geschichten aus der Stauferzeit
ISBN 978-3-86520-449-3, 204 S., € 12,90

Ein spannender Roman um die Stadtgründung Münchens, den Autor H. S. Laube mit viel Liebe zum Detail in ein buntes Gemälde mittelalterlichen Lebens verwandelt. Augenzwinkernd gewährt er dabei kundig Einblick in Freud und Leid des Ritterlebens.

Michael Soyka
Kinsky kehrt zurück
Ein Starnberger-See-Krimi
ISBN 978-3-86906-176-4, 264 S., € 16,90

Zwanzig Jahre war der ehemalige Terrorist Alexander Kind, genannt Kinsky, im Untergrund. Jetzt kehrt er in seine Heimat zurück und will mit Hilfe eines neuen Amnestiegesetzes sein altes Leben hinter sich lassen. Doch dann wird eine tote Frau im Starnberger See gefunden – und Kinsky muss schmerzvoll erfahren, dass er seiner Vergangenheit nicht entkommen kann ...

Brandl&Keller
Schwarze Wiesn. Ein Oktoberfest-Krimi
ISBN 978-3-86906-098-9, 176 S., € 12,90

Die zweihundertste Wiesn steht bevor und München fiebert dem Ereignis entgegen: Siebzehn Tage rauschendes Fest sollen es werden! Doch dann kommt alles ganz anders: Am Westkreuz wird ein Mann ermordet, der seine letzten Tage eindeutig auf der Theresienwiese verbracht hat. Als dann ein zweiter Toter am helllichten Tag auf dem Oktoberfest gefunden wird, droht die Jubiläumswiesn endgültig zu platzen.

Markus Saischek
Mit Blut geschrieben. Vampir-Krimi
ISBN 978-3-86906-303-4, 208 S., € 12,90

Kurz nach seinem Rauswurf bei einer Zeitung nimmt Richie Huber den Auftrag an, die Wurzeln des 1872 erschienenen Schauerromans »Carmilla« von Sheridan Le Fanu zu ergründen. Er macht sich zu den in der Steiermark liegenden Handlungsschauplätzen auf und muss schnell erkennen, dass weit mehr hinter der Geschichte steckt.